MARENTE DE MOOR

AUS DEM LICHT

Roman

Aus dem Niederländischen
von Bettina Bach

Carl Hanser Verlag

Alle Personen und Ereignisse in diesem Buch
sind frei erfunden. Jede Ähnlichkeit mit realen Ereignissen
und/oder Personen wäre rein zufällig.

Die niederländische Originalausgabe
erschien 2013 unter dem Titel *Roundhay, tuinscène*
bei Querido in Amsterdam.

Die vorliegende Übersetzung wurde durch
die Dutch Foundation for Literature gefördert.

Nederlands letterenfonds
dutch foundation
for literature

1. Auflage 2019

ISBN 978-3-446-26176-1

Umschlag: Peter-Andreas Hassiepen, München
Motiv: © National Science & Media Museum /
Science & Society Picture Library
Satz: Satz für Satz, Wangen im Allgäu
Druck und Bindung: GGP Media GmbH, Pößneck
Printed in Germany

FSC
www.fsc.org
MIX
Papier aus verantwortungsvollen Quellen
FSC® C014496

FÜR MEINEN VATER

I

AUS DEM LICHT

1

Am 16. September 1890 stieg ein Mann in den Zug von Dijon nach Paris, danach hörte man nie wieder etwas von ihm. Er hatte nicht vor zu verschwinden. Außerdem ist ein Mensch für sein Verschwinden genauso wie für seine Entstehung von anderen abhängig. Er kann nicht mal eben im stillen Kämmerlein beschließen, dass es ihn nicht mehr gibt, erst muss er vermisst werden. Wie auch immer, als Valéry Barre in den Zug stieg, hatte er noch vor, in Paris anzukommen. Unterwegs muss ihm etwas begegnet sein, das ihn ausgelöscht hat, und diejenigen, die ihn herbeisehnten, taten es noch lange Zeit vergeblich.

Die »Kaiserliche Linie«, die Eisenbahnstrecke, die Louis-Napoléon in sein Reich kerben ließ, führte quer über den schönen Körper Frankreichs, doch der Zug fuhr zu schnell. Die Reisenden starrten durch die Aussicht hindurch in ihre Erinnerungen an ein Land, in dem die Zeit noch nicht vereinheitlicht war, wo die Menschen von der Sonne abhängig waren, von Ebbe, Flut, fallenden Blättern und sich füllenden Eutern statt von der Eisenbahnzeit. In Tunnel hinein und aus ihnen heraus schoss der Zug, an Häusern, Bäumen, Flüssen, Bergen vorbei, ließ die Menschen stumm zurück, während über die Telegrafenleitungen entlang der Schienen Tausende Wörter ausgetauscht wurden. Valéry Barre betrachtete seine Heimat mit dem abwesenden Blick eines Reisenden. Von Paris aus wollte er nach England weiter, sich von Freunden und Kollegen verabschieden und einige Wochen später nach Amerika übersetzen. Das war der Plan. Doch mit ihm wollte und konnte er sich im Moment nicht befassen. Gedanken schossen ihm durch den Kopf wie Fledermäuse, die sich in ein Haus verirren: Rechts herum, links herum kreisend, ohne etwas zu berühren, mit hörbarer, aber kaum sichtbarer Geschwindigkeit, bis eine unnachahmliche Rechenaufgabe sie zum Fenster zurückfinden lässt. Vor einer Woche war er mit einer gefährlichen Idee im Kopf aufgewacht. Weder kam sie ihm gelegen, noch wollte sie wieder weichen. Als dürfte er nicht aufbrechen, sondern müsste in Europa bleiben, um sich ihr zu widmen. Nur am Morgen gönnte sie ihm einige leere Momente, einen glasigen Blick durchs Fenster auf den neuen Tag, doch dann gewann sie wieder an Boden. Jahrelang hatte er sich abgerackert, den heißen Atem der anderen im Nacken, doch jetzt lagen die Fahrkarten für seine triumphale Rückkehr bereit, und dann das. Wie eine Dirne provozierte sie ihn, verdrängte seine Arbeit, die patentiert werden konnte: Lass doch ab von diesem alten Kram, der ist zu Ende gedacht, bleib bei mir, ich bin spannender. War sie ihm eingeflüstert worden? An Konkurrenten, die ihn mit rebellischen und auf den ersten Blick genialen Gedanken von der Arbeit abhalten wollten, herrschte kein Mangel. Alle Erfinder keuchten unter der Last ihrer Furcht, vor allem ab einem gewissen Alter, wenn ihnen mehr einfiel, als sie noch zu Ende denken könnten. Doch was er spürte, war keine Eile. Es war Widerwillen. Diese Idee war nicht von ihm, und er hatte sie auch keinem Kollegen abgeluchst. Vielleicht war sie gar nicht von dieser Welt. Sie ähnelte vage der Erfindung, für die er vor drei Jahren Glück und Liebe geopfert hatte: dem Film.

Er war nicht der Einzige, der sich damit befasste. In Europa und in Amerika standen an die zwanzig Mann kurz davor, das Wesen der Bewegung zu erfassen und einzufangen. Wem würde es gelingen? Eigentlich hatte alles schon im zweiten Jahrhundert begonnen, bei den alten Chinesen, die mit ihren Wundertrommeln Vögel und Drachen an die Wand bliesen. Es hing ganz davon ab, was man als Bewegung ansah. Einige versuchten, sie auf Fotografien einzufangen, andere klebten Bilder hintereinander auf, ließen diese Runden drehen oder rannten selbst im Kreis. Die Zuschauer wurden in kleine Züge gesetzt, bekamen Brillen und Schachteln auf den Kopf, die Erfinder erblindeten oder drehten durch, und die Namen ihrer Erfindungen wurden immer länger, doch noch war es keinem gelungen, sich die flüchtige Wirklichkeit zu angeln. Nur Barre. Niemand wusste, dass er der Erste war. Er war sich selbst nicht sicher.

Verglichen mit dem Sturm in seinem Innern kam der Zug nicht sehr schnell voran. Draußen grasten Kühe noch nicht gemähte Weiden ab, Kuh um Kuh, Weide um Weide. Immer dasselbe Bild. Manchmal kam ein Heuhaufen oder eine Scheune vorbei, und er war sich sicher, dass er sie eben schon gesehen hatte. In seinem Abteil tat sich genauso wenig. Links gegenüber saß immer noch der Fettsack, in seinen Samtanzug gezwängt, den Fuß gegen die Abteiltür gestemmt, den Kopf passgenau an die Lehne geschmiegt, als wollte er so der Geschwindigkeit trotzen, mit der er durch die Lande befördert wurde. In seiner Hand hatte er immer noch die Taschenuhr, klappte sie seufzend alle drei Minuten auf. Sein Nebenmann genauso, etwas weniger häufig, außerdem war dessen Uhr mindestens vergoldet. Er trug sie nicht an einer Kette, sondern hielt sie in einer Hand, stützte diese mit der anderen ab, damit die gravierte Pferdeszenerie auf dem Deckel ja keinem entging. Beide Männer überboten sich gegenseitig im Hinblick auf die Zeit, während der dritte im Begriff war, aus der Zeit zu fallen.

Er sah hinaus, und ein Dorf kam vorbei, das er, wiederum, irgendwoher kannte. Wenn er all diese Dinge erkannte, mussten auch sie ihn kennen, klare Sache. Es konnte gar kein Zufall sein. Sowieso musste es mal vorbei sein mit seiner Gutgläubigkeit. Früher wären sie ihm nicht aufgefallen, all diese Herren, die wegschauten, sich in Schaufenster vertieften, sobald er sich nach ihnen umdrehte. Einmal wäre ihm seine Angst fast zum Verhängnis geworden. Da war er in einem verwinkelten Elendsviertel von Leeds blind losgerannt, wobei er sich immer wieder an den rauen Mauern abstützte, bis er sich beim Fluss ins Gras fallen ließ. Dennoch kam er nicht wieder zu Atem, weil auch die Luft ihn bestürmte, ihm eine wolkenlose Schicht nach der anderen auf die Brust drückte, bis ihm schwarz vor Augen wurde. Alles war ihm auf den Fersen, das stand fest. In Wirklichkeit nahmen ihn seine Mitreisenden jedoch nicht wichtig. Sie hatten ihn kaum begrüßt, als wäre er bereits unsichtbar. Aber seine Tasche war ihnen aufgefallen, denn er hatte gezögert, sie ins Gepäcknetz zu legen. Es war kein gewöhnliches Gepäck, das sah man an seinen Gesten wie von einer Mutter, die prüft, ob ihr Kind ordentlich eingemummelt ist. Der Mann selbst konnte ihnen gestohlen bleiben, sein Meter vierundneunzig in vornehmem Harris-Tweed, sein unrasierter Hals über dem schmutzigen Kragen, sein gepeinigter Finger in dem zu engen Ehering. Vielleicht wäre es anders gewesen, wenn er sich vorgestellt hätte. Vielleicht hätten sie dann seinen Namen von den riesigen Bildern wiedererkannt: *Valéry Barre, Panoramen.* Doch so hielten sie ihn für einen der vielen Zugreisenden, die Angst vor Geschwindigkeit haben, einen Nagelbeißer, den schwindelt, wenn er Schienen sieht, und der in Schluchzen ausbricht, wenn er die Trillerpfeife des Schaffners hört. Angeblich war Tachophobie ansteckend, also ignorierten sie ihn lieber und klappten stattdessen die Zeit auf und zu.

Und Barre erkannte immer weitere Dinge. Einen Kirchturm aus Schiefer, eine Buche, eine merkwürdige Brücke. Es konnten falsche Erinnerungen sein, das passierte ihm in letzter Zeit öfter. Ganz schwummerig wurde ihm davon, beinahe übel. In der *Revue Philosophique* war er auf den Begriff des Déjà-vu gestoßen und auf die Theorie, dass es sich um Erinnerungen aus einem früheren Leben handelte, vermutlich lag es aber nur an Übermüdung, an neurologischen Prozessen, die die Zeit auf den Kopf stellten und die Ereignisse mal vor- und mal zurücklaufen ließen wie ein Kutscher seinen festgefahrenen Wagen. Er sollte erst einmal etwas essen. Claire, die steinalte, ständig flatulierende Köchin seines Bruders, hatte ihm Pasteten mitgegeben. Doch auf kindliche Weise ekelte er sich vor ihnen. Sein ausgeprägtes Vorstellungsvermögen war ihm im Weg. Vor seinem inneren Auge sah er genau vor sich, Szene für Szene, wie die halbblinde Alte sich ihren Weg durchs Haus bahnte und danach mit ihren Händen, die alles abgetastet hatten – Hühnerstall, Latrine, Wände –, die Butter unters Mehl knetete. Und wie von einer Stanhope-Linse vergrößert, sah er Speichel aus ihrem schrumpeligen Mund kommen, zusammen mit den Worten: »Mit Speck und Nieren, für unterwegs«. Eine Gute war sie, die alte Claire, aber eine schmuddelige Gute. Auf dem Bahnhof hatte er den Proviant einem Straßenkind geschenkt. Wie viele andere Denker war er kein großer Esser. Beim Verarbeiten einer Idee nach der anderen entging ihm völlig, dass er auch so ein Ding war, das hin und wieder Brennstoff brauchte. Ein Übel seiner Zeit. Vor einem Monat hatte sich ein Mann in Grenoble zu Tode gedacht. Seine Frau schlug Alarm, nachdem er eine Woche nicht mehr aus seinem Arbeitszimmer rausgekommen war. Die Tür musste eingetreten werden, und man fand ihn über seine Arbeit gebeugt, dem Tode nah, die Nägel in seine Aufzeichnungen gekrallt, graue Haare wucherten ihm aus den Ohren, in der Falte auf seiner Stirn wuchs Moos. Natürlich war er nicht mehr zu retten, kaum hatte man ihn von seinem Schreibtisch entfernt, ging er ein wie ein entwurzelter Strauch. Wie es der Zufall wollte, arbeitete er gerade an einem Mittel, das einen im Handumdrehen mit Nahrung versorgen konnte:

> **Geben Sie getrost noch eine Runde aus! Saturatus, erhältlich in Pulver- und Tablettenform! Für fünfzehn Franc im Monat braucht Ihre Familie zu Hause keinen Hunger mehr zu leiden, und Sie können in aller Ruhe die Nacht durch zechen.**

Die Reisenden hatten schon eine halbe Stunde kein Wort mehr gewechselt. Barre hoffte, dass es so blieb. Als das Dorf wieder außer Sicht war, steckte der Kavallerist seine Uhr ein, um ein Schläfchen zu halten, streckte die Beine geradezu unverschämt lang aus, ließ den Kopf zur Seite sinken, der Mund erschlaffte, doch die Augen blieben leicht geöffnet. Zwischen seinen schwarzen Wimpern trieben zwei zunehmende Monde: Lagophthalmus. Hasenauge.

Dabei schlafen Hasen mit geschlossenen Augen. Barre hatte es in seiner Kindheit gesehen. Sein Vater hatte einmal einen lebenden Hasen mitgebracht, um ihn mit einem Kaninchen zu kreuzen. Er hatte irgendwo aufgeschnappt, man müsse dazu erst den Rhythmus des Kaninchens, eines Nachttiers, auf den des Hasen abstimmen, der nachts normalerweise schläft. Weil sie nur einen Hasen hatten, aber ein Dutzend Kaninchen, beschloss sein Vater, die Rollen zu vertauschen. Der Hase verbrachte eine Woche in einem Käfig im Keller, den man tagsüber leicht verdunkeln und nachts mit einer Lampe erhellen konnte. Der Junge bekam die Aufgabe zu kontrollieren, ob er schlief. Dazu zog er die Schuhe aus, schlüpfte mit angehaltenem Atem durch den Türspalt, tastete sich an den Wänden, dem abblätternden Kalk entlang nach unten und kauerte sich im Dunkeln auf die Fersen. Nach einer Weile zeichnete sich der Käfig mit dem flauschigen Gefangenen darin ab, der meistens herumscharrte, weil er den Jungen schon entdeckt hatte, nur ein Mal schlief er, mit geschlossenen Augen, den Pelzkragen auf den Vorderpfoten. Am Tag vor dem Experiment versuchte Louis Daguerre, ein Freund seines Vaters, den Hasen zu fotografieren. Natürlich wollte der nicht stillhalten. Als der Junge und sein Bruder ihn zu Daguerres Kamera brachten, wogte es im Käfig, als hätten sie ein Aquarium mit einem Walfisch darin in den Händen. Verzweifelt und mit irrsinniger Gewalt sprang der Hase immer wieder gegen die Gitterstäbe, als wollte er sich partout in den Tod stürzen. Dann wieder blieb er stocksteif sitzen, sein Atem bebte durch den ganzen Körper, und ein Auge, so weit aufgerissen, dass es halb so groß war wie der Kopf breit, starrte in die Linse. Die Linse starrte zurück. Bestimmt eine Minute lang, aber Daguerre war es trotzdem nicht lange genug. Wieder einmal erlebten die Jungen einen seiner Wutanfälle. Mit zitternden Wangen deckte der Alte die Linse ab und stob heftig gestikulierend durch den Garten davon. Auch aus dem Kreuzungsversuch wurde nichts. Drei Kaninchen, alles Weibchen, metzelten den Hasen mitten in der Nacht nieder. Am nächsten Morgen fanden sie ihn, an den Ohren angefressen, den flauschigen weißen Bauch voller Blut. Das Fell hing in Fetzen an ihm herunter. So kam ihr Vater auf die Idee, ihn zum Tierpräparator zu bringen. Den ausgestopften Hasen schenkte er Daguerre bei seinem nächsten Besuch, doch der fasste es als Kritik auf. Seine Konkurrenten arbeiteten schon mit Linsen, bei denen man nicht wie tot dasitzen musste, ihre Fotos gelangen in einem Bruchteil der Zeit, in der seine Opfer noch still vor sich hin litten.

Heute, da Barre älter war als sein Vater damals, wurde ihm bewusst, wie anders sein Leben aussah. Vor allem sein Privatleben. Beruflich ähnelten seine Interessen denen seines Vaters, die Leidenschaft fürs Abbilden hatte er von ihm geerbt und sich damit einen Namen gemacht. Doch seine Familie war fern, auf der anderen Seite des Ozeans. Es gab keinen Tisch, an dessen Kopfende er sich jeden Tag voll Stolz setzen konnte, kein Kleinkind, das ihn von der Arbeit ablenkte, keine Frau, die ihm, wie seine Mutter früher seinem Vater, beim Stricken mit skeptisch gerunzelter Stirn zuhörte. Es war nicht anders gegangen, sie hatten keine Wahl gehabt. Seine Arbeit war daran schuld. Nein, das stimmte nicht: Die Zeit war daran schuld, die verging wie im Flug. Alles wurde nur noch hingeschludert. Wie ermüdend und armselig das Leben doch geworden war, und das, obwohl es bis zu seinem Dreißigsten, vor knapp zwei Jahrzehnten, freundlich, ruhig und stimmig gewesen war. Er glaubte weder, dass es an seinem Alter lag, noch, dass seine Eltern es zu ihrer Zeit genauso empfunden hatten. 1830 unterschied sich viel weniger von 1850 als 1870 von 1890. Bei seinen Großeltern war alles ein halbes Jahrhundert lang an derselben Stelle stehen geblieben, sogar das Salzfass auf dem Spitzenuntersetzer im Gläserschrank. Seine Eltern verbrachten ihr ganzes Leben im selben Haus. Doch er war mit seiner Familie von Frankreich nach England nach Amerika gezogen. Ach, und noch was: Er hatte seit Monaten nicht mehr gelacht.

Klack, schnappte die Uhr des Dicken wieder auf, und bei diesem Signal rollten auch die Augen des Kavalleristen in die richtige Position zurück. Wie erwartet tastete der sofort nach seiner Uhr, an der er ablesen konnte, dass noch keine zehn Minuten vergangen waren. Barre begann sich über diesen Automatismus seiner Mitreisenden zu ärgern. Lieber sah er nach draußen, wo eine lange Allee dicht neben den Schienen die Aussicht in einzelne Bilder zerschnitt, als der Zug verlangsamte. Ein Feld – Baum. Ein halbes Haus – Baum. Das nächste Haus – Baum, vermutlich ein Gemüsegarten, Baum, der Anfang einer Straße, Baum, das Ende eines Feldes, Baum, die vordere Hälfte eines Pferdes, Baum, schließlich, als sie im Schritttempo fuhren: eine Frau. Sie hatte einen großen Strauß Feldblumen auf dem Arm und blickte geradeaus, konnte ihn aber nicht sehen, weil er einer von vielen hinter dunklen Scheiben war, während sie allein in der grellen Mittagssonne stand. Sie hatte keine Eile, konnte da bleiben und weiter Blumen pflücken, während die Menschen im Zug vorbeirasten, von einem als wichtig geltenden Leben zum anderen, ebenso wichtigen, wo der Zufall abgeschafft und alles miteinander verbunden war. Sie weiß nichts davon, dachte Barre melancholisch, während ich keuche unter der Last bleischwerer Ideen im Gepäcknetz, etwa anderthalb Meter über meinem Kopf, in dem sie entstanden sind, eine heikle Lage. Als der Zug in einen Tunnel fuhr, sah er sich Auge in Auge mit diesem Kopf in der Fensterscheibe. Von außen betrachtet ziemlich zerschlissen. Grübeln tut einem Kopf nicht gut. Seiner hatte gute Seiten, den progressiven Kiefer zum Beispiel oder den Lockenschopf, und er thronte auf einem langen Körper, aber auch mit großen Männern geht es einmal bergab. Auch sie kommen irgendwann in ein dunkles Haus zurück. Er sollte sich um sein Antlitz kümmern, seine flusigen Koteletten wieder in Form trimmen. Sie waren ganz weiß geworden. Ebenso die Augenbrauen. Zwischen beiden ein Paar traurige Augen, die auch traurig blieben, wenn er lächelte. In den Ringen unter seinen Augen war eine Falte, als hätte er oben und unten Lider: In der schwarzen Scheibe sah er ganz abgehärmt aus, weil der dunkle Hintergrund alle Schatten anzog, Falten tiefer erscheinen ließ und enthüllte, was bei Tageslicht erst in zehn Jahren sichtbar werden würde. Immerhin war nicht zu sehen, was im Innern seines Kopfes vor sich ging, ein Glück. Doch es war nur eine Frage der Zeit, bis ein solcher Apparat erfunden wurde:

> Die Gedanken Ihres Geliebten in klarer Sprache, Schwarz auf Weiß! So einfach wird man sich in Zukunft austauschen können. Vergessen Sie Esperanto, Fremdsprachen sind keine Hürde mehr! Eine Investition, die sich schnell bezahlt macht, wenn Ihre Geschäftspartner ihre Absichten nicht mehr vor Ihnen verbergen können!

Bestimmt befasste sich schon jemand damit. Garantiert der Verdunkler. Der würde es »Phrenograph« nennen, weil in seiner Welt alles auf -graph endete und weil ein solcher Apparat ihm seinen Ideenklau gewaltig erleichtern würde. Ach, da verblasste das Spiegelbild. Die Sonne kam heraus, der Zug fuhr aus dem Tunnel, in einen Bahnhof ein. Die Fliesen auf dem langen Bahnsteig waren frisch gewischt, die Mauern blendend weiß verputzt. Im Schatten unter dem Schutzdach saß ein älterer Herr mit Strohhut. Neben ihm auf der Bank stand eine kleine Schachtel ohne Deckel, weiter nichts. In einiger Entfernung lehnten vier Burschen an den Türen. Ihrem leeren Blick nach zu urteilen erwarteten sie niemanden. Und eine Süßigkeitenverkäuferin schlich herum, lächelte mit geschlossenen Augen in die Sonne. Zugpersonal kreuzte ihren Weg, zwei Männer, die in ihren schlabbrigen Hosen die Knie durchdrückten. Ein Kind verkleckerte etwas, eine Taube ließ sich darauf nieder. Das Kind bekam einen Rüffel von seiner Mutter, die ihren Sonnenschirm im Wind verlor. Der Herr mit Hut sprang dem wirbelnden Ding hinterher, tauschte lächelnd ein paar Sätze mit der Mutter und trabte anschließend davon. Nur die Schachtel blieb auf der Bank zurück. Welchen Sinn hatte dieser Bahnhof, auf dem niemand einem Geschäft nachging? Niemand hier schien sich über irgendetwas Gedanken zu machen. Barre beschloss auszusteigen.

Ein letztes Mal müsste er sich beeilen, dann wäre es vorbei. Dann war sein Leben leichter. Wenn er erst draußen war, in diesem Städtchen voller Müßiggänger, wo nichts den geringsten Zusammenhang hatte, würde keinem etwas auffallen, weil dort keine Pläne geschmiedet wurden, niemand sich den Kopf zerbrach. Eine Last würde ihm von den Schultern fallen. Abrupt stand er auf, nahm seine Tasche aus dem Gepäcknetz, verabschiedete sich von seinen Mitreisenden und verließ den Zug in dem Moment, als der Pfiff ertönte. Er lief schnurstracks auf die Schachtel zu. Natürlich war sie leer.

2

Zum Glück. Nicht auszudenken, wenn etwas von Bedeutung darin gewesen wäre. Sein ganzes Leben drehte sich um nichts anderes. Seine Arbeit bestand darin, Dingen Bedeutung zu verleihen, die noch keine hatten, nutzlose Stoffe zu etwas Nützlichem zusammenzufügen, und er untersuchte jedes Phänomen danach, ob es sich verbessern, vereinfachen, beschleunigen ließ. Er war nicht der Einzige. In den letzten Jahren dieses Jahrhunderts tauchten überall Männer auf, die insgeheim tüftelten. Die Zeitungen waren voller unausgegorener Erfindungen, und die Leute gaben sogar Geld dafür aus. Die Zeiten, als sein Beruf, insofern man ihn als solchen bezeichnen konnte, in hohem Ansehen stand, waren lange vorbei. Jeder kannte irgendjemanden, der in seinen Mußestunden »gern bosselte«, und Hinz und Kunz gestand Barre, er habe reichlich Ideen, aber, ach, die Zeit, nicht wahr, daran fehle es, sonst an nichts! Als ob seine tiefe Kenntnis der Chemie, seine jahrelange Erfahrung überhaupt nichts wert wären, als ob jeder sich, vertieft in Selbstgespräche, die Nächte allein um die Ohren schlagen könnte.

Einmal feilte Barre monatelang an einer Erfindung, bis er begriff: Stopp. Manches will eben nicht. Damals hatte er es schade gefunden, doch diesmal hoffte er von Herzen, dass die Idee, die ihn die letzten sieben Tage schon beim Aufstehen bedrängt hatte, ihn bald in Ruhe ließe. Dass sie sich als nicht lebensfähig herausstellte und ihm in den nächsten vier Wochen aus dem Kopf platzen würde wie ein zu groß geratenes Gänseküken aus dem Ei. Dann nähme er sein normales Leben wieder auf, ließe seine fertige Erfindung patentieren, damit sich niemand mehr daran vergreifen konnte. Sich Zeit für seine Familie gönnen. Ein gewöhnlicher Mensch werden.

Hinter ihm machte sich der Zug mit Nachdruck abfahrbereit. Schrilles Pfeifen, Türenknallen, husch, husch, steigen Sie ein! Plötzlich waren seine Zweifel verflogen. Wenn er nicht wieder einstieg, konnte er in den milden, wehenden Wochen eines echten Spätsommers zurückbleiben, der für Kinder endlos ist, für Erwachsene aber wie im Flug vergeht. Gedankenverloren in Gesellschaft einer langsam sinkenden Sonne in Vergessenheit geraten - das war es doch, wonach er sich gesehnt hatte, wenn ihm an seiner Werkbank wieder einmal ein Bleistift über einem widerspenstigen Plan zerbrochen war, oder? Der Zug wird die Reisenden in die düstere Hauptstadt bringen. In dem Bahnhof mit den Tauben unter dem Dach, ein paar Vagabunden und einem in seiner Bude schlafenden Marionettenspieler wird man sie abholen, stellte er sich vor, aber er hätte in jedem Fall seinen Weg durch das Getuschel gefunden. Er müsste seine Tasche an die Brust pressen, weil sich dort immer irgendwelche alerten Burschen herumtrieben. Diesen Alerten würde er auf seiner ganzen Reise immer wieder begegnen, auf der Straße, auf dem Kanal, auf dem Meer, und es fiele ihm immer schwerer, sie zu identifizieren, Etappe um Etappe wurden sie fremder. Die Ozeanriesen hatten alle mindestens zwanzig verschiedene Nationalitäten an Bord. Wie las man Getriebenheit an Schlitzaugen ab? Wie gute Absichten an einem Gesicht, das kaum Licht reflektiert? Tagelang dürfte er sich nicht von seiner Tasche trennen, nachts unweit des Zwischendecks mit all den zurechtgemachten

Hoffnungsvollen und abends im Rauchzimmer inmitten der gewachsten Schnurrbärte, bis sie in den Hudson River einfuhren. Nein, er blieb hier.

Wieder sah er in die Schachtel, unterdrückte einen Jubelschrei. Wie herrlich, dass seine Reise nirgendwohin führte, zumal es nur ihm bewusst war. Er müsste sich noch ein paar Wochen gedulden, bevor er als verschollen galt, ein Fragezeichen hinter seinem Namen stand. Man würde ihn erst vermissen, nachdem die entlauste und entflohte Fracht der Etruria über die Landungsbrücken in der Clarkson Street, New York, gelöscht worden war. Zuletzt war er mit fünfzehn ungehorsam gewesen, da war er zu spät nach Hause gekommen, ohne den Einkauf, den er besorgen sollte, aber den Bauch voller Süßigkeiten. Danach hatte er seinem Vater immer gehorcht. Nicht aus Duckmäuserei, sondern aus Bequemlichkeit. Es lohnte sich, folgsam zu sein. Wenn sein Vater stolz war, war er zufrieden, und schon damals, von Natur aus also, hatte Valéry gern seine Ruhe gehabt. Doch bald stapelte sich eine Aufgabe auf die andere, und zu früh in seinem Leben hatte er Ruhe gegen Perfektionismus getauscht. Kein guter Tausch, hätte er seinem Sohn, der denselben Weg einzuschlagen drohte, jetzt gern gesagt. Guillaume, der kleine Guy, wollte sein bester Assistent sein, hatte deswegen schon mal die Schule geschwänzt. In der Werkstatt hatte er alte und erfahrene Männer blamiert, weil er die Namen physikalischer und chemischer Prozesse besser kannte als sie. Das war nicht gut. Er sollte wissen, dass er mit Aufsässigkeit auf lange Sicht mehr Sympathie ernten würde, doch sein Vater war der Letzte, ihm das zu erzählen.

Barre sah dem Zug hinterher, hoffte, dass es nicht zu spät war für seine Flucht. Immer hatte er sich zu viele Gedanken über andere gemacht, darüber, was sie von ihm denken könnten. Man kann ein Leben mühelos mit den Gedanken anderer füllen. Doch jetzt war er ausgestiegen, und es galt, draußen zu bleiben. Die Schienen surrten nach. Dann verflüchtigte sich der Dampf, und die Sonne lud ihn ein, sich auf die Bank niederzulassen, wo der Herr mit Strohhut gesessen hatte. Wahrscheinlich war das Städtchen V., das nicht so aussah, als hätte es die geringste Bedeutung, immer noch zu groß für sein Vorhaben. Er hoffte, der Bahnhofsvorsteher ließe ihn in Ruhe, doch zu spät, da kam er schon aus seinem Büro, voll guter, sterbenslangweiliger Absichten.

»Einen schönen Tag, der Herr! Was für ein sonniger Nachmittag. Vorläufig erfreuen wir uns noch daran. Vorläufig!«

Da war sie wieder, die Uhr, der quasi erstaunte Blick aufs Zifferblatt. »Sie werden abgeholt, nehme ich an? Dort unten vielleicht, beim Bahnhofsbüfett?«

»Nein.«

Barre bekam fast kein Wort über die Lippen. Am liebsten hätte er den guten Mann einfach ignoriert, doch damit hätte er unnötig Aufsehen erregt. Er musste antworten, es führte kein Weg dran vorbei.

»Ich werde nicht abgeholt.«

Wieder der Blick auf die Uhr, irgendetwas musste man ja tun.

»Ich fürchte, der Zug nach Nancy kommt erst in einer Dreiviertelstunde, und der nach Lyon lässt noch eine ganze Stunde auf sich warten.«

Schon musste er sich entscheiden, was für ein Pech. Nancy oder Lyon. Keck stand der Bahnhofsvorsteher vor ihm, die Stiefelabsätze aneinander, doch allmählich schlich sich Misstrauen in seine Haltung. Es begann in den Augen und würde bald seinen ganzen dicken Körper befallen. Das musste er verhindern.

»Ich ruhe mich nur kurz aus, bevor ich in die Stadt gehe.«

Na bitte, schon entspannte sich der Schnurrbart wieder, doch da sprang ihm die Schachtel ins Auge.

»Ist das Ihre?«

»Nein, sie stand schon da.«

»Eine Schachtel von der Patisserie Thibaudet ... Oh, sie ist leer.«

»Leider.«

»Thibaudet macht Eclairs, die man mit einem Bissen in den Mund bekommt! Happs, weg ist es, bevor irgendjemand etwas gesehen hat! Dass vor ihm noch keiner auf die Idee gekommen ist!«

»Sie sagen es.«

»Nicht wahr? Die besten Erfindungen sind die einfachsten. Das hier zum Beispiel, kennen Sie das?«

Mit flinken Fingern zauberte er ein dunkelgrünes Fläschchen aus der Innentasche.

»Hören Sie«, flüsterte er, »ich habe noch mehr davon, ich kann Ihnen so viele beschaffen, wie Sie brauchen. Zwei Tropfen in jedes Auge, und Sie sehen wieder gestochen scharf. Brillen werden überflüssig.«

Klarer Fall, der Bahnhofsvorsteher verdiente sich in seinen Mußestunden ein Zubrot. Barre brauchte keine Augentropfen.

»Nicht so voreilig, nicht so voreilig. Das Retinofluid ist lange haltbar. Man kann nie wissen, wann einen das Sehvermögen im Stich lässt. Riechen Sie mal.«

Barre roch nichts.

»Genau! Geruchlos, risikolos. Sie wollen mir doch nicht

weismachen, dass alle in Ihrem Umkreis Adleraugen haben. Praktische Geschenke sind die schönsten Geschenke. Stellen Sie sich nur vor, wie dankbar man Ihnen sein wird. Aber hüten Sie sich vor Fälschungen, nicht wahr? Da sind genug im Umlauf. Sie glauben doch nicht, dass ich meine Position als Vorsteher dieses Bahnhofs für Quacksalberei aufs Spiel setze? Hören Sie zu.«

Er macht seine Sache gut, dachte Barre, ein Meister seines Fachs. Guten Verkäufern gelingt es innerhalb von drei Minuten, ihre Kunden zu überzeugen, dass sie etwas brauchen, über das sie anfangs die Nase gerümpft haben. Gleich wird er seine Ware mit etwas vergleichen, das ich schon habe. Und das nicht funktioniert. Mir danach ein einmaliges Angebot machen, das ich nicht ausschlagen kann.

»Nein«, sagte Barre, entschieden genug, denn der Blick des Bahnhofsvorstehers entspannte sich.

»Na gut, ich dachte ja bloß ... Sagen Sie, bleiben Sie lange in unserem schönen Landstrich?«

Kein Erbarmen, dachte Barre, er kennt kein Erbarmen. Er griff nach seiner Tasche, aber einfach davonzulaufen wäre verwegen. Stattdessen tat er, was in den letzten Jahren anstelle eines Lächelns oder einer entwaffnenden Geste getreten war: Er zückte seine Uhr. Zur Beruhigung. Es war eine Uhr ohne Kette, er musste sie tief aus der Westentasche kramen. Der Kerl ist in Ordnung, sah er den Bahnhofsvorsteher denken, wer mitten im Leben steht, muss wissen, wie spät es ist, nur die, die Böses im Sinn haben, die Alerten, haben alle Zeit der Welt. Er sah aufs Zifferblatt, ohne die Uhrzeit abzulesen. »Ich muss los«, sagte er. »Auf Wiedersehen.«

»Natürlich! Alles Gute für Sie. Und nicht vergessen: Patisserie Thibaudet!«

Ohne sich umzudrehen, wusste er, dass der dumme Fresssack tat, als würde er sich ein Eclair in den Mund schieben.

Draußen erwartete ihn eine übersichtliche Stadt mit Häusern aus Sandstein an einem schmalen Kanal, kaum Verkehr, und die wenigen Geschäfte in seinem Blickfeld waren geschlossen. Sehr gut für ein Panorama auf dreihundert Tafeln geeignet. Aber konnte er sich noch guten Gewissens als Maler bezeichnen? Und falls nicht, was war er dann? Sein altes, jahrelang ausgeübtes Fach hatte er aufgegeben, um einen Apparat zu entwickeln, mit dem am Ende jeder Idiot Bilder machen könnte, die seinen Gemälden den Rang ablaufen würden. Seit zwei Jahren hatte er keinen Pinsel mehr angerührt. Von dem endlosen Gefriemel in Handschuhen und mit Pinzette waren seine Gebärden zu beschränkt geworden zum Malen. Vor allem für seine Art zu malen. Ein ordentliches Panoramagemälde war fünfzehn, zwanzig Meter lang und sechs bis acht Meter hoch. Bei der Panoramamalerei ging es darum, das Ganze korrekt zu berechnen und manches in Auftrag zu geben, denn an Zeit, alles selbst zu machen, fehlte es immer. In dieser Hinsicht unterschied es sich kaum von seiner jetzigen Tätigkeit, aber danach ging es erst los mit dem Gezerre und Geschleppe. Gerüste aufbauen. Leinwände neu spannen. Mit den Zimmerleuten streiten, die die Skizzen nicht kapierten, alles zum Einsturz brachten. »Wenn du doch wieder kleine Aufträge annehmen könntest«, sagte seine Frau eines Tages, »gemütliche, einfache Arbeit. Die Leute bezahlen immer noch gutes Geld dafür, ihr Landgut oder ihre Frau malen zu lassen.« Doch über solche Bildchen staunte niemand mehr, wie er wusste, und ums Staunen drehte es sich heutzutage. Die Menschen wollten immer wieder überrascht werden, Sachen herausfinden, »Ach, so ist das also!« rufen oder »Das hätte ich ja nicht gedacht«, denn immer schneller machte sich Langeweile breit. Lebensgroß sollte ihr Erstaunen sein. Mindestens. Barre schätzte die Entfernung. Die Pferde auf der anderen Seite des Kanals sollte Jean Meunier malen, der konnte das viel besser. Er selbst würde in jedem Fall die Begrenzungen des Panoramas übernehmen, das Trompe-l'œil am oberen Rand, bis zur Überdachung. Von *faux terrain* würde er auch hier absehen. Wenn man Sand vor die Leinwand streute, brauchte man Unmengen Wasser und musste Vögel an Schnüren baumeln lassen, und womöglich käme früher oder später jemand auf die Idee, einen Schilfgürtel und ein paar ausgestopfte Otter hinzustellen, Stadtansicht hin oder her. Nein, nicht zu viel Leben. Wozu? Im Augenblick war es doch auch nicht lebendig. Da hinten spielten ein Schuhputzer und sein geduldiger Kunde schon eine Weile Silhouette. Auch bei der Farbgebung sparsam sein: Hier war alles Erde, Boden, sogar der Himmel wirkte wie aus Ton. Mit einer guten Truppe könnte man innerhalb eines Monats fertig sein. Zusammenrollen, mitnehmen, aufspannen. Nicht interessant genug? Egal, was man ihnen zeigte, die Menschen strömten herbei und zückten das Portemonnaie. Begafften genauso gern ihre graue Wirklichkeit wie eine orientalische Kamelkarawane. Nicht die Exotik war beeindruckend, sondern die Illusion: Pan-o-rama, alles-ist-Schauspiel, auch dieses Kind, das auf der Straße hockt und seine Notdurft verrichtet. Für Lebendigkeit mussten die Zuschauer selbst sorgen. Vor einem konventionellen Gemälde blieb man stehen, rührte sich nicht, darauf war die Perspektive ausgelegt. Doch bei einem Panorama musste der Zuschauer am Bild entlanggehen, und dieses blieb hinter ihm zurück. Das war das Prachtvolle seiner Arbeit im Gegensatz zu anderen Künsten, fand er: Dass nicht das Bild zum Leben erwachte, sondern der Zuschauer. Wenn er ihn dazu bringen konnte sich zu bewegen, kam das Denken von selbst. Vielleicht sollte er ja seine unterbrochene Reise als Panorama malen, dreihundertsechzig Grad im Kreis, damit die anderen sein Leben in einem *coup d'œil* nachverfolgen konnten. Dann wäre er zumindest den ganzen Ärger los. Ein narratives Gemälde, das all seine Pläne festlegte. Name drunter, zusammenrollen, ausbreiten. Keiner könnte mehr einen Bogen um ihn machen.

Der Schuhputzer war fertig, der Kunde bezahlte und verschwand von der Bildfläche. Ein Kutscher kam aus einem Haus, die Pferde fuhren aus dem Schlaf und trabten davon, dann waren auch sie weg. Unter dem öligen Himmel waren nur noch das Kind und der Schuhputzer zu sehen. Es war so ruhig, dass Barre es wagte, die Tasche abzustellen und den Hals zu strecken. Nicht der kleinste Windhauch. Er ging über die Brücke. Ein Steg zwischen zwei Häusern hatte ihn aus der Ferne angelockt, weil er ihn für eine Sackgasse hielt, doch als er näher kam, entpuppte er sich als taghelle Straße, in der drei Frauen etwas schleppten, und wie es sich anhörte, kamen hinter ihnen noch ein paar mehr. Es stank nach Kohl und Pisse. Er zuckte zusammen, zurück auf die Hauptstraße, wo das Kind schon wieder die Hose hinunterließ, wechselte einen Blick mit dem Schuhputzer, wandte sich jedoch von seinen Gebärden ab und stand dann vor der Café-Pension Le Vieux Cèdre.

Waren Dörfer und kleine Städte nicht alle unschuldig, bis man ihnen näher kam? Waren sie nicht alle mit dem dicken Pinsel hingeworfen, die Figuren gesichtslos, so dass sie sich in alle

Richtungen und vor allem in die aufrichtige, edle entwickeln konnten? Doch sobald man ihre Sprache verstand, sobald sich herausstellte, welchen Unsinn sie verzapften, ging es schief. Egal, wie exotisch sie aussahen, ob sie Chinesen waren oder Apachen. Alle Menschen reden an erster Stelle über andere, an zweiter über Essen. Aus der Nähe wurde der grobe Pinsel kleinteiliger, bis eine Miniatur übrig blieb, die rein gar nichts der Fantasie überließ. Aus der Nähe erwiesen sich bildschöne Komparsen als profane Hauptdarsteller, die aus dem Mund stanken und sich kratzten. In dem Lokal war es auch nicht anders. Dort saß eine biedermeierartige Jagdgesellschaft bei der Suppe, vier Männer mit grünen Jagdhütchen, sehr von sich eingenommen, fand Barre. So, stellte er sich vor, hatten sie morgens ihre Hütchen aufgesetzt: Lasst-uns-mal-ganz-anders-an-die-Sache-rangehen. Wir vier machen uns heute einen feinen Nachmittag, und, oh, wie sehr wir allen imponieren werden! Wie selbstzufrieden sie vor sich hin löffelten und brabbelten, doch aus ihrem Mund kam nichts anderes heraus als das, was sie hineingesteckt hatten. Diesen Dörflern war nicht mehr zu helfen.

»Was kann ich für Sie tun?«

Die Wirtin kam hinter dem Tresen hervor, um ihn genauer zu betrachten. Nein, dieser Anzug war nicht sein bester, und ja, richtig, sein Hut war ziemlich staubig. Vor zehn Jahren hätte sie sich noch für ihn interessiert, dann wäre sie rot geworden, statt so müde zu lächeln, und er hätte es mit jedem der Suppe schlürfenden Winzlinge da hinten aufnehmen können. Er streckte den Rücken, bis es zwischen den Schulterblättern knackte.

»Haben Sie noch ein Zimmer frei?«

Die Jäger starrten ihn an, gleich würden sie sich Fragen

stellen. Er sah sich schon allein hier am Tisch sitzen, und dieses Bild gefiel ihm nicht. Nur eine Nacht, wenn sie sagte, dass ein Zimmer frei war, dann würde er eine Nacht bleiben, bevor er weiterreiste.

»Das Balkonzimmer«, sagte sie und zeigte zur Decke, »das ist noch zu haben. Zwei Zimmer sind Stammgästen vorbehalten, die kommen und gehen. Das vierte Zimmer ist zu klein für Sie. Das Balkonzimmer ist das schönste. Ich kann es Ihnen zeigen, aber ich kann es auch sehr gut beschreiben, mit dem kleinen Finger mache ich das. Ich bin für mein gutes Gedächtnis für Dinge und Gesichter bekannt. Sie werden sehen, meine Beschreibung gibt die Wirklichkeit genau wieder. Ehrenwort.«

Sie sprach betont langsam, es sollte nicht bedrohlich klingen. Nach all den Jahren im Ausland hatte er vergessen, was plötzlich aus dem vermeintlich müden Lächeln der Französinnen werden konnte: ein schmachtender, äußerst eindringlicher Blick, so kurz, dass sich ein Mann in seinem Alter beschämt eingestehen musste, dass es wohl Einbildung war. In England und Amerika machten die Frauen so etwas nicht. Die Wirtin sollte damit aufhören, schließlich war sie auch nicht mehr die Jüngste. In ihre Wangen hatte sich eine halbe Million Lächeln gegraben, da kam kein Ernst mehr gegen an. Aber es war schon zu spät. Er hatte die Gaststätte einer Frau betreten, die mit Worten zeichnen konnte und sich sein Gesicht eingeprägt hatte. Sie drehte ihm den Allerwertesten zu und fragte, ob er vorab etwas essen wolle. Eine Kleinigkeit, sagte er, er habe keinen Hunger. Er wollte sich nur kurz setzen, um kein Misstrauen zu wecken. In der Ecke war eine gute Stelle, um seinen Kopf an die Wand zu lehnen, die Tasche klemmte er sich zwischen die Beine. Sie schien zwischen seinen Waden größer zu werden, sich aufzubauschen und um die eigene

Achse zu drehen wie ein Hund unter dem Esstisch. Er zwang sich, ruhig zu atmen. Ruhig den Hut abzusetzen, neben sich zu legen.

Le Vieux Cèdre war ein schmuddeliges Lokal. Die Sonne kam heraus, und über den Tischen hingen dicke Decken von Staub. In der Küche kochte die Wirtin jetzt dieselbe Suppe, die sie den Jägern serviert hatte. Dabei redete sie ununterbrochen, vielleicht mit sich selbst, vielleicht mit einem Bettlägerigen, der still im Nebenzimmer blieb, um die Gäste zu belauern. Oder sie betete, wie das Dienstmädchen in seiner Kindheit. Fili hatte auch so einen Hintern gehabt. Ein Ei kochte sie »einen Rosenkranz lang«, sogar nachdem Vater ihr eine Uhr in die Küche gehängt hatte. Die Gewohnheit, betend statt nach Minuten zu kochen, hatte sie sich in ihrer Jugend in der Gaume im belgischen Lothringen angewöhnt, sie ließ sich nicht mehr austreiben. Ein Soufflee dauerte einen Rosenkranz. Rinderlende – ein Vaterunser auf jeder Seite und dann das Ganze wiederholen. Als sein Vater ihr befahl, die Uhr zu benutzen, ging alles schief, aber nicht, weil sie keine Uhr lesen konnte, sondern weil »Speisen nicht im Stillen garen«. Beim Gedanken an Fili zog sich sein Bauch vor Rührung und Scham zusammen. Sie hatten sie immer ausgelacht. Die ganze Familie saß am Tisch und schmunzelte über die Witze des Vaters, die gar nicht witzig waren, aber es hatte sich so ergeben, dass der Pater familias den Raum mit seiner Anwesenheit füllte und seine feigen Söhne ihm nach dem Mund redeten. Wegen ihres Akzents sprach Fili wiederum nie laut. Flüsternd und schlurfend ging sie durchs Leben, tat alles Lustige heimlich, zum Beispiel versteckte sie Leckereien in ihren Betten. Einmal schlief er die ganze Nacht auf einem Törtchen. Als er mit dem Rücken voller Schlagsahne und geschmolzener Schokolade aufwachte, musste Fili so lachen, dass sie sich die Röcke zwischen die Beine klemmte und davonrannte, ohne ihn ins Bad zu stecken. Heimlich pflückte sie Rosen im Kirchgarten und steckte sie einzeln in ihren Rasen. Und sie posierte für einen berühmten Naturalisten aus Metz, der ihre stolze Nacktheit genauso minutiös einfing wie die Flügel einer Laubheuschrecke – aber das fanden sie erst viel später heraus.

Verglichen mit seinen Jugenderinnerungen erschien Barre seine heutige Situation abgenutzt und unsympathisch. Nichts war mehr einmalig. Jeder Gegenstand, jedes Wort, jedes Lebensmittel musste unbedingt in Serie erscheinen, als Duplikat, Faksimile. Innerhalb kürzester Zeit hatte sich das Leben mit identischen Gegenständen und Markenzeichen gefüllt, und alle sollten sie kennen, diese besserwisserischen Tanten und breit lächelnden Doktoren mit ihren Hustensäften in riesiger Ausfertigung, die wie Götter zu jedermanns Leben gehörten. Solche Reklame sollte verboten werden. Der beste Stift, das beste Kopfkissen, der beste Strumpfhalter. Hinken Sie nicht hinterher, kaufen Sie jetzt! Es konnte doch nicht gut sein, die Menschen ständig so vollzuquatschen. Die würden vielleicht erst in zehn Jahren, wenn dieses Jahrhundert mit einem dumpfen Knall zu Ende gegangen war, verstehen, dass man sie mit unausgegorenen Erfindungen und nutzlosen Neuigkeiten abgespeist hatte. Schon erlahmte das Interesse. Die Konzentration ließ nach.

Erschöpft? Wird Ihnen alles zu viel? Mit der taedioskopischen Brille können Sie ein Übermaß an Eindrücken durch das beruhigende Bildnis Adolphs von Luxemburg am Schreibtisch ersetzen. Zu empfehlen für Zugreisende und all jene, die ins Theater müssen.

Natürlich hatte er selbst eifrig dazu beigetragen. Als er sich vor drei Jahren in seine Ideenwelt zurückgezogen hatte, waren seine Erwartungen hoch gewesen. Das Leben mit all seiner Dynamik einwandfrei auf Film zu bannen, alle würden große Augen machen. Inzwischen fürchtete er immer häufiger, mit seiner Kamera ein Monster in die Welt gesetzt zu haben, sie brachte nur plumpe Parodien zustande, die der Wirklichkeit hinterherhinkten.

Die Frau, die von Weitem Ähnlichkeit mit Fili hatte, brachte ihm eine Suppe, er musste sie nach dem Vorbild der Komparsen da drüben an Ort und Stelle essen, obwohl er keinen Hunger hatte. »Das Zimmer kostet vier Franc pro Nacht«, sagte sie, als sie den Teller abstellte, »möchten Sie mehr darüber hören?«

Schon gut, schon gut, bedeutete er ihr, die Details interessierten ihn nicht. Ein Mann, der verschwindet, muss trotzdem schlafen. Reisen kann man beenden, Beziehungen auch, aber ums Schlafen und Essen kommt man nicht herum. Er brach ein Stück Brot ab und tunkte es in die Suppe. Der Geschmack erstaunte ihn. Die Kombination von weißen Bohnen, Thymian, Speck und einer weiteren Zutat erfüllte ihn mit einem merkwürdigen Gefühl, einer Sehnsucht nach etwas, das er vielleicht nie erlebt hatte, etwas vor seiner Zeit, tief aus dem Bauch der Erde, weswegen er die Bissen schnell mit Wein hinunterspülte. Nach dem zweiten Glas legte sich das Gefühl, nach dem dritten war er wieder bei sich, doch nachts, als er sich auf dem harten Bett im Balkonzimmer auf die Seite fallen ließ, kehrte es mit schwindelerregender Stärke zurück, raubte ihm den Atem. Er hatte nicht einmal genügend Luft zum Schreien. Es war sein Instinkt. Guy. Sein ernster kleiner Rabe. Blauschwarzes Haar, scharfe Züge für sein Alter. Keine

Spur von seinem englischen Blut. Beim Spazierengehen sprach der Junge lebhaft, mit dem Gehabe eines Stierkämpfers, stellte seinen andalusischen Urgroßvater unbewusst zur Schau. Sein Gesicht sah Barres zwar durchaus ähnlich, aber auf diffuse Weise. Je älter sie wurden, desto schwieriger war es, ihre Ähnlichkeiten und Unterschiede zu benennen. Guillaume sollte nicht denselben Weg einschlagen wie sein Vater, sein Großvater und alle anderen heutzutage. Faksimiles waren sie, schludrige Kopien von etwas Besserem, Authentischerem, das vor langer Zeit in Vergessenheit geraten war, und alle befassten sich mit denselben Dingen, weil alle in dieselbe Richtung dachten. Für einen Moment sah er sich rennen, klein und schwarz wie eine Ameise, in einer wimmelnden Gruppe von Männern, die Stock und Hut verloren hatten und trotzdem kaum vorankamen. Alle hatten sie die Abzweigung zu einem einfachen, friedlichen Leben verpasst. Ja, flüsterte er betrunken und wälzte sich im Bett herum, ich weiß, es muss eine ganz einfache Lösung geben, die wir vor lauter Grübeln übersehen, einfache Lösungen sind immer die besten. Auch das Rad wurde jahrhundertelang übersehen. Für Guy mit seinem originellen Geist und frischen Blick gab es noch einen Weg zurück, aber dann musste sein Vater ihn wirklich in Ruhe lassen. Vielleicht für immer.

An der Fensterscheibe kratzte ein Ast der todkranken Zeder, nach der die Pension benannt war. In der Pension lag er, Valéry Barre, seine Barthaare schabten über das steife Bettzeug. Seine an Dunkelheit gewöhnten Augen schweiften über die Zimmereinrichtung. Verkniffener Wäscheschrank. Lachende Lampe. Giftgrüne Tapete mit französischem Lilienmuster. Freundliche Vorhänge, lange nicht gewaschen. In Gedanken ging er seine Lieben durch, Freunde und Verwandte, und stellte sich vor, wann und wie sehr sie ihn vermissen würden. Ob überhaupt. Als Erster war da Marc Roussin, der ihn in Paris vom Bahnhof abholen wollte. Der machte sich bestimmt keinen Kopf, wenn sein Freund nicht auftauchte. Marc würde noch einen Moment auf dem Bahnsteig warten, das Hemd aus der Hose, den grauen Bart im Wind, so lief er nun einmal herum. Das machte er absichtlich, der Alte. Sein ganzes herrliches Leben stellte er zur Schau, alle sollten sehen, dass er frisch aus den Federn kam, und sei es mitten am Tag; was an Essen und Trinken in ihn hineinging und wieder herauskam, und wer es nicht von selbst merkte, dem wurde es unter die Nase gerieben. Ein Schwätzer war er trotzdem nicht, sein Kopf arbeitete immer, sein Blick registrierte alles, sogar beim Vögeln. Er sah ihn vor sich, wie er auf dem Bahnsteig aus einiger Entfernung den Zug beobachtete, jedes einzelne Füßchen auf dem Trittbrett, den Blick hinauf- und wieder hinunterwandern ließ und erst fünf Dutzend Frauen später daraufkam, dass er umsonst wartete. Nicht weiter schlimm. Roussin würde auf den Boden spucken und, wo er schon mal da war, zur Place Mazas gehen, weil es im Tabakladen dort seine geliebten Grenadier-Zigarren für billiges Geld gab. Er würde sich eine frisch gerollte zwischen die Lippen stecken und sich dabei vielleicht fragen, was seinem Freund widerfahren war, ob ihn zu Hause ein Telegramm erwartete oder ob er sich in der Uhrzeit getäuscht hatte, doch lange würde er sich nicht bei solchen Gedanken aufhalten, denn immer kam irgendein Weibsbild vorbei, das er sich anschauen konnte. Wie in der Werbung:

Außergewöhnlich. Echt. Faszinierend. Goldrausch. Arabische Nächte. Cherubinen. Ab in den Urwald. Erlegen Sie einen Zwölfender. Gönnen Sie sich zusammen mit anderen Helden eine kleine Pause. Schwingen Sie sich aufs Veloziped. Verlassen Sie das Schiff. Brechen Sie zum Horizont auf. Retten Sie eine Frau. Was immer Sie tun: Rauchen Sie eine kubanische!

Danach kamen die Kollegen und Assistenten in England. Kaum Aussicht auf Panik. Sie ließen ihn in Ruhe, erzählten lieber von sich, als sich die Mühe zu machen, ihn besser kennenzulernen. Sie würden keinen Alarm schlagen. Schließlich Caroline. Natürlich, dass er vermisst wurde, hing von Caroline ab. Drei Wochen und dreitausend Seemeilen später würde sie als Erste merken, dass wohl etwas Dramatisches geschehen war. Dann schreitet sie zur Tat. Am Rande der Verzweiflung, aber stets höflich und guter Dinge, damit sich ja keiner Sorgen macht. Typisch englisch!

Dabei war sie längst übers Warten hinaus. Ebenso wenig verzehrte sie sich nach ihm, dafür war sie zu alt. Nein, in Wirklichkeit fraß sie sich regelrecht auf. Wie die Grille, die bei den eigenen Flügeln anfing, hatte sie sich zuerst ihre Engelslocken abgeschnitten. Danach gewöhnte sie sich einen krummen Gang an, die Fäuste an den Bauch gedrückt, wo ihre Wut wohnte. Drei Jahre hielt er sie schon hin. Seine letzten Briefe hatte sie sicher gar nicht mehr geöffnet. »Lies du nur, was er sich diesmal ausgedacht hat«, hatte sie zu ihrem Sohn gesagt, der alt genug war, zu verstehen, dass sie nicht seine Erfindungen meinte. Aber jetzt hatte er diese Kabine reserviert, also kam er. Er kam! Und siehe da, sie liebte ihn noch. Doch sie würde nicht wagen, ihm ins Gesicht zu sehen, stellte er sich vor. Seine Augen, die den Anblick einer Jüngeren genossen hatten, oder vielleicht sogar mehrerer schöner Frauen, mussten jetzt mit ihr vorliebnehmen. Ihr Bild würde das der anderen überlagern, wie auf diesen spiritistischen Aufnahmen, wo der Tod von einem Mädchen Besitz ergriff. Keine Frau wollte das. Und er? Er konnte versuchen, seine Reaktion zu maskieren, aber zu spät. Sie merkt es, wird noch stiller, versteckt sich hinter den Kindern, bereitet eine leckere Mahlzeit von früher zu. Idyllisch ist das Haus ja, tadellos in Ordnung, doch in den ersten Tagen gehen sie einer Zweisamkeit aus dem Weg. Vielleicht erkundigt sie sich nach seiner Arbeit, vielleicht auch nicht. Was die andere wohl macht, fragt sie sich, wie sie damit umgeht? Die Kinder waren ihr Trumpf, dank der Kinder würde er nicht allzu sehr auf sie achten, sondern eher staunen, wie groß Marie-Jeanne geworden war, dass sie sich in eine amerikanische Mary-Jane verwandelt hatte. Guillaume hatte er letztes Jahr in England gesehen, also wäre jetzt Mary-Jane dran. Darauf konnte sie bauen. Die Ankunft der Etruria gehörte ihr, mehr als jedem anderen auf dem Kai. Am Ufer des Hudson würde Caroline, wie das Schiff, ihre ganze Last abladen, in einem fort schwatzen, die Kinder könnten sie gar nicht zur Ruhe bringen. Im Gedrängel der *Great Unwashed* würde ihr hochtoupiertes Haar in fransige Strähnen zerfallen, bestimmt sah sie älter aus als in seiner Erinnerung. Arme Carol! Immer merkte man sich ihr nervöses Haar, aber nie ihre Augen. Die sanften Sätze, aber nie die Worte, die ihnen Bedeutung verliehen, die plissierten Blusen, aber nie den Duft ihrer Haut. Früher, als sie sich noch ansahen, malte er sie oft. Doch selbst damals, als sie nur Augen füreinander hatten, bekam er sie nie zu fassen. Wenn er sich von der Leinwand abwandte, um Farbe zu mischen, plapperte sie los, und ihr gelegentlich schönes, aber nie sinnliches Gesicht löste sich in einer Wolke von Worten auf. Sie blieb nicht auf seiner Netzhaut haften. Wenn nötig, hätte er der Polizei ihre äußeren Merkmale nennen können - aschblondes Haar, grüne Augen, witziges Kinn -, doch das Phantombild wäre mangelhaft, denn sie ließen sich nicht zu einem Ganzen zusammenfügen. Vielleicht hatte er deshalb aufgehört, Caroline anzusehen. Und am Vortag, bei seiner Abfahrt, konnte er sich beim besten Willen nicht vorstellen, zu welcher Frau er eigentlich unterwegs war. Er konnte ihr Bild einfach nicht aufrufen, selbst die Merkmale waren verschwunden, nur ein paar Stichworte blieben: aschblond, grün, witzig.

Guy dagegen sah er deutlich vor sich. Guy war der Letzte aus der Familie, den er gesehen hatte, und der Einzige, den er, in den Jahren ihrer Zusammenarbeit in Leeds, wirklich kennengelernt hatte. Inzwischen war sein Sohn sicher sogar noch größer als er. Unschwer vorzustellen, wie er alle anderen auf dem Kai überragte und durchs Fernrohr spähte, seine Schwester anstupste, nein, er ist wirklich nicht da, Mama, ganz bestimmt nicht. Als Kind roch er würzig und süß und konnte, zu Carols großem Verdruss, richtig laut singen. Wann hatte seine Liebe zu den Kindern die zu ihr ersetzt? Schon recht bald. Anfangs bewunderte er ihre mütterliche Intensität, die Art, wie sie auf ihre Kleinen schaute - mal überglücklich, dann wieder wegen nichts und wieder nichts besorgt -, doch das ging rasch vorbei, und was von ihr blieb, war ihm fremd. Englisch. Darauf hatte er nie geachtet. Seit dem Krieg betrachtete er sich als Weltbürger, doch nun, älter geworden und zurück in der Heimat, erkannte er, dass sie tatsächlich eine englische Frau war und er ein französischer Mann: Er war ihr Männchen der französischen Sorte. Er war immer viel unterwegs gewesen. Die Aufträge, die er an Land zog, lagen weit auseinander, über den ganzen Kontinent verstreut. Ihm war egal, wo er wohnte, solange er ein gutes Labor hatte und zuverlässige Assistenten. In England waren sie glücklich, warum sollten sie es also nicht in Amerika sein? Guy war zehn, als sie umzogen, Marie-Jeanne neun. Ihr Haus in Delanco war nur wenig älter. Es hatte hohe Decken, zu einer Seite mit Blick auf die Magnolienbäume im Garten, zur anderen auf den Delaware. Er war nicht der erste französische Erfinder am Fluss. Zwanzig Jahre früher hatte Brutus Villeroi dort sein Unterseeboot getestet. Im ersten Jahr brachten die Schreie unbekannter Tiere sie um den Schlaf. Im Dorf erzählte man Caroline, es seien die bösen Seelen der auf den Grund des Rancocas gesunkenen Indianer.

Er ist einfach nicht da, Mama. Die Heimfahrt könnte gar nicht schnell genug gehen. Die Mutter saß ihren Kindern gegenüber. Resolut durchbrach sie die Stille mit einem Plan. Keine Sorge, Vater wisse, was er tue, trotzdem müssten ein paar Leute benachrichtigt werden. Es gehe nicht um sie. Nicht einmal um ihn. Es gehe um seine Arbeit, Hauptsache, die sei in Sicherheit. Ob Guillaume das verstehen könne? Gut. Nach diesen Worten würde sie aufstehen und den Rest der Fahrt zwischen den Plattformen der Pennsylvania Limited auf und ab wandern.

Wissen Sie noch? Die Ortszeit in Pennsylvania lag immer dreizehn Minuten vor der Harrisburg Time und neunzehn Minuten vor der Pittsburgh Time! Steigen Sie in die Pennsy und fliegen Sie durch die Zeit!

Zu Hause hatte das Dienstmädchen ganz umsonst eine Pastete gebacken. Das Geschirr wanderte zurück in den Schrank. Die Neuigkeit verbreitete sich schnell. Erst in kleinen, dann in größeren Kreisen, wie das bei Wörtern so ist: Sie bewegen sich nie vorwärts oder zurück, sondern rasen als Gerücht durch die Welt, rotieren aus Druckerpressen, treiben in immer größeren Kreisen davon. Er sah vor sich, wie die Kinder verwahrlosten, die Frau wahnsinnig wurde vor Leid und der Verdunkler sich ins Fäustchen lachte, weil es ganz von selbst gegangen war. All das wusste Barre und wollte schon in Schluchzen ausbrechen, als es kräftig an die Tür klopfte.

»Verzeihung ...«

Ein glänzendes, aufgeschwemmtes Gesicht im Türspalt wandte sich an ihn, ein Marionettenkopf, der im Schein des Leuchters frei in der Luft zu schweben schien. (So etwas hatte er einmal gesehen, er wusste sogar, wo: in der *Galerie de l'Evolution*. Zweihundert Jahre alte Präparate eines holländischen Anatomen, in allerlei Raritätenkabinetten zusammengetragen und vorübergehend zur Schau gestellt. Dass jemand sich die Mühe machte, einen einzelnen Arm in Alkohol zu konservieren, sei's drum. Aber warum sollte man ihn dann noch in eine geklöppelte Manschette stecken? »*Nahezu in den Zustand eines lebendigen, schlafenden Menschen versetzt, mit Ausnahme der Bewegung.*«) Er richtete sich auf. Es war nur die Wirtin. Hoffentlich glaubte sie nicht, dass er liebevoll zugedeckt werden wollte.

»Es tut mir leid«, sagte sie, »aber ich muss Sie um Ihren Namen bitten.«

Sie steckte einen molligen Arm zur Tür herein. Nahezu in den Zustand eines lebendigen, schlafenden Menschen versetzt, mit Ausnahme der Bewegung. Lebensecht, fand man im siebzehnten Jahrhundert. Morbid, schrieben die Zeitungen heute. Was war der Unterschied? Mittlerweile hatte man nichts mehr daran auszusetzen, wenn unglückliche Eltern ihr totgeborenes Kind vom Fotografen festhalten ließen.

»Die Polizei …«

Sie trug ein Abendkleid aus Samt, ganz anders als das, was sie tagsüber angehabt hatte. Auch ihr Haar war sorgfältig frisiert. Bildete er sich etwa ein, dass es seinetwegen war? Dazu lag er viel zu zerknittert da. In seinem Eisenbettchen.

»Die Polizei?«

»Das verlangt sie zurzeit, seit dieses Frauenzimmer ersoffen ist, Sie wissen schon, den Täter hat man immer noch nicht gefunden, dafür aber die Leiche, in Einzelteile zerlegt, ich erspare Ihnen die Details, die können Sie in jeder Zeitung nachlesen. Aber weil es hier um die Ecke passiert ist, sind wir die Dummen. Der Kopf fehlt immer noch! Trotzdem haben sie sie identifiziert! An ihren Kleidern und dem Ehering an der Hand, die unter der Brücke trieb. Jedenfalls müssen wir jetzt die Gäste nach ihrem Namen fragen, solange der Fall nicht restlos geklärt ist. Von mir aus können Sie sich einen ausdenken, ich muss nur danach fragen und ihn aufschreiben.«

Sich einen Namen ausdenken, darauf war er noch nicht gekommen. Er war zu müde. So, mit angewinkelten Beinen unter der Decke, in Anwesenheit einer Art Fili, die ihm etwas zuflüsterte, wollte er nichts lieber als einen Gutenachtkuss auf die Stirn, ihren fülligen Oberkörper dicht über seinem Gesicht. Das dann schon.

»Ich hätte Sie ja nicht so spät gestört, aber der Kommissar sitzt unten, er ist auf dem Sprung, der letzte Gast, und ich muss ihm noch den Namen nennen. Also. Ihr Name.«

»Valéry Barre.«

Sie nickte amüsiert, der Name gefiel ihr wohl. Fest auf den Bleistift drückend wie ein Kind, brachte sie die Buchstaben zu Papier. Samt Accent, triumphierend. »Das war es dann«, sagte er seufzend, »alles ist verloren.«

Ihr Gesicht erstarrte. »Wie bitte?« Die glaubte sicher, dass er nicht bezahlen wollte. Oder doch etwas mit der Ertrunkenen zu tun hatte. »Verloren?«

Er lächelte: »Nein, nein. Das ist mir nur so herausgerutscht. Die Müdigkeit. Gute Nacht.« Und um seine Unschuld zu bekräftigen, ließ er sich laut auf die Seite fallen.

»Gute Nacht, Herr Barre. Wenn Sie noch etwas brauchen, zögern Sie nicht, mich zu rufen. Um ein Uhr gehe ich zu Bett. Haben Sie die Uhrzeit?«

Er wollte sich nicht wieder aufsetzen, um ihr seine Taschenuhr zu zeigen, ständig dieses Ding, und er hatte sie immer noch nicht aufgezogen. Solange sie ihn in Ruhe ließ, würde auch er sie nicht stören.

»Schon gut, wenn Sie sich nur daran halten. Ein Uhr.«

Sie trat zurück in den Gang. Kein Gutenachtkuss. Von Weitem klang es wie das Lied, das Fili ihm manchmal vorgesungen hatte. Englisch, schien ihm, aber das konnte nicht sein, Fili sprach kein Englisch. Er musste an den Kopf der Ertrunkenen denken. Fett und Luft gehen nicht unter, im Gegensatz zu Muskeln, Hirn und Knochen. *Trotzdem haben sie sie identifiziert!* Es war kaum zu glauben. Man ließ sie nicht in Frieden ruhen. Seit Klatsch in hoher Auflage gedruckt wurde, war aus Grabschändung eine gesunde Form der Neugier geworden, man ließ sich mit Butterbroten und Zigeunerensemble auf dem Altar nieder. Offenbar gab es nichts mehr, von dem man sich lieber fernhielt. Die Zeitungen sorgten dafür, dass noch das allerletzte Detail breitgetreten wurde. Verärgert drehte Barre sich um. Perlen vor die Säue! Publikum hieß das Zauberwort, doch sein Publikum bestand nur aus Schuften. Die Pest von heute war ja gerade, dass das Publikum laut stampfend seinen Anteil einforderte. Und dank der immer schneller rotierenden Pressen war alles voller Klatsch, jeder konnte überall mitreden. Wie blasiert sie geworden waren! Nicht einmal der Tod brachte sie noch zum Beben. In parfümierten Salons befragten Damen das Dunkel: »Sind Sie da, Geist?« Treten Sie doch ein, fühlen Sie sich wie zu Hause, nehmen Sie sich ein Petit Four! Lautstarke Unerschrockenheit allerorten. Vorbei waren die Zeiten, als man noch Angst kannte, angesichts des Unbekannten regungslos verharrte und es unberührt ließ.

Unten war das Stühlerücken vorbei, das Lokal aufgeräumt, die Wirtin auf dem Weg ins Bett, die Gäste schliefen, genauso der Schuhputzer und sein Kunde. Und im Wasser schlief die Ertrunkene. Barre kam zur Ruhe. Ihm fielen die Augen zu, bald übernahm der Schlaf seine Gedanken. Da war die Melodie wieder:

Gently down the stream

Caroline konnte nicht schwimmen. Sie hielt sich vom Wasser fern. Sie blieb auf dem Kai, vertraute auf die guten Augen ihres Sohnes, der den Kopf schüttelte, nein, vergiss es, jetzt kommt keiner mehr, ganz bestimmt nicht, das sehe ich doch. Er ließ das Fernglas sinken und blickte hilflos zu seiner Mutter, doch sie lächelte die Sorgenfalte von ihrer Stirn. Höre auf Papa, dann wird alles gut! Auf ihrem wieder glänzend gewordenen Haar thronte plötzlich ein hoher Damenhut, während der tote Baum im Hintergrund Blätter bekam, um mit ihnen zu rauschen. Ein paar Schritte zurück, bleibt stehen, alle miteinander. Guillaume, höre auf Papa. Den amerikanischen Kai wischen wir weg, tauschen ihn gegen die Fassade unseres englischen Hauses, wisst ihr noch, mit offener Haustür. Ein paar Bäume dazu, das von der Sommerhitze angesengte Grün mit etwas Umbra versetzen, schließlich ist es Herbst. Rhododendren um den Rasen, darauf rollt sich ein Kätzchen.

Round, round, round you go ...

Da stimmte etwas nicht. Das Lied ging anders. Er hatte nicht vor, lange darüber nachzugrübeln, versank tiefer in die Kissen und spielte den Film, vierundzwanzig Bilder, die er vor zwei Jahren im Garten von Oakwood Grange geschossen hatte, in seinem müden Kopf ab. So scharf waren sie noch nie gewesen. Caroline war in Wirklichkeit gar nicht dabei, sondern schon im Spätsommer nach Amerika zurückgekehrt. Sie war furchtbar eifersüchtig, dass Miss Richards, die entzückende Beth Richards, die Pflegerin ihrer Eltern, eine Rolle in Valérys erstem Film bekommen sollte (möglicherweise dem ersten Film aller Zeiten), welche Frau wäre das nicht? Doch ein Ozean trennte sie, und Caroline konnte nicht schwimmen. Eigentlich sollte sie ihm dankbar sein, denn es nahm alles kein gutes Ende. Im Bett schlummernd, sah Barre es immer noch genau vor sich, diese ganze Wirklichkeit oder was man dafür hielt -

Life is but a dream ...

Stehen bleiben, alle Mann. Einen Moment Geduld, damit er zeichnen kann. Herbst, ein gepflegter Garten in England. Das Nachmittagslicht im Rücken, eine Kamera mit einer Linse auf einem verstärkten Dreifuß, vier Personen im Bild. Und los! Kamera läuft, die Personen drehen sich im Kreis herum, alles dreht sich im Kreis herum. Guillaume machte immer brav mit. Er hatte die Energie der Jugend. Auch Beth klagte nicht; Verliebte klagen nicht (ja, die Liebe war gegenseitig, Barre wusste nicht, wie ihm geschah), und keiner bewegte sich so anmutig wie sie. Schwiegerpapa wurde von seiner wissenschaftlichen Neugier angetrieben, doch seine Frau hatte zu nichts Lust. Diese Schiffsschaukel, das missbilligende Möbel von Frau, hätte nie bei diesem Experiment mitmachen sollen. Sie wollte sich nicht rühren. Das Höchste der Gefühle war zu lächeln, etwas vorgelesen zu bekommen, ihren in gestärkter Spitze gefassten Kopf in ein täglich frisch bezogenes Kissen sinken zu lassen, etwas Tee zu nippen und an einem noch unbestimmten Datum in anglikanischem Gemurmel zu verstummen. Das schickte sich für eine Frau in ihrem Alter. Nicht dieser Zirkus. Zehn Tage nach der Aufnahme war sie tot. Das Andenken an ihre Bewegungen (sofern bei ihrer Generation von Bewegung die Rede sein konnte – Frauen, die, zusammengehalten von Fischbeinstäben, bleischwerem Tuch und einer bestickten Schlinge von einem Ohr zum anderen, nicht dazu gedacht waren, sich zu bewegen, geschweige denn, in der Bewegung verewigt zu werden) wollte er ihrer Tochter schenken, die einsam auf einen amerikanischen Fluss blickte.

Halten Sie Ihre Lieben zeitlebens fest! Erfreuen Sie sich noch nach ihrem Tod, sooft Sie wollen, an ihren natürlichen Bewegungen, ihrem Lächeln, Zwinkern, einem spontanen Handkuss! Alles ist möglich, geben Sie heute noch Ihre Bestellung auf, bevor es zu spät ist!

Etwas in Bildern festzuhalten fiel ihm leicht, die Bilder hinterher abzuspielen war schwierig. Nicht nur für ihn. Auch seine Rivalen scheiterten an dem Mangel an biegsamem Trägermaterial, das nicht schmolz und trotzdem durchsichtig genug war, um die Bilder zu projizieren. Vielleicht hatte die alte Dame deshalb nicht begriffen, wieso sie mitmachen sollte: Es gab schlicht noch nichts zu sehen. Beth hatte Mitleid mit ihr. Ob sie denn unbedingt zu viert aufs Bild müssten, fragte sie, ob es etwas mit dem symmetrischen Spiel von Licht und Schatten zu tun habe? Die meisten Fragen seiner Mätresse waren völlig widersinnig, doch sie stellte sie ohne jede Scham, und insgeheim beneidete er sie um diese kindliche, assoziative Denkweise, die ihm schon lange abhandengekommen war. Einige Male brachte sie ihn, als er sich festgefahren hatte, damit auf eine gute Idee. Mehr noch als ihr Äußeres riefen vielleicht diese sonderbaren Fragen sein Verlangen nach Beth' Gesellschaft wach. Wenn sein Schwiegervater in der Werkstatt war, musste er sich aber in Acht nehmen. Der fand ohnehin alles bedenklich, und natürlich redete sie in seinem Beisein den größten Blödsinn.

Nein, es mussten nicht unbedingt vier Menschen aufs Bild, doch er drehte schon an der Kurbelwelle, es gab kein Zurück. Die Zeit lief. Valéry tauchte unter das warme schwarze Abdecktuch und entzog Garten, Haus und Darstellern in zwölf Bildern pro Sekunde die Farbe. Ihre Gesichter wurden leichenblass und ihre Körper immer schwärzer. Geht weiter, bitte, bleibt nicht stehen! Sie gehorchten, allerdings schubweise, doch jetzt, wo sie sich in Silhouetten verwandelt hatten, konnte man ihren Bewegungen leicht folgen. Die im Wind flatternden Rockschöße der Herren machten gut mit. Eine dicke weiße Taube hinter einem schlanken kleinen schwarzen

Raben, schön, aber weshalb wurden die Silhouetten immer schmaler? Woher kam diese Verzerrung? Seine Schwiegermutter war tot, natürlich sah sie dann nicht mehr ganz taufrisch aus. Er fluchte. Sie hätten ihm ja vorher Bescheid sagen können, ein Post-Mortem bestellt man besser gleich, nicht erst, nachdem die Verwesung eingesetzt hat. Wer will schon den Schnappschuss eines Skeletts haben? Geht weiter, dreht euch, gut so, meine Herren, die Damen! Aber was war nur mit ihren Silhouetten los, ihre Beine waren so dünn, diese Verzerrung musste behoben werden. Er warf das Tuch von sich und wollte die Aufnahme stoppen, sah dann aber mit eigenen Augen, dass nicht nur die alte Frau zu einem schaurigen Gerippe geworden war, nein, auch die schöne Beth grinste, weil sie ohne Lippen nicht anders konnte, und von ihrem Haar war nur noch ein strohiges Büschel auf einem fleischlosen Schädel übrig. Anscheinend machte es ihnen gar nichts aus. Sie zuckten mit den Schultergelenken, und Schwiegerpapa lachte sogar belustigt über seine Knochigkeit. Kein Gramm Fett, wiederholte er ständig, kein Gramm Fett! Barre wagte kaum, sich weiter umzusehen, tat es aber doch. Da ging Guy, sein Fleisch und Blut, sein bildschöner Sohn, wackelte mit den Hüftgelenken und drehte brav seine Runden: »Ist es so gut, Papa?«

Nein, wollte er schreien, überhaupt nicht! Aber wie das im Traum so ist, kam kein Ton aus seiner Kehle, und die Toten sahen ihn vorwurfsvoll an.

Round, round, round you go, gently down the stream,
merrily merrily merrily merrily, life is but a dream

Schluss jetzt! Die Wörter stimmten nicht. Nichts stimmte. Was tot ist, bewegt sich nicht mehr. Dieses Gesetz konnte man nicht mal eben, kurz vor dem Ende des Jahrtausends, mit einem simplen mechanischen Trick aushebeln. Aber wie verhielt es sich dann? Barre wälzte sich in seinem Eisenbett herum. Er musste irgendwo die verflixte Abzweigung verpasst haben und drehte sich jetzt auf dem falschen Weg endgültig im Kreis. Er presste die Hände an die Ohren und wandte sich von den Skeletten ab, die er heraufbeschworen hatte, doch da fiel sein Blick auf seinen Unterkörper, und der ähnelte dem Kamerastativ. Stimmlos schrie er auf. Er war ein Monster, eine Missgeburt mit Stecken anstelle von Beinen und einer Schachtel als Kopf! So wollte er nicht verschwinden, sein Manöver war schrecklich danebengegangen. Weg damit, zwölf Bilder pro Sekunde reichen nicht aus, um Tote zum Leben zu erwecken.

Das war das Ende des ersten Films, der je gedreht wurde. Er verschwand unter der Erde, tauchte noch ein paarmal bruchstückhaft in Albträumen, Anekdoten und Gerüchten auf, grobkörnig und verhaspelt, wie ein toter Vogel, den ein Hund ausgräbt, um ihn wieder fliegen zu lassen. Sein Erfinder dagegen wachte einfach auf, in einer schummrigen Pension. Dachte ich es mir doch, sagte er sich betrübt, es war ein Traum, ein fürchterlicher Traum. Ansonsten blieb es still, drinnen wie draußen. In seinem Kopf war nichts gewachsen, die böse neue Idee war nicht mächtiger geworden. Vielleicht war es ja gut, dass er in V. ausgestiegen war, aber er hatte keinen Schimmer, wie es weitergehen sollte. Er streckte die Hand aus, um sich zu vergewissern, dass da nichts war außer der kalten Wand, weder Tod noch Leben, keine Caroline und keine Beth, niemand, der sagte: Ja, Junge, du hattest einen ganz fürchterlichen Traum, aber das Leben geht weiter, sieh doch nur in diese Tasche, die du am Fußende unter der Decke festgeklemmt hast, und sieh, wie sehr du am Leben hängst, an Gedanken, die noch einen schwindelerregenden Aufschwung nehmen können, ganz egal, ob sie ein Jahrhundert unter der Erde liegen oder nicht.

3

In derselben Nacht, nur hundert Kilometer weiter, merkte Marc Roussin, dass sein Freund noch immer keine Nachricht geschickt hatte. Enttäuscht legte er die leere Büchse in die Leitung der *poste pneumatique* zurück. Sein Haus war an das Pariser Rohrpostnetz angeschlossen, seit es auf eine Gesamtlänge von vierhundertfünfzig Kilometern erweitert worden war. Immer noch weniger als in London, wo der Duke of Buckingham sich zum Beweis, dass sie auch für Frachtgut geeignet waren, selbst durch die Rohre hatte schießen lassen. Innerhalb der letzten Stunde hatte Roussin seine Post mindestens zehnmal kontrolliert. Obwohl kein Signal ertönt war, ging er ständig in die kleine Kammer, öffnete die Luke und steckte die Hand in den Schacht. Doch da war nichts. Schließlich verschickte er eine leere Büchse, vielleicht war das Netz gestört, aber nein. Er gab sich geschlagen. Barre hatte ihn also versetzt. Der würde sich nicht mehr blicken lassen.

Auf dem Weg ins Schlafzimmer musste sich Roussin eingestehen, dass er blau war. Er zählte nach, wie viel er getrunken hatte. Eine halbe Flasche Wein beim Warten im Bahnhofslokal, mehr nicht. Da war es sehr voll gewesen, doch ein Herr musste rasch los und überließ ihm seinen Tisch. Und sein Glas Armagnac. Das, zusammen mit der halben Flasche Bourgogne, war immer noch nicht viel. Eine gute Stunde hatte er dort gewartet, bei einem Beefsteak, Armagnac und Bourgogne und einem guten Blick auf den Bahnsteig. Keine Spur von

Barre. Dafür stieg ein Prachtweib aus dem Zug, rothaarig und zuckersüß, mit dunklen Augen, sie setzte sich kurz auf die Bank vor seinem Fenster, holte ein grässliches Hündchen aus ihrer Tasche. Dennoch versperrte sie ihm nicht den Blick. Mag sein, dass er den Zug für eine Minute aus den Augen ließ, aber falls Barre genau dann ausgestiegen war, hätte er ihn sicher im Lokal gesucht. Außerdem wusste Barre, wo er wohnte. Noch im vergangenen Jahr war er unangekündigt vorbeigekommen. Hatte plötzlich vor der Tür seines Hauses am Boulevard Delessert gestanden. Roussin öffnete selbst, denn das Dienstmädchen war bei Au Grand Neptune, eine Fischpastete holen. Da war er noch bester Laune, doch sofort senkte sich eine bleischwere Stille herab, im Laternenlicht stand ein alter Bekannter. Barres Mund, im Schatten, blieb geschlossen, seine Augen sprachen Bände. So sehen also schlechte Neuigkeiten aus, dachte Roussin. Gleich wird er den Mund aufmachen und mit der Katastrophe herausrücken. Oder er hat eine Depression, auch möglich. Sein Freund war so lange schon angespannt.

»Hast du dich bei den Frauenzimmern herumgetrieben?«, versuchte er ihn aufzumuntern, doch Valéry Barre blieb zitternd unter der Laterne kleben wie eine Motte. »Komm rein, drinnen gibt es auch Lampen. Oder bist du fototaxisch?«

Schweigend trat Barre ein. Roussin versuchte ihn aufzumuntern, sagte, wenn er so weitermache, würden bei ihm noch alle Funktionen ausfallen, wie bei dem elektrischen Abakus auf der Weltausstellung. Dieser Scherz versetzte seinen Gast in Panik. Barre hielt ihn fest, flüsterte, er wisse, dass Roussin Kontakt mit diesem Subjekt aus Amerika gehabt habe, und er solle sich besser in Acht nehmen. Der Verdunkler, so nannte er ihn. Als Roussin fallenließ, der Amerikaner sei keineswegs ein Verdunkler, sondern ganz im Gegenteil ein zuvorkommender, wenngleich etwas verschlossener Mann, wich alle Farbe aus Barres Gesicht. »Der Verdunkler verdient keinen anderen Namen«, sagte er noch. Völlig idiotisch! Sosehr Roussin sich bemühte, ihn aufzumuntern, Barre hielt an der Vorstellung fest, dass Gefahr drohte. Er schien es sogar zu genießen, schauderte ausgiebig beim Gedanken an das, was seiner Meinung nach herannahte. Später, als Roussin ihn zum Salon von Madame Loubet mitnahm, benahm er sich noch seltsamer. Vielleicht wären sie besser zu Hause geblieben, doch die Verabredung mit seiner Freundin stand schon lange, außerdem hoffte Roussin, es würde Barre guttun, unter Leute zu kommen. Doch bei Madame Loubet wollte er sich nicht einmal setzen. Wie ein Straßenköter, der sich ins Haus verirrt hat, behielt er die Fenster und Türen im Blick. Bebte, keuchte. Ach, Barre. Dabei war er doch ein ganz ansehnlicher Kerl, Roussin hatte es schon oft gesagt: Wenn er bildhauen könnte, hätte er sich auf Barre gestürzt. Charakterkopf, zehn Jahre jünger als er, aber er verhielt sich wie ein sklerotisches Weib, das reif war für die Salpêtrière.

Roussin ging ins Schlafzimmer. Wenn er sich nicht täuschte, erwartete ihn dort eine Frau. Er ließ sich im Bett auf die Seite fallen, tastete um sich. Mein Gott, wieso war er nur so betrunken? Armagnac, Bourgogne und zum Nachtisch *Baba au rhum* (nicht der Rede wert, der »Rum« wird mit Zucker zu Sirup eingekocht) und – aus rein medizinischen Gründen – eine Chartreuse jaune zum Espresso. Danach hatte er Zigarren geholt. Vielleicht hatte er die Flasche Bourgogne doch leer getrunken, aber das war immer noch kein Grund, dass sich jetzt alles drehte. Die Gute ließ sich aber Zeit. Zog sich gerade hinter dem Wandschirm aus, wäre doch gar nicht nötig gewesen. Er entkleidete sie lieber selbst. Dass die Schneider sich verschworen hatten, um ihre Kundinnen in jede Menge Galanteriewaren zu hüllen, war ganz nach seinem Geschmack. Er fummelte gern. Türkische Schnürungen, chinesische Knöpfe, Brandenburger Häkchen: Seine Hände reisten um die ganze Welt, während sein Glied sich zu Rammelformat aufpumpte, verdammt noch mal –

»Was treiben Sie denn da, Madame Crémieux?«

»Einen Moment, Sie werden sehen ...«

Es musste am Rosenlikör liegen. Nach der Chartreuse ging es ihm schließlich noch bestens. Die Wärme hing noch über der Stadt, hinter der Place Mazas saßen die Leute auf Caféterrassen, genehmigten sich ein Gläschen und regelten dies und das, man legte sich ein Tuch um die Schultern, rückte die Stühle näher zusammen, behaglich war es in der Stadt, hier und da sogar rührend. In der Rue Beccaria zum Beispiel, wo der Markt abgebaut wurde, die Leute aber Acht gaben, einen Clochard in Ruhe schlafen zu lassen, der, den Hut im Gesicht, mitten in den Schalen lag. Zwei Blumenverkäuferinnen senkten die Stimme, als sie vorsichtig über ihn hinwegstiegen. Roussin hatte sich für einen Gutenachttrunk auf der verglasten Terrasse des Hôtel Lenoir entschieden, wo er einen guten Blick auf die anheimelnde Szenerie genoss. Fast wäre er eingenickt. Man hatte ihm einen Platz in einer gepolsterten Nische gegeben, wo nur der Gastwirt ihn sah, während er selbst alles überblickte, das liebe Leben, die braven Leute, die Umrisse ihrer vom eben angezündeten Lampenlicht goldgerahmten Routine. Die meisten von ihnen würden länger auf dieser Welt sein als er, und er hoffte, wie der Publizist Lafargue, dass ihr Leben sich nicht allzu sehr veränderte, dass sie weiter in der Dämmerung vor sich hin wursteln dürften und nicht die ganze Zeit elektrischem Licht ausgesetzt wären.

Drei Gläser später war der Markt verlassen, mit Ausnahme von dem Clochard und ein paar Hunden, und auch drinnen brachen die letzten Gäste auf, doch dann kam sie und nahm sich seiner an. Pauline. Er hatte sie schon öfter gesehen, aber nie von Nahem, und auch von Nahem war sie hübsch. Krauses dunkles Haar, kein Puder im Gesicht, dafür von Natur aus rosige Bäckchen, Gold an den Ohren, entzückende kleine Händchen. Zwischen den Schleifen auf ihren Schultern war alles voll und weich. Sie bestellte Rosenlikör, bekam jedoch Rosenschnaps. Irrsinn. Schon in der Kutsche drehte sich alles. Sie saß ihm gegenüber, die Beine gespreizt, ein einziges Rosarium zwischen hochgeschürztem Tüll, er musste sich festhalten und einen Rosenrülpser unterdrücken. Er sollte aufhören, die Getränke zu zählen, wenn man sie intus hatte, war es sowieso zu spät.

Der Wandschirm bebte. Da kam sie endlich. Sie trug einen Kimono aus blutroter Seide mit einem Goldband, das einige Male straff um ihren Körper gewickelt war, über Kreuz zwischen den Brüsten, um die Taille, die Hüfte, zwischen ihren Beinen hindurch und über beide Schenkel. Funkeln wollte sie, beunruhigen, doch er fand den Anblick eher amüsant, sie sah aus wie ein Reptil in einer unpraktischen Staffage, deren Nutzen nur Biologen erkannten. Er brauchte nur irgendwohin zu greifen, sie zu sich her zu ziehen.

»Pauline wie paupiëtte, andouillette …«

»Denken Sie auch mal an etwas anderes als ans Essen?«

Aber das Leben ist doch ein Büfett, dachte er, ein stets von Neuem gefülltes Büfett. Dennoch werden die Menschen nervös, der eine lädt sich mehr auf, als er essen kann, der Nächste lässt anderen den Vortritt, und am Ende fühlen sich alle benachteiligt, weil sie vor lauter Eile das Falsche genommen, weil andere mehr abbekommen haben, dabei musste man ruhig bleiben, das hatte er erkannt; sich in Ruhe aussuchen, was man wirklich wollte, und sich vor allem Zeit lassen. Er war auf die Avancen dieser Frau eingegangen, obwohl er müde war und an sein Herz denken musste. Im Moment sah sie zwar ganz vielversprechend aus, aber es konnte noch ins Auge gehen. Sie kannte sich mit erotischem Takelwerk aus, vielleicht war es japanisch, wie ihr Kimono. Irgendwo hatte er gelesen, dass die Japanerinnen ihre Männer fesselten wie Freibeuter. Hilflos sah er sie an. Das würde er nicht aufbekommen. Er beklopfte ihren Harnisch, doch sie schlug seine Hand weg. Er hatte nichts zu sagen. Sie öffnete ihre Unterhose, setzte sich auf ihn und begann ihren Tanz. Na so was, der Mann als Stativ. Mit einem geschickten Griff gelang es ihm doch, eine Brust zu entblößen, dabei klappte aber das Medaillon an der Kette um ihren Hals auf. Ein Foto war darin. Nun lag er Auge in Auge mit einem konsternierten Kerl. Sie merkte es, warf den Kerl grob über die Schulter, doch er kehrte zurück. Mit Käppi, *moustache en guidon,* betresstem Kragen. Eine gute, gestochen scharfe Arbeit, aber kein Miniaturjuwel von Dagron, es musste das Detail einer größeren Aufnahme sein.

»Mein Liebster, Gott hab ihn selig«, sagte sie irritiert, und wieder flog das Brigadierchen in ihren Nacken. Sogleich drehte sich ihr Becken in die Gegenrichtung. Meisterlich, schoss es ihm durch den Kopf. Sie durften ihr nicht ins Handwerk pfuschen, das Brigadierchen und er.

»Französisch-Preußischer Krieg?«, fragte er.

»Von wegen«, stöhnte sie, »Papierbrücke, Tonkin. Vor sieben Jahren schon.«

In Indochina umkommen, was für ein sonderbarer Tod. Doch statt einer Heldenbüste bekam der gute Mann die Brust seiner Witwe, auf der sie ihn wie ein Wickelbaby zu ihren Amouren mitschleifte. War er wirklich konsterniert? Wohl nur in den Augen der Männer, die sich ertappt fühlten. Als das Foto aufgenommen wurde, war er höchstens leicht beeindruckt gewesen - von der Kamera, aber auch von seiner Zukunft und der bevorstehenden weiten Reise. Er blickte in die Linse und sah seine ruhmreiche Rückkehr als Offizier vor sich. Doch daraus sollte nichts werden. Schon als er das Fotoatelier verließ, gehörte er der Vergangenheit an, hatte sich als Andenken um ihren Hals gehängt. Zugegeben, sie trug die Leiche mit Verve. Auf der Brust, wie eine Pietà. Doch es war eine modische Pietät; der Glanz der Trauer, der Heilige so anziehend macht, war kokett und aufgesetzt. Die Händler waren erfinderisch. Jetzt schon gab es aus Haar geflochtene Rahmen, nicht lange mehr, und man könnte sich Nägel, Finger und Augen in Reliquienbehältern um den Hals legen.

Ihm war die Lust vergangen, das spürte sie. Er suhlte sich in der Vorstellung, dass er nun mal ein alter Mann war und tun und lassen konnte, was er wollte. Sie schmiegte sich an ihn, die Laken schlangen sich straff zwischen ihre Körper. Er griff nach ihrem Handgelenk und schloss die Augen. Hinter seinen Lidern erschien ein Bild nach dem anderen (manchmal, wenn er übermüdet war, sah er Gesichter, doch meist waren es Alltagsgegenstände wie Bügeleisen, Tischlerhämmer, Gitarren, nachdrücklich, in leuchtend violetten Strichen, auf die Schultafel der Nacht gezeichnet). Er betrachtete sie in Ruhe, wusste, es waren wertlose Bilder, die ihm sein Geist in immer rascherer Folge präsentierte, wie ein nervöser Kellner bei einem anspruchsvollen Gast. Früher waren auch mal gute

Ideen dabei gewesen. Eine seiner ersten Erfindungen war exakt in dieser Haltung entstanden: die Finger um das Handgelenk einer Frau gelegt, zwischen Wachen und Schlafen. Ach, da war es schon. Das Sphygmogramm ihres Herzschlags. Regelmäßig ging die Grafik auf, nieder, auf, nieder. Hinunter schien immer länger zu dauern als hinauf.

Trotz seines rastlosen Geistes war Roussin eine Frohnatur. Er trug die exakteste Seele im sinnlichst denkbaren Körper, eine Kombination, die ihn zu einer leichten Beute für die Konkurrenz machte. Seine Gedanken standen zur freien Verfügung, sie sprudelten nur so aus ihm heraus, denn er redete genauso, wie er aß. Mit gewaltigem Appetit. Alle durften wissen, was ihn beschäftigte. Dass er dadurch Einbußen hatte, kümmerte ihn nicht. Er brauchte nichts an seinen Ideen zu verdienen. Sogar im Schlaf redete er weiter, dann pumpten die Kolben seiner Denkmaschine noch ein bisschen Luft durchs System, und leere Traumsprache kam aus seinem Mund.

»Blanker Nebengedanke«, sagte er laut zu Pauline, »prima Sache. Dachplan. Darf nicht einstürzen.« Sie schwieg, doch ihr Puls antwortete in Grafiken, ihr Herz flog für ihn über kariertes Papier, ihre Lunge produzierte ein prächtiges Pneumogramm, dazwischen schossen ihre sehnlichsten Begierden auf kräftigen Diagrammen auf und ab. Alles dank der Technik. Wenn man wollte, könnte man jede Lüge aufzeichnen; Schwarz auf Weiß, Rot auf Weiß, nach Belieben. Roussin hatte eine Zeitlang an einem solchen Detektor gearbeitet, doch die Skizzen waren in der Schublade gelandet. Eigentlich mochte er Lügen ganz gern, in der Liebe kam man nicht ohne aus, und die Wahrheit? Nichts als ein langweiliger Punkt am Ende einer Geschichte.

»Grabgedanke!«, rief er triumphierend, woraufhin der Brigadier mit größter Selbstverständlichkeit aus seinem Medaillon stieg. Er war ziemlich plattgedrückt, klopfte sich aber den Staub vom Anzug, zog an seinem Kopf und bekam allmählich etwas Farbe. Die Männer gaben sich die Hand.

Der Brigadier verpasste dem Medaillon einen Fußtritt, es hustete eine Staubwolke aus. »Wie soll denn ein Mann hier reinpassen? Wissen Sie das? Wie kann mein ganzes Leben mit all seiner Dynamik – denn ich habe ein kurzes, aber fabelhaftes Leben gehabt –, wie sollen meine Erfahrungen hier reinpassen? Ich bin um mein Leben gerannt und um meinen Tod, Marc, mit dieser Nase hier habe ich geliebt« – bei diesen Worten sog er tief Luft ein –, »habe bis ins Tiefste gerochen, mit dieser Zunge bis ins Tiefste geschmeckt, hier. Sehen Sie nur, wie lang und rot sie ist, und jetzt, was hat man jetzt aus mir gemacht: schwarz-weiß, platt wie ein Bügelbrett, ohne Leib, ohne Seele, ein Bruchteil meines ursprünglichen Formats – da frage ich Sie, wie sollen meine Erfahrungen hineinpassen?«

»Vielleicht hätten Sie Ihre Memoiren schreiben sollen.«

Jetzt sah der Brigadier ganz anders aus, hatte keinerlei Ähnlichkeit mehr mit dem Mann auf dem Foto. Er war noch etwas gewachsen, hatte volles Haar bekommen. Seine Stimme klang nicht mehr blechern, sondern warm und vertraut. Wie kam das? Roussin erkannte sein Gesicht, nur woher? Das kam dummerweise nicht ins Bild. Erschrocken stellte er fest, dass ihm sein Gedächtnis wieder einmal einen Streich spielte. Eines Tages werde ich mich damit abfinden müssen. Kopien, noch dazu schlechte, halb geträumte Duplikate, falsche Namen, Verzerrungen, und wie sie über mich lachen werden, wie köstlich sich die Originale über mich amüsieren werden ...

»Memoiren?«, sinnierte das Brigadierchen. »Was sind die schon wert? Nicht mehr und nicht weniger als jede andere Fiktion. Erinnerungen verändern sich im Lauf der Zeit. Woran ich mich heute erinnere, will ich morgen vergessen. Was ich morgen vergessen habe, möchte ich übermorgen wieder auskramen. Was darf mit, was nicht? Erinnerungen sind wie die Grafiken, die Sie hier aufgehängt haben, als würden sie ein Ganzes abbilden und nicht nur einen Teil einer permanenten Bewegung. Gerahmte Lügen. Das Gedächtnis hört nicht bei einem Rahmen oder auf einem Blatt Papier auf. Es setzt sich fort, sehen Sie mich doch an, ich habe mein Gedächtnis nicht mit ins Grab genommen. Jetzt, da mein Kopf in Ihrem Traum wieder dreidimensional geworden ist, strömt er voll Erinnerungen. Ein herrliches Gefühl, kann ich Ihnen sagen, denn sich zu erinnern ist für einen Menschen genauso wichtig, wie zu atmen, aber Memoiren? Die sind zu nichts gut, die Rache alter Männer, die mit verkalkter Hand die Namen ihrer Geliebten durchstreichen, weil ihr Glied den Dienst verweigert.«

Sprich für dich, dachte Roussin beleidigt. In der Zwischenzeit verwandelte sich der Bursche weiter. Jetzt bekam er buschige Brauen, einen angespannten Blick, dazu diese Panik, das Gift: Sie waren Roussin allzu vertraut.

»Kennen wir uns nicht?«

Der andere drehte sich um die eigene Achse und warf sich in Positur. Eine Weile blieb er still wie ein Bild stehen.

»So?«

»Mein Gott, Valéry! Ich dachte schon, verdammt, ich habe dich nicht erkannt.«

Barre verdrehte die Augen, warf die Arme in die Luft.

»Natürlich nicht! Auf Fotos sehe ich mir nie ähnlich. Ich bewege mich zu viel, mich bekommt man nicht scharf, dafür bräuchte es einen hochempfindlichen Film. Und den gibt es noch nicht. Wir haben noch nicht mal einen Maßstab, das zu messen.«

»Warum warst du nicht auf dem Bahnhof? Ich habe mir die Beine in den Bauch gestanden. Moment mal, du bist doch nicht etwa tot?«

In diesem schrecklichen Augenblick krähte der Hahn, und Roussin schrak aus dem Schlaf. Der Hahn war drinnen, sollte aber im Hauslabor sein, doch dafür klang er viel zu nah. Roussin stieg über die schlafende Frau hinweg aus dem Bett und traf das eingeschnappte, zornige Biest im Flur an. Verglichen mit den anderen Versuchstieren genoss der Hahn viel Freiheit. Ihn einzusperren hatte sich als unmöglich erwiesen. Manchmal gönnte er dem Haushalt bis neun Uhr morgens Ruhe, doch meistens machte er sich schon um sechs bemerkbar. Die Labortür war geschlossen, er konnte nicht auf seine Stange zurück, ein Streich des Dienstmädchens vielleicht – so etwas tat sie öfter, wenn der Hausherr sich die Nacht mit einer Frau um die Ohren schlug. Sie machte ihre Arbeit gut, brachte ihn aber immer wieder in Verlegenheit, weil er ein paar verschwommene Bilder von ihr hatte, Akte, oder hatte er sich die nur zusammengeträumt? Jedenfalls ließ sie sich nichts anmerken, wenn er in ihrem Beisein darüber grübelte. In seiner Erinnerung hatte sie braune Brustwarzen, die nach oben blickten wie traurige Hundeaugen, und war mittendrin wütend geworden, hatte um sich geschlagen, aber wie gesagt, vielleicht war alles bloß Einbildung, und er stand ganz umsonst stammelnd vor ihr. Auf sein Gedächtnis konnte er sich nicht mehr verlassen.

Endlich hatte er den Hahn am Schlafittchen. Was für ein

griesgrämiger, aufgeblasener Federball war er doch, kaum hatte man ihn am Wickel, blieb nichts von ihm übrig. Ein hohles pneumatisches Vogelgerippe, aber eines mit vierzehn Halswirbeln und einem Brustbein, das groß genug war, um seinen Stolz zu tragen. Warum behielt er den Hahn? Seine Assistenten hatten ihn in der Nähe der großen Werkstatt beim Parc des Princes aufgegabelt, aber Hähne bewegten sich nicht spektakulär genug für seine Experimente. Pferde, ja, von denen konnte man tolle Fotos machen. Vielleicht die berühmtesten seiner ganzen Laufbahn. Der Abzug mit den sechs Phasen des Galopps, einschließlich jener, wo alle Hufe unleugbar in der Luft schweben, wurde gleich nach Erscheinen zu Kunst erklärt. Für Roussin war die Chronofotografie jedoch weder eine Kunst noch ein Kunststück. Seine Methode, um die Bewegungen von Mensch und Tier zu ergründen, perfektionierte er im Auftrag des Kriegsministeriums.

»So ein riesen Ego, und dann nicht mal ordentlich fliegen können.«

Matt ließ der Hahn den Kopf hängen. Roussin trat die Labortür auf und fluchte, als das Sonnenlicht ihm entgegenschlug. So viel Licht, darauf hatte er noch gar keine Lust. Er ließ den Hahn los, doch der blieb auf dem Boden hocken.

»Na komm. Ich kann doch selber nicht fliegen. Will ich auch gar nicht. Herummachen und herumwühlen, das kann ich gut, genau wie du.«

Daraufhin tat der Hahn so, als würde er sterben. Roussin strich ihm über den Kopf. Einmal hatte er gesehen, wie der Hahn sich kraxelnd und flatternd etwa vier Meter vom Boden löste, bis er die Fensterbank in der Dachkuppel erreichte und auf den Reiher hinabschaute. Harold Héron, so hieß der Reiher. Und so sah er auch aus. Ein ernstes Männchen mit zerzaustem Schopf. Er war schon seit Jahren tot, doch im Archiv beim Bois de Boulogne flog er immer noch gegen den Wind an, war er mit seinen in der stürmischen sepiabraunen Luft gebogenen Flügeln verewigt. Seine große Werkstatt mied Roussin seit Monaten. Die Blicke seiner jungen Assistenten hielten ihn auf Abstand, und ihr wohl nicht allzu freundliches Flüstern über seine Ideen, die sie umsetzen sollten. Sie glaubten, sie seien bessere Fotografen, zu Recht, denn echte Physiologen, wie er einer war, würden sie nie werden. Er verschanzte sich also lieber hier, in seinem Hauslabor, mit überholten Erfindungen und Käfigen voller ausrangierter Tiere. Jeden Tag dasselbe: erst die Käfige öffnen. Die der Mäuse, dann den des alten Katers, des Kaninchens, das Star hatte, und der Eidechse, die keine Anstalten machte herauszukommen. Mittlerweile waren sie alle arbeitslos. Vorbei die Zeit, in der sie gebraucht wurden, in der jede ihrer Bewegungen von Bedeutung war und im Dienst der Wissenschaft festgehalten wurde.

Eine kindliche Erregung erfasste ihn, als er auf die Uhr sah und feststellte, dass genügend Zeit verstrichen war, in der eine Nachricht kommen, eine Büchse sich mit Wörtern füllen konnte - ein Ausrufezeichen, sogar ein Punkt hätte genügt, um die Fragezeichen aus seinem Kopf zu vertreiben. Er trabte in die Postkammer, kontrollierte die Kapsel, blickte in die Öffnung, doch dort rauschte nur Leere. Schon lange hatte er sich nicht mehr so verlassen gefühlt. Alt und überflüssig. Was da in der Ferne mit einer Geschwindigkeit von vierzig Stundenkilometern ausgetauscht wurde, drang nicht mehr zu ihm durch. Im Flur kam ihm das Dienstmädchen entgegen. Kaffee, Croissants, Zeitung. Er ließ sie in sein Arbeitszimmer vorgehen, sie zögerte, das Tablett auf dem Luftpantografen abzustellen.

Mach nur, bedeutete er ihr, wozu soll das Ding sonst noch gut sein? Inzwischen gab es viel bessere Methoden, die Bewegungen der Vögel nachzuvollziehen, als sie an einen Pantografen zu binden. Das Einzige, was der Apparat jetzt noch aufzeichnete, war das Fallen von Staub. Er sah ihn nicht gern. Beim letzten Versuch, ihn in Gang zu setzen, war Barre bei ihm gewesen, ganz trübsinnig, und er hatte ihn mit einer Demonstration aufmuntern wollen. Doch die braungescheckte Taube, die er an die Schnüre band, blieb genauso still wie Barre.

»Ich sah, dass der Geist herabfuhr wie eine Taube vom Himmel und blieb auf Ihm«, lautete sein Kommentar. »Du siehst doch, sie will nicht. Mach sie los.«

Roussin gehorchte, enttäuscht, weil Barre ihm an diesem Morgen etwas weniger verwirrt erschienen war und er gehofft hatte, dass sie sich zusammen etwas Schönes ausdenken würden, wie früher.

»Es ist eine Taube«, sagte Barre. »Kein gewöhnlicher Vogel, sondern eine Taube, eine Seele an sich.«

»Ach was, bisher hat sie immer ohne Murren mitgemacht.«

»Sie will nicht, Marc. Erst setzt du sie mit diesem Ring um den Fuß fest, und dann versuchst du, ihr ihren Flug Feder um Feder zu stehlen.«

Barre nahm ihm die Taube weg, ging mit ihr zum Fenster, doch als er ihr die Freiheit schenken wollte, blieb sie auf der Fensterbank sitzen. Verdammt, sagten die Männer zueinander, man hat ihr die Ehre ausgerupft. Da schenkte Roussin noch vor dem Mittag die Gläser voll. Danach stritten sie sich. Warum musste Barre auch unbedingt die Ethik ins Spiel bringen? Dann konnte man jedes Experiment vergessen. Raubte Roussin den Geschöpfen wirklich ihre Seele, indem er jedes

Detail bloßlegte, noch das federleichteste Geheimnis auf Film bannte? Tat Barre nicht dasselbe bei den Menschen, wenn er ihre Bewegungen erst filmte und dann wieder abspielte? Barre fand diesen Vergleich abwegig. Durch seine Art, Bewegungen zu zerpflücken, ohne sie wieder zusammenzusetzen, entweihe Roussin sie, es sei eine grausame, weil definitive Zerlegung. Roussin wäre fast geplatzt, er betonte, dass er keinen Film brauche, um einen Bewegungsablauf zu zeigen, ihm genüge ein einziges Bild, während sich Barre mit seiner Schnippelei und Kleberei über das Phänomen der Bewegung lustig mache, sie in eine Persiflage für ein Publikum verwandle, das in Wirklichkeit unwichtig sei! Er selbst wolle gar nicht mehr an eine Projektion denken, seine Arbeit diene der Medizin und der Physik. Wozu Barres Verzerrungen überhaupt gut seien? Warum so tun, als wäre etwas noch lebendig? Das sei doch genau wie bei diesem Mörder aus Autun, der seine Opfer mit einem fröhlichen Hut auf dem Kopf in Schaufenster gesetzt hatte, als wären sie noch am Leben. Da wurde Barre so wütend, dass ihm das Glas in der Hand zerbrach. Jeder machte die Arbeit des anderen schlecht, schimpfte ihn einen Fanatiker und Scharlatan, aber dann waren sie als Freunde auseinandergegangen. Trotzdem sah Roussin seinen Pantografen seit ihrem Streit mit anderen Augen. Er erinnerte ihn an die Taube, die nicht mehr fliegen wollte und die er am nächsten Tag tot auf dem Sand im Hinterhof gefunden hatte, mit angefressener Kehle.

Er tunkte ein Croissant in den Kaffee. Alte Freunde, alte Tiere, alte Geräte, alte Gedanken. Früher hatte er nie so herumgesessen. Sein ganzes Leben hatte er jede Minute gebraucht, um seine Einfälle zu verwirklichen, seine größte Angst war es gewesen, Zeit zu vergeuden. Doch neuerdings wurde sein Hirn immer vogelähnlicher, eine Daunenkarkasse, die bei der leisesten Berührung in sich zusammenfiel. Sein schlechtes Gedächtnis machte ihn misstrauisch. Was zum Beispiel hatte *Le petit journal illustré* auf seinem Schreibtisch zu suchen? Diese Zeitung kaufte er nie. Er griff nach seiner Brille. Sie war bei einem Artikel über Christiaan Huygens aufgeschlagen. Antike Idiotie. Karikaturen munterer Skelette, eines jonglierte sogar mit seinem eigenen Schädel. MEMENTO MORI stand darüber, ja, ja. Hatte er die Zeitung dort hingelegt? Ihm wurde kalt ums Herz.

Trügen Ihre Sinne Sie immer öfter? Lässt Ihr Gedächtnis Sie im Stich? Die neuesten Pantografen bringen nicht nur Ihre Bewegungen auf Papier, nein, auch Ihre Hirngespinste übertragen sie haarfein, so dass Sie Ihre Gedanken jederzeit nachschlagen können!

Roussin wusste nicht, was ihn mehr alarmierte: sein Gedächtnisschwund oder der Gedanke an einen Eindringling in seiner Werkstatt. Einer, der ihn an den Tod erinnern wollte. Er war nie argwöhnisch gewesen, doch Gedächtnisschwund und Misstrauen gehen Hand in Hand. Gestern hatte er sich nichts dabei gedacht, dass Barre nicht gekommen war. Ihre Meinungsverschiedenheit war beigelegt, Valéry würde ihn vor seinem Aufbruch nach Amerika sicher sehen und ihm von seiner letzten Erfindung erzählen wollen. Aber nun wurde er doch unruhig. Wer hatte diese Zeitung hier hingelegt? Er blätterte weiter.

DAS TRAGISCHE ENDE VON PROFESSOR LOUPE

> [...] kam Professor Z. Loupe zu seinem Unglück unter die Räder. Minuten später wurde er leblos aufgefunden. Der Professor war auf dem Weg nach Paris, um dort die Ergebnisse seiner soeben fertiggestellten Studie über die beruhigende Wirkung von Öl auf Meereswellen zu präsentieren.

Ansonsten berichtete der *Illustré* noch genüsslich über eine Reihe junger Opfer von Verkehrsunfällen, ein spielendes Mädchen, das »mit dem Brustkorb« unter einen Lastkarren geraten war, einen Taugenichts, der zu Tode kam, als er auf die Pferdetram aufspringen wollte, zwei auf einem Bahngleis spielende Schwestern. Roussin legte das Blatt beiseite, doch zu spät, seine Fantasie ging schon mit ihm durch. In den Rechtecken, die die Sonne durch die Fenster an die Wand projizierte, sah er, Bild für Bild, wie bei einer Ikone, Valéry Barre seinem Untergang entgegengehen. Er sah ihn auf dem Bahnsteig, den Koffer mit seinen kostbaren Ideen in der Hand, wie er seine Mitreisenden begrüßte, Schurken, die sich von hinten an ihn heranschlichen, als er auf der Plattform rauchte - oder da, Barre, einsam im Zugabteil, wie er das Fenster öffnete, seine Skizzen eine nach der anderen hinauswarf und sich selbst hinterher ... Beide Male blieb Barre am Ende zurück, während der Zug weiterraste, durch Felder, die immer kleiner, und Städte, die immer größer wurden, je schneller sich die Räder drehten. In einen schwarzen Tunnel hinein, der ins neue Jahrhundert führte. In dieses Dunkel starrte Roussin selbst schon eine Weile, unsicher, ob er eigentlich mitwollte. Noch zehn Jahre bis zur Jahrhundertwende, doch er fühlte sich zu alt, zu müde. Die Menschen waren so gehetzt heute. Sie redeten und redeten, taten wichtig, brachten ihre Gedanken jedoch nie zu Ende. Roussin war froh, dass er noch andere Zeiten gekannt hatte. Ein Früher ohne Eile. Vielleicht war sie ja nicht einmal so schlimm, seine Vergesslichkeit, dann könnte er gedächtnisschwach in Vergessenheit geraten.

Mit halbgeschlossenen Augen tappte er zurück ins Schlafzimmer, zum Duft der schlafenden jungen Frau. Er schlüpfte ins Bett, steckte die Nase in ihr Haar. Es roch süß. Das Blut trabte durch ihre Schlagader wie ein Pferd vor dem Wagen. Wenn er Barre wiedersah, musste er ihm unbedingt sagen, dass das Leben sich nicht nur durch Bewegung auszeichnet, sondern vor allem durch Wärme und Geruch.

4

Aber daraus sollte nichts mehr werden. Valéry Barres und Marc Roussins letztes Wiedersehen lag in der Vergangenheit fest, im Winter 1889. Eine chaotische Begegnung. Roussin wollte seine Verabredung nicht verschieben, nur weil ein alter Freund zu Besuch gekommen war. Er tischte die Fischpastete auf, kredenzte eine Flasche Wein, aber dann musste Barre zu Madame Loubet mitkommen. Madame Loubet führte einen Salon in der Rue des Lombards, einen Salon, der sicher »zum Totlachen« werden würde, weil die Gastgeberin sich schnell langweilte und ihre Einladungen leicht aus dem Ruder liefen. Sie ließ Erzfeinde bei Tisch nebeneinandersitzen, machte Maitressen mit Ehefrauen bekannt und hatte beim letzten Mal einen Psychiater dazu angestiftet, drei Schwachsinnige als Tischherren mitzubringen. Laut Roussin war es sehr amüsant, man musste es mal erlebt haben. Doch Barre stand nicht der Sinn nach einem Abend, der zum Totlachen war. Nichts als Ruhe wollte er, Leere, höchstens mit einem verständnisvollen Freund einen kleinen Spaziergang durch den Schnee auf dem Trocadéro machen. Roussin meinte, Madame Loubet sei anders als die anderen Damen von ihrem Schlag, scharfsinnig und welterfahren. Außerdem seien immer viele Frauen da, jüngere und ältere, also kämen sie beide auf ihre Kosten. Barre erwiderte, er hätte mit Carol und Beth alle Hände voll zu tun. Das Verhalten seines Freundes widerte ihn an. Immer diese verdammten Frauen, für die Roussin alles aufs Spiel setzte, wie ein alter Klepper, der noch einmal einen Sprung wagen will, aber vergisst, dass er vor einen Karren gespannt ist.

Später begriff Barre, dass alles dort angefangen hatte. Dass er an jenem Abend in Paris auf seine Intuition hätte hören sollen und nicht auf Roussin. Er hätte aussteigen sollen, statt sich wie ein Stück Frachtgut in eine dicke Decke wickeln zu lassen. Was ihm in jener Nacht widerfahren war, sollte ihn noch nächtelang verfolgen. Schon als er Madame Loubet vorgestellt wurde, verstand er die Welt nicht mehr. Was sah Roussin in ihr? Sie war kein bisschen anziehend. Nicht einmal ihre theatralische Maquillage konnte ihr Alter verhüllen. Trotz der brütenden Hitze im Haus trug sie ein bodenlanges Umhängetuch und roch, als wäre sie von Holzwürmern zerfressen. Er vermied den Handkuss, sie trat ihn vors Schienbein, wie man es bei einem am Boden liegenden Clochard tut. »Verzeihung«, sagte sie, »Sie brauchen unbedingt ein Gläschen zur Stärkung. Bei Ihrer Sensibilität werden Sie den heutigen Abend nicht überstehen.« Damit könnte sie recht haben, dachte er. Ihm wurde schon übel, als er Roussin zum Salon folgte. Der Geruch nach morschem Holz wurde immer stärker. Vielleicht lag es an den Büchern, immense, dichtgepackte Stapel Lesefutter, die überall an den Flurwänden auf durchgebogenen Regalbrettern lagerten, um Eindruck zu schinden und nicht um darin zu blättern, falls das überhaupt möglich war. An Roussins Kehrseite erkannte Barre, dass mindestens eine Frau im Raum der Mühe wert sein musste. Keck streckte sich der Alte, bekam glatt eine Taille. Er hüpfte über die Schwelle, das Parkett knarrte, und drinnen knarrten vier Kleider zur Antwort. Sie knabberten an Törtchen, legten sie aber gleich auf den Teller zurück. Für Barre sahen sie aus wie Schwestern, erblich vorbelastet mit demselben nervösen Hühnerzucken um die Augen. Er wurde vorgestellt, auch einem jungen Mann, der in einer Ecke des Zimmers seine Pfeife stopfte. Schweigend sahen sie sich den Nippes im weinrot tapezierten Raum an. Zwei große Gemälde orientalischer Schönheiten im Bett. Ein obszön blühender Kaktus. Ein Aschenbecher in Form eines Buschneger-Bötchens. Aus der stehengebliebenen Kuckucksuhr hing das Vögelchen heraus wie eine umgelegte Schildwache. »Und ihn hier hat mein Mann, Gott hab ihn selig, aus dem Kongo mitgebracht«, sagte Madame Loubet und hielt Barre einen ausgestopften Affen unter die Nase. Ein schreckliches Wesen mit knallgelben Glasaugen unter einem verrutschten Fes. »Richard«, erklärte sie. »Sein bester Kamerad.«

»Herr Barre«, rief eine Brünette vom Sofa herüber, »erzählen Sie uns doch von Ihrer Arbeit.«

Er erschreckte sich zu Tode, während Roussin nur sein Glas hinunterkippte. Was hatte der nur herumposaunt? Die Dame, mit dem Rücken zu ihm, kicherte. »Was lassen Sie als Nächstes patentieren? Verraten Sie es uns, bitte, bitte, wir erzählen es auch nicht weiter. Natürlich wissen wir, dass ...«

Roussin unterbrach sie. »Valéry möchte, genau wie ich, die Bewegung festhalten, die das Leben auszeichnet, hat sich aber auch vorgenommen, sie für uns wieder abspielen zu können. Wozu das gut sein soll, sehe ich nicht ein, aber das ist eine lange Geschichte, die Sie nicht fesseln würde.«

Barre versuchte, Roussin zum Schweigen zu bringen, doch es gelang ihm nicht. Dann mischte sich der junge Mann mit der Pfeife in die Unterhaltung.

»Bewegung festzuhalten, ist das kein Widerspruch in sich?«, fragte er gewichtig.

»Die Bewegung in einem Bild einzufangen«, erklärte Roussin, »das ist die Kunst. Am besten, wenn man mich fragt, in einem einzigen Bild. Das Phänomen der Bewegung in *einem* Augenaufschlag. Meiner Meinung nach verschafft uns eine gute Chronofotografie weit mehr Einblick als eine Reihe aufeinanderfolgender Bilder.«

»Bewegte Bilder?«, fragte Madame Loubet. »Und das soll neu sein? Waren Sie noch nicht in Reynauds Theater? Wie er es anstellt, weiß ich nicht, fragen Sie mich nicht nach technischen Details, aber so etwas gibt es bereits.«

Roussin verdrehte die Augen. »Reynaud! Der ist doch kein Wissenschaftler. Bitte, Madame Loubet, vergleichen Sie uns nicht mit diesem Hanswurst. Er malt Bildchen auf Gelatine, projiziert sie mit seinem Praxinoskop auf eine Leinwand. Das ist Animation, weiter nichts, während Herr Barre hier ...«

Er machte eine ausholende Geste und verstummte. Barre wusste, warum Roussin so pikiert war. Einige seiner Chronofotografien waren einem Illusionisten in die Hände gefallen, der für Reynaud arbeitete. Wie, war ein Rätsel, doch er hatte das Dienstmädchen im Verdacht, sie für billiges Geld verkauft zu haben, als der Zirkus auf dem Trocadéro stand. Der Illusionist, ein Trunkenbold, hatte, als er Reynaud verließ, eine alte Zaubertrommel eingesteckt. Doch die Mechanik im Innern war beschädigt, und das Pariser Publikum, das Reynauds süßliche Märchen sehen wollte und stattdessen Roussins alltägliche Tiere in Schwarzweiß vorgesetzt bekam, forderte sein Geld zurück. Doch auf dem Land konnten die Menschen gar nicht genug davon bekommen. Die Bauernknechte, die Säer mit ihren vom Zu-Boden-Starren kaputten Augen, kamen in Tränen aufgelöst aus dem Zelt. Fleischer und Pflüger, Männer, die tagaus, tagein Tiere schindeten, bezahlten dafür, das

Drama eines Kaninchens zu sehen, das aus einer gewissen Höhe auf ein Kissen plumpste. Je langsamer der Hebel gedreht wurde, desto besser gefiel es ihnen. »Das ist schon was«, flüsterten sie, »das ist schon was.« Aber was genau, wussten sie selbst nicht. Roussin wiederum wusste, dass einige seiner Serien mit großem Erfolg in einem Wanderzirkus vorgeführt wurden, und es ärgerte ihn maßlos. Seine Arbeit sollte wissenschaftlichen Zwecken dienen und nicht aller Welt die Augen öffnen.

»Pra-xi-no-skop«, sprach Madame Loubet mit kokettem Mündchen. »Sie wollen mir wohl mit schwierigen Wörtern imponieren, aber sehen Sie nur, was ich hier habe. Sehen Sie, wie alt es ist.«

Sie steuerte auf den hohen Kabinettschrank am hinteren Ende des Salons zu, der sich, als sie ihn auf Rollen herumdrehte, als antike Laterna magica erwies. Wie hübsch, dachte Barre gerührt, was für ein hübsches, nettes Ding. Er konnte diese alten Kisten gut leiden, die trotz ihres seriösen Anscheins allein dem Vergnügen dienten und nichts beweisen mussten. Einen Moment stieg Freude in ihm auf, doch er unterdrückte sie. Er musste sich zusammenreißen. Er war kein spielendes Kind mehr, das in einer Traumwelt lebte, diese Zeiten waren vorbei. Alles drehte sich nur noch um Fakten. Fakt um Fakt um Fakt um Fakt.

»Uralt«, sagte Madame Loubet, »mein Mann hat die Laterna magica von einem englischen Antiquitätenhändler. Die Darstellungen bewegen sich nicht so schön wie bei Herrn Reynaud, aber das Prinzip ist dasselbe.« Sie drehte die Wandlampen herunter, die Damen fingen aufgeregt zu tuscheln an. »Herr Giradoux, würden Sie mir den Gefallen tun, die Kerzen hinter Ihnen auszupusten?« Der junge Mann kam ihrer Bitte nach, und Dunkelheit legte sich wie eine warme Decke um Barres Schultern. Er fühlte sich beschützt. Im Stockdunkeln hatten die anderen mit ihrer eigenen Unsicherheit zu kämpfen, ihr Atem und Schweiß füllten den Raum.

»Mein Mann hat sie als Spielzeug für die Kinder gekauft«, erklang Madame Loubets Stimme. »Aber Sie werden sehen, die mitgelieferten Bilder waren nicht gerade geeignet. Die armen Kleinen haben nach der ersten Vorstellung kein Auge zugetan.«

Sie zündete ein Streichholz an, führte die Flamme von ihrem kürbisroten Gesicht zur Laterne, und sogleich erschien das heller werdende Bild eines Totentanzes an der Wand. Fünf grinsende Grabesgestalten zitterten im Licht, verschwammen und wurden wieder schärfer, während Madame Loubet an der Linse herumdrehte. *La grande Danse Macabre des hommes et des femmes*, dachte Barre. Warum projizierte man immer als Allerersten den Tod an die Wand? Christiaan Huygens, eigentlich ein aufgeklärter Geist, war schon im siebzehnten Jahrhundert mit Hohlspiegeln und Skeletten zugange gewesen. Hatte er nichts Besseres zu tun gehabt? Und er war nicht der Einzige. Holbein, Kircher ...

»Holbein, Kircher ...«, echote es plötzlich im Salon. Es war eine seltsame Stimme. Weder männlich noch weiblich.

»Haben Sie das gehört?«, fragte eine Dame erschrocken.

»Holbein, Kircher ...«

Barre griff sich an die Kehle. Er hatte doch gar nichts gesagt! Wie war das möglich? Neben ihm zog der junge Mann an seiner Pfeife, doch der schwelende Tabak erhellte nur sein Gesicht.

»Holbein, Kircher, Huygens, aber der Erste war Da Fontana. Im Jahr 1420.«

Die Stimme kam von der Tür her, da gab es keinen Zweifel. Und keine Fluchtmöglichkeit.

»Können wir das Licht wieder anmachen?«, quiekte eine der Damen.

Madame Loubet klappte die Zauberlaterne auf, das Bild an der Wand verschwamm, und die Lampe leuchtete ins Zimmer hinein. Auf der Schwelle stand ein kleiner Mann mit spitzem Gesicht und gebrochener Nase. Er trug einen Anzug aus glänzendem Satin und hielt sich krampfhaft den Hut vor die Beine, als sei darunter eine Taube oder ein weißes Kaninchen verborgen.

»1420«, wiederholte er, diesmal in freundlicherem Ton. »Da Fontana nannte es: *Nächtliche Erscheinung zum Schrecken der Betrachter.*«

Erleichtert atmeten alle auf. Auch Barre war zunächst beruhigt, dass es ein Mensch aus Fleisch und Blut war, der seine Gedanken erraten hatte.

»Meine Damen und Herren«, sagte Madame Loubet, »darf ich Ihnen Herrn Ferdinand Gratteron vorstellen? Der Gedankendieb von Montmartre, der beste aller Clairvoyants, er stellt die undurchdringlichsten Menschen bloß! Vollkommen ungeeignet für Nervenkranke, fassen Sie sich also ein Herz, meine Damen.«

Diese hätten zu gern eine Zaubervorführung gesehen. Doch das Männchen wurde wütend. Mit großen Schritten ging er zu Madame Loubet und packte sie beim Arm.

»Nennen Sie mich nicht so«, sagte er. »Gratteron, Klebkraut ... Seit das einem meiner Kunden herausgerutscht ist, werde ich offenbar mit diesem Kraut verwechselt, das man nicht mehr loswird, das sich mit seinen armseligen Pfötchen überall festklammert. Aber falls jemand nicht an Dingen haftet, dann bin ich das. Ich verschenke alles, besitze nichts.«

»Schon gut, schon gut, Ferdinand«, sagte Madame Loubet pikiert, »das sollte keine Beleidigung sein. Gestatten Sie, dass ich Sie mit meinen Gästen am heutigen Abend bekannt mache.«

Barres Knie wurden weich. Aber er durfte sich nicht setzen, musste den Ausgang im Blick behalten, um den Moment abzupassen, in dem er sich davonstehlen konnte. Er umklammerte die Münzen in seiner Tasche. Genug für die Fahrt zurück zum Boulevard Delessert. Roussin war, wie er sah, etwas enttäuscht vom Verlauf des Abends. Für ihn war kein Platz mehr bei den Damen, die sich gackernd und zappelnd auf dem Sofa zusammendrängten, und auch Madame Loubet war mehr von dem Männchen beeindruckt als von ihm. Als er an die Reihe kam, gab er ihm einen schlaffen Händedruck.

»Der Herr Physiologe weiß sicherlich«, sagte Gratteron zu Roussin, »dass Klebkraut nur in der Nähe von Brennnesseln gedeiht. Da stellt sich doch die Frage, welches von beidem das Unkraut ist. Warum nur, Herr Roussin, halten Sie so krampfhaft an etwas fest, das uns in Wirklichkeit allen gehört: Genie!«

»Ich weiß nicht, wovon Sie sprechen«, sagte Roussin und versuchte, ihm seine Hand zu entziehen.

»Wenn Sie eine Idee weitergeben, die Ihre Schüler vom Verstand her noch nicht erfassen können, werden Sie gelobt, wenn ich aber auf viel effizientere Weise das Gleiche tue, betrachtet man mich als schädlich. Eine Nachfrage nach Gedanken wird es immer geben, vor allem nach originellen Gedanken.«

Er wandte sich wieder Madame Loubet zu. »Und deshalb

möchte ich nicht als Dieb vorgestellt werden. Ich bin kein Dieb, ich selber stehle nichts. Es wird mir aus dem Jenseits gereicht. Aber nicht umsonst! Meine Gesundheit ist der Preis, den ich dafür bezahle. Nicht viele Menschen könnten meine Gabe ertragen.«

»Wenn ich Sie richtig verstehe«, fragte der junge Mann mit der Pfeife, »sind die Diebe also Tote?«

Gratteron nickte. »Sie sind im Jenseits. Einige seit der Antike, andere noch nicht mal ein Jahrhundert.«

»Wenn das die Diebe sind, dann sind Sie ein Heiler. Ein Gedankenheiler.«

»Gedanken sind Allgemeingut«, schnauzte Gratteron, während er wieder auf Roussin zuging. »Sie entstehen selten im Kopf eines einzelnen Menschen. Nehmen Sie beispielsweise …«

Mit rasender Geschwindigkeit tippte er Roussin aufs Haar, der gar nicht dazu kam zu protestieren, denn im selben Moment fing es derartig an zu stürmen, dass der Wind die Scheibe fast aus dem Fensterrahmen gedrückt hätte.

»Es geht los!«, rief Madame Loubet und stopfte sich vor Aufregung rasch ein Stück Kuchen in den Mund. »So war es beim letzten Mal auch. Es wehte, der Wind legte sich wieder, es wehte wieder. Ausgesprochen kurios! Auf dem Montmartre haben wir Angst bekommen, samt der Bühne in die Luft zu fliegen. Das halbe Publikum wurde ohnmächtig, aber ich nicht, ich kenne mich aus in der Welt der Geister, und die Geister kennen mich.«

»Ruhe, Weibsbild!«, rief Gratteron, beide Daumen an die Schläfen gedrückt. Aber es stimmte, der Wind legte sich genauso schnell wieder, wie er aufgekommen war. Hinter den Vorhängen, in der Zimmerecke, klimperte etwas, dann war ein heftiger Schluchzer zu hören. Gratteron ging los, drehte sich immer schneller im Kreis. Währenddessen heulte der Wind draußen wieder los, zerrte so wild an den Vorhängen, dass ein Weinglas von der Fensterbank geweht wurde. Vier der sechs Kerzen erloschen. Im Halbdunkel nahm Barre mindestens drei Atemgeräusche mehr im Zimmer wahr. Nun wirkte Roussin nicht mehr irritiert, sondern im Gegenteil glückselig, wie es schlichte Gemüter sein können. Er ließ den Kopf in den Nacken fallen, während Gratteron seine Runden drehte.

»Gut, genug!«, rief dieser schließlich. »Herr Roussin, Sie lieben Vögel, Sie lieben die Jagd.«

»Stimmt, Maestro«, sagte Roussin mit belegter Zunge.

»Die Jagd hat Sie dazu inspiriert, ein neues Gewehr zu schmieden, richtig?«

Roussin zuckte verständnislos die Schultern.

»Aber es ist kein gewöhnliches Gewehr. Statt Vögel totzuschießen, schießt es Bilder. Ein Bild nach dem anderen wird in einem Magazin gespeichert, und das dreht sich, ist etwa so groß ...«

Im Licht der Öllampe deutete er mit beiden Händen die Größe des Magazins an. Danach erklärte er den nur mäßig interessierten Damen Roussins Erfindung bis ins kleinste technische Detail. Er selbst legte noch am meisten Begeisterung an den Tag. Jedes Mal wenn Roussin seine Beschreibung bestätigte, machte er einen Luftsprung oder schnippte triumphierend mit den Fingern. »Sehen Sie? Sehen Sie? Vielen Dank, Herr Physiologe, vielen Dank!«

Was für ein Schuft, dieser Zauberer, dachte Barre, was für ein Schuft. Erneut sah er sich nach einer Fluchtmöglichkeit um. Der Durchgang links hinter Madame Loubet war frei; sie würde gar nicht merken, dass er wegging, und falls doch, machte es ihr bestimmt nichts aus, wahrscheinlich erinnerte sie sich nicht einmal mehr an seinen Namen. Dann in den Flur. Hut und Mantel brauchte er nicht, das Geld für die Kutsche steckte in seiner Hosentasche. Er ging ein paar Schritte. Stopp, er durfte an nichts denken. Nicht in unmittelbarer Nähe dieses unheimlichen Kerls. Er musste sich gedankenfrei aus dem Staub machen.

»Ferdinand, erzählen Sie uns doch von Ihrem berühmten Freund«, sagte Madame Loubet. »Ich bin mir sicher, dass die Damen sehr gern von ihm hören würden ...«

Ihre Stimme erstarb, das Rauschen in Barres Ohren wurde stärker. Wenn er sich nicht sofort setzte, würde er in Ohnmacht fallen, und was dann?

»... Ihr amerikanischer Freund ...«

In dem sich verdichtenden Schwarz vor seinen Augen sah er gerade noch Roussin, der sich mit fragendem Ausdruck zu ihm umdrehte. Nichts weiß er, dachte Barre, gar nichts!

»Können Sie mir die Erfindung nicht beschaffen?«, fragte eine der Damen. »Es ist das Neueste vom Neuesten, ich halte schon eine Weile danach Ausschau, aber in Europa gibt es das einfach noch nicht. Ich will es als Erste haben, bevor jeder damit herumläuft!«

»Bei allem Neuen ist man bei Ferdinand an der richtigen Adresse«, rief Madame Loubet. »Kaum ist ein herrlicher Apparat auf dem Markt, weiß er schon, was als Nächstes Mode wird!«

Um seine Kameras vor dem Clairvoyant zu schützen, versuchte Barre krampfhaft, nicht an sie zu denken, aber da sah er sie schon vor seinem inneren Auge, sowohl die mit sechzehn Linsen als auch das Modell mit Linse und Sucher, bis ins kleinste Detail. Er musste an etwas anderes denken. Schnell! Da, der ausgestopfte Affe von Herrn Loubet. Mit seinen gelben Äuglein, den ausgetrockneten kleinen Krallen, dieses scheußliche Monster, das vergaß man nicht so bald. Die Flucht verlief nach Plan. Madame Loubet merkte nichts, im Flur stand kein Dienstmädchen, die Tür war schnell gefunden. Draußen erwartete ihn eine nasse Straße ohne Kutschen. Er drückte sich in den Hauseingang und starrte zum Himmel. Im Weltall war es in dieser Nacht noch dunkler als auf der Erde, auf der Erde noch kälter als dort oben. Ohne Mantel würde er es keine fünf Minuten aushalten. Er stand mit dem Rücken an die glatte Holztür gepresst, hoffte, dass Roussin bald käme. Stattdessen trat der Mann nach draußen, vor dem er versucht hatte zu fliehen.

»Wie ich sehe, genießen auch Sie die Dunkelheit«, sprach Gratteron und hob die gebrochene Nase in der Luft, »das zeichnet auch andere große Geister aus. Der derzeit größte Erfinder, einer meiner Kunden, verbringt möglichst viel Zeit im Stockdunkeln.«

Mein Gott, dachte Barre, der Verdunkler, dieser unheimliche Kerl arbeitet für den Verdunkler. Er versuchte, seine Gedanken wieder auf das Äffchen zu richten, doch diesmal ließ es ihn im Stich.

»Diesen Namen hat er nicht verdient«, sagte Gratteron prompt. »Den Erfinder des elektrischen Lichts kann man wohl kaum als Verdunkler bezeichnen. Obwohl ich diese Entwicklung nicht befürworte. Durch diese modernen Mondtürme können manche Menschen in Amerika den echten Mond nicht mehr sehen, so hell ist es dort. Das ist doch eine verkehrte Welt.«

Aus dem Haus drang Gebrüll und Gepolter, Roussins lauter werdendes, dröhnendes Gelächter. »Genug, genug!«, rief Madame Loubet, wieder ging Glas zu Bruch. Gratteron klopfte demonstrativ seinen Hut ab und fing an zu tratschen. »Madame Loubet«, sagte er, »macht sich gern zum Narren. Junge Frauen mögen skandalöse Gedanken haben, aber die sind nichts gegen die verdorbenen Hirngespinste einer Witwe, die schon ihr halbes Leben in derselben Trauerkleidung herumläuft. Dafür sollte ich mich nicht mehr hergeben. Auf Jahrmärkten bin ich aufgetreten, habe Polizeiarbeit gemacht, aber was hier alles reinkommt, ist grauenvoll, grauenvoll. Ich sollte nur noch mit Gedanken handeln, die dem Fortschritt dienen. Mit wissenschaftlichen Gedanken.«

Barre sah hoch, doch plötzlich waren da keine Sterne mehr, nur noch fallender Schnee. Er saß in der Falle, die Erde, nass und zusammenhanglos, bot keinen Halt mehr, und gleichzeitig drängten sich ihm alle möglichen seltsamen Gedanken und sonderbaren Gefühle auf. Er schloss die Augen, doch es wurde nicht ruhiger. Sterne, Schnee, Stimmen. Das ganze verfluchte Weltall tummelte sich in seinem Inneren.

»Um auf unser Gespräch von vorhin zurückzukommen«, sagte Gratteron, »Da Fontana hat seinem Publikum rein gar nichts erklärt. Furcht und Schrecken wollte er verbreiten, sich Respekt verschaffen. Und das ist ihm gelungen, indem er mit der Funktionsweise seiner Zauberlaterne hinter dem Berg hielt. Wissen Sie, 1420 standen Magier in höherem Ansehen als Ingenieure. Heute ist es umgekehrt. Alles Gute für Sie.«

Und weg war er. Doch mitten in der Rue des Lombards drehte er sich noch einmal um, die hochgezogenen schwarzen Schultern triefend vor Schnee. Teufel, dachte Barre, geh bloß weiter und komm nie mehr zurück.

Roussin hatte der Abend gut gefallen. Ein bisschen verwirrend, aber daran sei wohl der Absinth schuld. Schon in der Barutsche auf dem Nachhauseweg schlief er ein, während Barre die ganze Nacht kein Auge zumachte. Bei Madame Loubet war er einer Gefahr begegnet. Fortan würde sie unablässig über ihm kreisen, mit scharfem Schnabel, denn sie hatte alle Zeit der Welt, während Barre schwach war, viel schwächer, als er ahnte.

5

Er hatte kein Geld, um sich seiner Spur zu entledigen. Diese nüchterne Erkenntnis kam Barre, als er in Le Vieux Cèdre aufwachte. Sterben war günstiger, ja kostenlos, manchmal warf es sogar einen kleinen Gewinn ab. Doch für eine so drastische Maßnahme war es noch zu früh. Außerdem würde er damit dem Verdunkler in die Hände arbeiten. Sein größter Feind würde Profit daraus schlagen, seine Erfindung zerstören, ohne ihre Ingeniosität jemals zu begreifen – wie ein Bär die Bienenwabe zerfetzt. Dieses Horrorszenario nietete Barre am Leben fest. Er durfte nicht sterben, konnte nicht sterben, sterbensmüde wurde er bei der Vorstellung, immer weiter laufen zu müssen, ohne Zielgerade im Blick! Mindestens zwanzig Jahre müsste er noch durchhalten, um nicht vor seinem Siebzigsten zu sterben, wie er es sich jahrelang vorgenommen hatte. Doch wer rechnete heute schon in solchen Dimensionen? Inzwischen war ihm klargeworden, dass die nächsten Jahre schneller vergehen würden als alle anderen davor.

Er wünschte, die Zeit zurückdrehen zu können, und sei es nur, um zu seiner früheren Ruhe zurückzufinden. Um sich wieder zu langweilen wie als kleiner Junge. Angespannt starrte er in dem Eisenbett an die Decke. Er schaffte es nicht, durchzuatmen, blieb hängen, der Film ließ sich nicht zurückspulen. Mit größter Aufmerksamkeit lauschte er in den windstillen Morgen. Der Ast an der Scheibe war eingenickt, Le Vieux Cèdre wie ausgestorben. Die Kirchturmuhr schlug die halbe Stunde.

In seinen frühesten Erinnerungen war Glockengeläut das einzige Geräusch, das sich über die Landschaft legte, das außer dem Dorftratsch von einem gespitzten Ohr zum nächsten wanderte, doch inzwischen waren viele andere Geräusche dazugekommen, an niemand Bestimmtes gerichtet. Begleiterscheinungen der Eile. Dieser eine Glockenschlag – in einer halben Stunde wüsste er genau, wie spät es war – wurde von gellendem mechanischem Kreischen abgelöst. So begannen heute die Tage, sogar in einem solchen Provinzstädtchen wie V. Es wurde hell, und man hörte auf zu flüstern. Löffel schabten über Tongeschirr, fielen klirrend zu Boden, Hosengürtel wurden umgeschnallt, Pferdetrensen angelegt, Hufeisen klapperten auf Katzenkopfpflaster, Kühe wurden an Ketten in Schlachthäuser gezerrt, kamen mit ausgelösten Knochen an scheppernden Gestellen wieder heraus, in Lagerhallen wurde geschliffen, gekratzt, geschmirgelt, auf dem Markt hieb man auf Klingeln, Dampfpfeifen, Hupen ein, am Horizont jaulten Waggonketten auf Rillenschienen. Überall kreischte Metall auf Metall, doch niemand steckte sich die Finger in die Ohren, denn so leicht ließ sich dieser Lärm nicht aufhalten. Nicht einmal mit Dr. Dreyers Erfindung.

DAS ANTIPHON

Schätzungen zufolge üben in Berlin tagtäglich an die 217 431 Menschen Klavier. Das Gebrüll dieser Klaviere, das gut 17 Meilen im Umkreis zu hören ist, bricht morgens wie ein Unwetter über Berlin herein und schwächt erst gegen Mittag etwas ab. Reisende, die sich der Stadt zu Fuß nähern, vergleichen das Getöse mit dem der Niagarafälle, und wenn sie erst einmal in der Stadt angekommen sind, können sie sich nur noch schreiend verständigen. Selbstverständlich hat diese Klaviergewalt eine Plage der Gehörlosigkeit zur Folge. Doch es gibt Hoffnung. Dr. Dreyers Antiphon funktioniert wie ein Sieb, man kann es jedoch mit Leichtigkeit im Ohr tragen, und es lässt das Tastengerammel nicht ans Trommelfell heran. Selbst Kanonengebrüll und das Pfeifen von Lokomotiven werden unterdrückt, während gute Gespräche ungehindert durchdringen. Einem Fremden zufolge nimmt das Antiphon sogar der deutschen Sprache ihren harten Klang, und sie wird geradezu melodisch.*

Die Geräusche waren vor dem Licht da. Barre stand im Morgengrauen auf. In seiner Hose, die wie ein abgerissener Reisegefährte zerknittert auf dem Boden lag, fand er zweihundert Franc. Sein Bruder hatte ihm kein Geld für die Reise leihen wollen, dabei stand es ihm wohlgemerkt zu. Er schlüpfte in die Hose, in den ersten Tag seines entledigten Lebens. Ja, er wollte versuchen, es ledig auszuhalten. Sich, aller Dinge ledig, seiner Spuren zu entledigen. Ganz abgesehen vom Geld: Würde er es schaffen, das Denken einzustellen? Könnte er sich, um eines leeren Lebens willen, abgewöhnen, Dinge zu erfinden, sich zu irren und wieder von vorn anzufangen? Er müsste weit in der Zeit zurückgehen, um diesen Prozess zu stoppen. Mit zehn hatte er seine erste Dampfmaschine gebaut, mit elf ein mechanisches Futtersystem für Hühner, eine von der Katze angetriebene Vogelscheuche und so weiter. Gute Ideen hatten sich aus schlechten ergeben und umgekehrt. Aber das, was ihm jetzt durch den Kopf spukte, schien nichts mit einer anderen Idee zu tun zu haben. Diese Idee ging noch über den Film hinaus, war noch größer als die Pläne für ein dreidimensionales Filmtheater. Ein weltumspannendes Thea-

* © *The New York Times*, 15. Juni 1885

ter wäre es. In einem einzigen Augenblick könnte man die ganze Welt heraufbeschwören. Er schauderte. War davon nicht schon in der Bibel die Rede?

Und der Teufel führte ihn auf einen hohen Berg und zeigte ihm alle Reiche der ganzen Welt in einem Augenblick.

Falls er sich tatsächlich auf diese Idee einließ, würde er wahrscheinlich zu dem Schluss kommen, dass sie nicht umsetzbar war. Weil es, wie immer, am richtigen Material fehlte. Die Entwicklung einer Idee und die des dafür benötigten Materials gingen nicht Hand in Hand. Er kannte eine Reihe von Männern, die an Maschinen tüftelten, aber keinen einzigen, der im Urwald nach neuen Rohstoffen suchte. Auch die Erfindung, die er jetzt mit sich herumschleppte, die er auf dreißig gelochten Seiten für das Patentamt ausgearbeitet hatte, dürfte auf einem Film aus einem noch unbekannten Material, aus Gott weiß was für einer noch unentdeckten Substanz, sicher besser funktionieren. Plötzlich sah er seine Kollegen in der Zukunft vor sich und ihre Rührung über seine heutige Stümperei. Er holte die Mappe aus der Tasche. Auf der Vorderseite stand noch keine Patentnummer, nur ein Name: KOBOLDMAKI. So hatte Beth den Prototypen getauft, der großen Linse und des Suchers wegen, die wie zwei dunkle Augen übereinanderlagen. Die endgültige Version hatte noch ein drittes Auge, doch es blieb ein Koboldmaki, der in der Dunkelheit seiner Kiste nach Bildern suchte, um sie zu verschlingen und wieder auszuspucken. Der Projektor hatte noch mit allerlei Mängeln zu kämpfen, die auf dem Papier behoben waren. Ohne diese Seiten war er wenig wert. Ohne Kamera auch nicht, aber im Gegensatz zu dem, was man in Amerika glaubte, war die Kamera nie das Problem gewesen. Nicht an der Aufnahme, sondern an der Projektion scheiterte die Herstellung von »Animated Pictures of Natural Scenery and Life« immer wieder von Neuem. Gelatine schmolz. Glas zerbrach. Und das Zelluloid, das er letztes Jahr in die Finger bekommen hatte, war weniger biegsam als Eastman-Papier, das wiederum nicht transparent genug war. Reichen Sie zwei Patente ein, hatte ihm das *patent office* empfohlen. Eines für die Kamera, eines für den Projektor. Doch seine Erfindung war nicht teilbar. Sie war in einem Guss in seinem Kopf entstanden, also musste sie auch so umgesetzt werden. Was brachte einem schon ein Projektor ohne Kamera, um die Bilder einzufangen? Glaubten die etwa, dass er die Bilder aus dem luftleeren Raum an die Wand zauberte? Das konnte nicht mal Madame Blavatsky. Die alte Hexe. Barre war es ein Rätsel, warum sich immer mehr Kollegen tagsüber voll Vernunft und Ernst der Wissenschaft widmeten, nachts aber hohläugig bei einem Medium herumsaßen. Warum musste das Jenseits so übergeschnappt sein, voller Geister, die einem in Form von Ektoplasma in den Mund schlüpften oder sich einem als Staubwolke auf den Kopf legten? Natürlich konnte das armselige irdische Leben, »Natural Scenery and Life«, da nicht mithalten. Es sei denn, man machte es größer. Koboldmaki würde Filme abspulen, aufblasen und so groß projizieren, dass jeder und nicht nur der eine oder andere reiche Voyeur, der dem Verdunkler einen Guckkasten abkaufte, dasselbe sah. Die breite Masse, die etwas gemeinsam von ein und demselben Standpunkt aus betrachtete: Wenn das nicht zum Frieden führte, dachte Barre, was dann?

Ade, Uneinigkeit und Krieg! Stellen Sie sich nur vor, wie friedlich es bei Ihnen zu Hause wäre, wenn die Dame des Hauses dasselbe im Blick hätte wie Sie! Und wäre es nicht ein Segen, wenn die unzuverlässigen Völker der unterentwickelten Kontinente endlich unsere Vernunft annähmen?

Er wurde nervös. Stand auf, ging im Zimmer auf und ab, zerrte an seiner Hose, ließ die Halswirbel knacken. Ein Schließfach musste her, Schloss und Riegel, um seine Mappen sicher zu verwahren. Hier musste es doch ein Postamt geben, wo man ihm eines vermietete. Dann könnte er weiterreisen, könnte er von einem Feld aus dem vorbeirasenden Leben hinterhersehen. Würde er es übers Herz bringen, seine Ideen sich selbst zu überlassen, sie in einem Schließfach vergilben zu lassen? Und seine neuen Ideen? Konnte er die für sich behalten, während sie immer weiter in seinem Kopf wucherten und nicht in dem von, nur mal zum Beispiel, diesem Lump, der da unten vor der Tür gerade ein Stück Wurst in den Mund steckte, ohne mit den Fingern nachzuschieben? Dieser Kopf würde die Welt nicht voranbringen, so viel stand fest. Zu dem war nicht einmal durchgedrungen, dass die Pension noch zuhatte. Abrupt sah der Mann zu ihm hinauf. Barre duckte sich rasch weg. Verflixt und zugenäht. Trotz des Wurststücks, das mit einer routinierten Drehung im Mund verschwunden war, hatte der Mann kein bisschen freundlich geschaut. Kurz zurückspulen. Na bitte, da ging er wieder. Schritt für Schritt. Die Rückseite pechschwarz, die Vorderseite, wo die Wurst zermalmt wurde, in der Sonne überbelichtet. Der steife Gang eines Kerls, der sich beobachtet fühlt. Verdammt, er hatte eine Mappe unterm Arm, eine Mappe wie seine! Barre ließ sich langsam zu Boden sinken. Seit er beschlossen hatte, sich nicht mehr von seinen ausformulierten Ideen zu trennen, tauchten an jeder Straßenecke solche Gestalten auf. Untalentierte Fremde, bereit, in seine Seele zu kriechen und seine geheimen Erfindungen zu stehlen. Viel bräuchten sie nicht zu ändern. Eine Nummer, einen Namen vielleicht. Inhaltlich könnten sie alles beim Alten belassen, unleugbar seines, doch keiner außer ihm konnte das erkennen.

Verfolgungswahn, war das nicht einfach die Angst, dupliziert zu werden? Er hatte Angst, dass ihn jemand einholte und duplizierte, das musste es sein. In den letzten Monaten war deutlich geworden, dass man ihm Steine in den Weg legte. Die Gründe des *patent office*, um seine Anträge abzulehnen, wurden immer fadenscheiniger. Obwohl die Ideen wirklich in seinem Kopf entstanden waren und nicht in dem eines anderen, durften sie nicht unter seinem Namen registriert werden. Offenbar war ein anderer kurz davor, dasselbe zu erfinden wie er, jemand, den sie bevorzugten und wie eine Larve mit den Ergebnissen seiner Arbeit fütterten. Warum sollten sie ihn, Barre, sonst so plagen? Ihm seine Formulare mit lächerlichen Streichungen und Fragezeichen versehen zurückschicken? Jemand versuchte, ihn einzuholen, zu duplizieren, ihn in den Wahnsinn zu treiben. Und fast wäre es gelungen. Eines Tages hatte er herausgefunden, dass seine Anwälte ohne sein Wissen ein wichtiges Detail der Erfindung, durch das er sich von seinen Konkurrenten unterschied, aus dem Patentantrag entfernt hatten. Das beschleunige den Vorgang, behaupteten sie, Patentanfragen sollten möglichst offenbleiben, später könne man immer noch alles Mögliche ergänzen. Die Folge war aber die Ablehnung seines Antrags, weil seine Erfindung nichts Neues aufwies. Eine halbe Woche kam er nicht aus den Federn. Whisky, noch eine Flasche und noch eine. Und wieder einmal war Guillaume seine Rettung. Sein Sohn kam mit einer eigenen Erfindung zu ihm, an der sie zusammen tüfteln konnten: ein elektrisches Dreirad. Weit waren sie damit zwar nicht gekommen, aber immerhin hatte es ihn vom Spirituosenhändler ferngehalten.

Er erstarrte. Der Fußboden bebte unter dem Gewicht von etwas Schwerem, schwerer als er. Der Lichtstreifen unter der Tür verschwand. Er machte sich auf ein Klopfen gefasst, doch dann stieß nur etwas dicht über dem Boden an die Tür. Sie knackte, die Schritte entfernten sich wieder, er krabbelte zur Klinke und fand im Flur eine Waschschüssel und einen Krug warmes Wasser. Während er sich den Bart kämmte, dachte er erneut an Guillaume. Als er die Hosenträger befestigen wollte, merkte er, dass ein Knopf fehlte. Nicht mehr lange, und der nächste würde sich lösen. Ein Knopf, das war der Unterschied zwischen mysteriösem Verschwinden und Verwahrlosung. All die Clochards mit ihren hängenden, dreckigen Hosenböden waren einmal gestandene Männer gewesen oder gar Herren, ihre Metamorphose hatte nicht mit der Flasche begonnen, sondern mit einem Knopf, einem Schnürsenkel, einem losen Faden. Heute, beschloss er, war es Zeit für einen neuen Kragen. In seiner Tasche waren noch zwei. Er musterte seine knöpfenden Finger im Spiegel. Er nahm sich vor, weiter gut für sich zu sorgen. Verlorenzugehen, ohne sich selbst zu verlieren, das war die Kunst. Details, darum ging es. Er wischte den Staub von seinem Hut und den Schmutz von seinem Stock. Schließlich öffnete er das Fenster, lehnte sich so weit hinaus, bis er das Zifferblatt der Kirchturmuhr sehen konnte, und stellte seine Taschenuhr danach. So, piekfein und am Puls der Zeit, verließ Barre die Pension. Im Speisesaal starrte ihn ein Mann mit schiefem Gesicht an, doch er ließ sich nicht aus der Ruhe bringen. Er zahlte für die Übernachtung und ging nach draußen. Ein Postamt, das war jetzt die Hauptsache. Ein Postamt mit einem Schließfach, in dem man gute Ideen sicher verwahren konnte.

Es hatte geregnet. Aus den vielen Radspuren kreuz und quer auf der schlammigen Straße schloss er, dass das Leben schon eine Weile zugange war. Er folgte einem bespritzten Rock, unterdrückte die Neigung, diese – gutaussehende – Madame bei der Taille zu packen und aufs Trockene zu stellen. Es würde nicht lange windstill bleiben. Eine Wolkendecke eilte herbei, entzog dem Städtchen alle Farbe. Die großen Speckstücke auf einem Markttisch, ein entmutigtes braunes Pferdchen, der schreiende Mund einer Lumpenhändlerin, im Wind veränderte sich alles von Rot zu Braun zu Graublau. Er hetzte an den Häusern entlang. Eine Kirchentür wurde einen Spaltbreit geöffnet und ging mit lautem Dröhnen wieder zu, dazwischen jedoch entwischte zusammen mit der schallenden Verwünschung des Pfarrers ein Mädchen, fast wäre es mit ihm zusammengestoßen. Als er ausweichen wollte, hielt sie ihn unerwartet zurück.

»Schauen Sie mal. Warten Sie.«

Sie ließ ihn nicht los, kramte mit der anderen Hand in ihrer Tasche, bis sie gefunden hatte, was sie ihm zeigen wollte: die Brosche eines kämpfenden Hahns.

»Aus Silber. Zehn Franc.«

»Nein danke. Aber vielleicht kannst du mir ja sagen, wie ich zum Postamt komme?«

Nach einer Bank wagte er die kleine Taschendiebin nicht zu fragen. Er nahm seine Tasche in die andere Hand, was sie sofort bemerkte.

»Dann eben fünf. Das ist nicht viel, ich verkaufe sie für

meine Mutter, die macht es sowieso nicht mehr lange. Schauen Sie, seine Augen funkeln. Grüne Edelsteine.«

Sie schluckte ihren Speichel hinunter, betastete die Brosche. Kleine Krallenfinger, leuchtend grüne Augen. »Das Postamt kann ich Ihnen zeigen, aber dann müssen Sie mir zeigen, wie spät es ist.«

»Wisch dir erst mal die Krümel aus dem Gesicht.«

Sie gehorchte, verfolgte seine Bewegungen und begutachtete dann das Zifferblatt mit gestrecktem Hals, vorgeschobener Unterlippe. Natürlich konnte sie die Uhr nicht lesen. Die Taschenuhr sagte ihr nur, dass er ein Herr war. Nicht von hier, aber am Puls der Zeit, eine Dimension, die ihr Leben noch nicht beherrschte. Aber später einmal, wenn sie dazugehörte, wie er, brauchte sie auch eine, da war sie sicher. »Gut, Sie haben mich also nach dem Postamt gefragt«, sagte sie altklug. »Sehen Sie diese Fabrik? Die Spinnerei? Da um die Ecke ist es. Ein großes Gebäude mit roten Säulen.«

Er wollte sich schon davonmachen, als sie ihm hinterherrief: »Hallo! Was haben Sie denn in Ihrer Tasche?«

Das darf doch nicht wahr sein, dachte Barre und blickte so lange über die Schulter zurück, bis das Mädchen ein neues Opfer gefunden hatte. Das Gedränge auf der Straße wurde immer dichter. Bei der Fabrik hätten ihn drei Frauen, eine Mutter mit ihren beiden Töchtern, fast umgerannt. Sie lachten lautlos über Scherze, die sie mit derselben Fingerfertigkeit austauschten wie die Garnspulen einer Spulmaschine. Taub. Oder zumindest hatten sie sich die Gebärdensprache angewöhnt, seit die Maschinen sie fünfzehn Stunden am Tag, sechs Tage die Woche überschrien. Vielleicht hörten sie deshalb auch am Sonntag nichts mehr. Aber ihr Sehvermögen schien ihnen vollauf zu genügen. Sie machten sich nichts aus den schreienden Passanten und der quietschenden Straßenbahn, vielleicht hörten sie gerade noch den Wind rauschen.

Die Kleine hatte gelogen. Um die Ecke der Spinnerei stand kein rotes Gebäude. Da gab es nur einen Park mit ein paar Enten und Gänsen und einem alten Mann mit einem Kinderwagen am Ufer. Er ruckelte ungeschickt an der Stange, um ihn in Bewegung zu halten, sah sich verzagt um. An seinem altmodischen Mantel steckte ein Abzeichen. Mag sein, dass er noch an der Revolution teilgenommen, auf der Krim gekämpft, Senegal erobert hatte, aber jetzt fürchtete er sich, weil er mit einem Baby allein gelassen worden war.

Seinen eigenen Sohn hatte Barre erst drei Monate nach der Geburt gesehen. Beide waren überrascht gewesen. Er hatte sich, frisch von der Front zurück, nicht getraut, den kleinen Guy zu berühren, der ihn mit Freudenjuchzern begrüßt hatte. An der Situation stimmte etwas nicht. Dass dieser komplett neue Mensch, auf einer Seite des Ärmelkanals gezeugt und auf der anderen geboren, ihm lachend seine makellosen kleinen Händchen entgegenstreckte und nach seinen Händen, die wenige Tage zuvor noch Amputationen durchgeführt hatten, fassen wollte, hatte etwas Barbarisches, als trennte sie nicht nur der Krieg, sondern noch etwas oder jemand anderes. Es dauerte gut einen Monat, bevor er das Kind bei seinem Namen nennen konnte, der für ihn bis dahin immer nur der seines Onkels gewesen war. Dennoch gewöhnte er sich nie ganz an den Gedanken, Guys Vater zu sein, anders als bei der kleinen Marie-Jeanne. Dass sie so häufig und für immer längere Zeit von einer zunehmenden Anzahl Seemeilen getrennt waren, machte es noch schwerer. Als er sich nach Guys letztem Besuch die Aufnahmen wieder angesehen hatte, bereute er, dass er ihn auf dem Film hatte tanzen lassen. Egal, wie schnell er den Film abspielte, der Junge bewegte sich hölzern, das dämliche Akkordeon in den Händen. Dass er das nicht vorhergesehen hatte. Er hatte seinen Sohn in ein taubstummes Chiaroscuro verwandelt.

Eine ohrenbetäubende Sirene riss Barre aus seinen Grübeleien. Die Gänse flogen ins Wasser, und der Alte machte einen kleinen Freudenhüpfer, weil er wusste, was das bedeutete: dass der Park sich mit Frauen in Fabrikuniform füllen würde. In lumpige Baumwollschichten gehüllt, sahen sie genauso aus wie die Spulen, an denen sie arbeiteten, watschelten kreuz und quer über den Rasen und kniffen vom Tageslicht geblendet die Augen zu. Eine von ihnen, eine Blondine, schlurfte zu dem alten Mann, begrüßte ihn aber kaum. Sie beugte sich über den Kinderwagen und holte ein Würmchen heraus, das genauso eingemummelt war wie sie. Er musste unbedingt weg von hier. Jetzt passte V. gerade noch in den Büttenrand einer Postkarte, doch er bräuchte sich nur in jemand zu verlieben oder sich mit jemand anzulegen, und es sähe ganz anders aus. Irgendwann schließt sich jeder Ort wie eine Faust um einen Fremden, kleine Orte schneller als große.

Barre stand auf und schritt rasch aus. Er verließ die Stadt über eine Straße mit immer kleiner werdenden Häusern. Die ersten, mit niedrigen Zahlen, waren noch so hoch, dass er das Dach von unten nicht sehen konnte, die Fassaden trieften vor Regen, die Fenster waren verrußt oder mit Läden verschlossen, und es drang kein Lebenszeichen nach außen, höchstens das repetitive Stampfen von Maschinen. Die nächsten Häuser wirkten freundlicher, im Innern wurde gesprochen, hinter den geputzten Scheiben standen gedeckte Tische, Wiegen.

Vor den letzten, bevor die Straße in einen sandigen Pfad überging, waren Holztore, unter denen alte Leutchen saßen und ihm zunickten. Schließlich, an einem Platz, entdeckte er einen merkwürdigen Laden. Er war geschlossen, doch die übervolle Auslage lockte ihn an, vielleicht konnte er dort wieder eine Runde lachen wie in alten Zeiten oder zumindest ein bisschen schmunzeln.

Als Erstes sprang ihm ein Zeitungsartikel über ein Haarwuchsmittel ins Auge, angepriesen von einem Mann mit Bart, ganze zwei Meter zweiunddreißig Zentimeter war dieser lang. (Auf dem Stich daneben hatte er ihn auf halber Länge hochgebunden, um nicht darüber zu stolpern. Eine ernste Angelegenheit, dem Blick dieses Louis Coulon aus Montluçon nach, er sah aus, als hätte ihn der Bart urplötzlich ereilt.) Außerdem gab es in dem Laden orientalische Pillen, die den Brustumfang »ohne Schaden für die Gesundheit« innerhalb von zwei Monaten vergrößerten, unsichtbare Absätze für »den kleinen Gentleman« sowie Belladonna-Fläschchen. Und zwischen all den Schachteln und Fläschchen stand eine gerahmte Empfehlung: *Kunst und Wahrheit. All Ihre Fotografien in Kreide überlebensgroß übertragen von Pierre Petit.*

Barre kannte diesen Mann. Er hatte einen Salon an der Place Cadet in Paris und machte oft Reklame im *Illustré*. Seine Werke verschickte er per Post. Petit war der richtige Name für ihn, er war wirklich klein, wollte mit seinen Vergrößerungen über sich hinauswachsen. Leider war er just bei dieser Tätigkeit von der Leiter gefallen und hatte sich beide Beinchen gebrochen und war durch schlechte Heilung noch weiter geschrumpft. Seither war er auf Miniaturen spezialisiert. Was, so fragte Petit, war Wahrheit, was Kunst? Die Fotografie oder das anhand des Fotos nachgezeichnete Porträt? Seit dreißig

Jahren wurde das Ende der Porträtmalerei vorhergesagt, und jeder, der sich verewigen lassen wollte, konnte sich eine Balgenkamera kaufen. Dabei würde die Imagination, selbst die eines Pierre Petit, in Zukunft vielleicht unbezahlbar werden. Mit einem Mal war Barre leichter ums Herz. Er wollte weitergehen, weg von diesem Laden, dorthin, wo der Weg endete, wo das Sonnenlicht am Fuß der Bäume spielte. Mitten auf dem Pfad fraß ein kleiner Hund Pferdeäpfel aus dem Sand. Etwas weiter weg, auf der Flanke eines molligen Hügels, graste eine Herde rotbrauner Kühe. Aus dieser Entfernung war keinerlei Bewegung mehr zu erkennen, als hätte jemand die Tiere wie Statuen unter einer Glasglocke angeordnet. »The Natural Scenery and Life« in einem Augenaufschlag. Eine Kamera brachte hier nichts, hier würde er zum Pinsel greifen. Für das Fell könnte er Alizarin mit Walnussöl mischen und die Kühe Umbra grasen lassen. Wenn man das wirkliche Leben aufrufen wollte, dem Himmel das Feuer entziehen und es auf die Erde hinabschleudern, brachten die sogenannten Erdtöne nichts. Irgendwo hatte er gelesen: Das Leben kehrt erst mit Gelb, dann Magenta, dann Zyan zurück. Aber wie fixierte man es? Die Farben, mit denen Barre die Landschaft seiner Jugend gemalt hätte, hielten jedenfalls stand. Selbst lange nachdem die Kühe geschlachtet waren, der Bauer begraben und das Gras unter Bitumen verschwunden war, würden sie noch leuchten.

War sein Blick von Nostalgie getrübt? Erneut dachte er, wie bei seiner Ankunft in V., an die Malerei. Fast schien es, als hätten die Materialien, die ihn jahrelang fasziniert hatten, hier, auf heimatlichem Boden, ihren Glanz verloren, als wären Kollodium, Gelatine, Zelluloid noch zu jung, um das raffinierte kontinentale Licht, das sich an jeder Landesgrenze änderte, einzufangen. Wie der Unterschied zwischen einem Lichtschalter und einer Kerzenflamme. Dort, in der kontrastreichen Landschaft auf der anderen Seite des Ozeans, gedieh die Fotografie einfach besser. Wenn er an sein Leben in Amerika zurückdachte, hatte er den Eindruck, dass es höchstens von zwei, drei Lichtnuancen beherrscht wurde. Ob es daran lag, dass er eine Vorliebe für den Sommer hatte? Endlose Familiennachmittage auf dem Wasser. Licht gab es reichlich, die Spanischen Eichen beugten sich schon im August wie Kardinäle über das Ultramarin des Rancocas, und Rubinkehlkolibris, manchmal Indigofinken, blitzten über dem Wasser auf, doch dann brach die Nacht schnell herein, schlagartig war es dunkel. Guy war der Einzige, dem es nicht die Sprache verschlug. Pfeifend stand er auf dem Achterdeck und stakte die anderen nach Hause. Er liebte Schatten, spielte gern Silhouette. Wenn die Sonne hoch am Himmel stand und alle im Haus Abkühlung suchten, machte er auf der Veranda Gymnastikübungen. Außerdem konnte er gut fünfzig verschiedene Handschatten vor einem dankbaren Publikum vorführen, bestehend aus Marie-Jeanne und zwei Cousinen. Direkt in der Sonne, da stand er am liebsten. Hätte er ihn doch letztes Jahr hierhergebracht, statt ihn in der Werkstatt einzusperren. Dann hätte er ihm dieses lakonische Land zeigen können, das Herz Frankreichs, wo noch Bäume inmitten der Weinreben wuchsen, zwischen den Feldern noch der aus der Art geschlagene Obstgarten eines Trunkenboldes lag und die neue Welt noch nicht wie ein übergroß geratener Erbe das Haus der Alten überrannt hatte:

Die Filme der American Biograph Company sind siebenmal so groß wie andere, wir bringen doppelt so viele Bilder pro Sekunde auf die Leinwand, und die Bilder sind größer, klarer, stabiler und interessanter!

Ob in Zukunft noch hin und wieder etwas stillstünde? Oder wäre auch dieser Ausblick auf die Landschaft hier voller Bewegung? Wenn alles größer, schneller, interessanter war, hätte keiner mehr etwas für grasende Kühen in der Ferne übrig. Er musste Guy diese Gegend zeigen, dachte er. Bevor es zu spät war. Er hätte ihn mit einer Staffelei nach Frankreich schicken sollen statt in diesen dunklen Raum in Leeds, hätte ihn ins Freie setzen sollen, damit er Sonne abbekam. Sein amerikanischer Sohn, der Schattenmann.

6

Er nahm den Pfad durch die Stoppelfelder. Bei jedem Schritt schreckte etwas zusammen, huschte vor ihm davon, und er fasste es als freundliches Zeichen für die Zuwendung der Natur auf, der er schon lange keinen Besuch mehr abgestattet hatte. Sie erkannten ihn also noch, die Feldmäuse und Fasane, sie nahmen ihn noch ernst. Als er hinter einem Hügel in ein kleines Wäldchen kam, veränderten sich die Geräusche. Jetzt sah man von oben auf ihn herab: von knackenden Bäumen, wippenden Ästen aus verfolgte man seinen Weg. Prima, dachte er und schnallte die Tasche höher auf den Rücken. Was ihn als Mensch ausmachte, war demnach noch vorhanden. Der Wald trocknete gerade, der Geruch nach feuchten Pilzen machte ihn hungrig. Er hatte noch nichts gegessen, wie spät war es eigentlich? Ein Tannenzapfen tippte ihn neckisch an, und er nahm sich vor, nicht auf die Uhr zu schauen. Stattdessen räusperte er sich, weil er singen wollte, das Einzige, was ihm einfiel, war ein altes bretonisches Wiegenlied:

Liebes Mariannchen,
stell doch dein Füßchen neben meinen Fuß,
dann gehen wir Fuß an Fuß,
bis der Tod uns einholt

Mund an Mund,
Wange an Wange,

Hand an Hand,
Knie an Knie,
Bein an Bein,
Fuß an Fuß gehen wir, bis der Tod uns einholt.

Als er Marie-Jeanne das letzte Mal gesehen hatte, spielte sie mit dem Spaniel Ludo, sie hatte ein Seil um die Taille und drehte sich rasend schnell im Kreis, und am anderen Ende des Seils sauste der Hund wie ein bellender Teufel durch den Blumengarten. Mittlerweile war seine Tochter längst viel stärker und klüger als er. Sie hatte Barre einige Male sichtlich bemühte Briefe geschrieben, doch hinter ihrer Schönschrift lauerten Vorwürfe. Mitleidheischend schrieb sie über ihre Mutter, und im letzten Brief kam sie plötzlich auf die arme Mary Livingstone zu sprechen, die die Rastlosigkeit ihres Mannes mit ihrem Leben bezahlt habe. Ob der Vater denn wirklich solch ein egomanischer Abenteurer sei, bereit, für eine Gipfelfahne seine Familie in den Abgrund zu stürzen? Sein Name sei schließlich auch ihr Name.

»Geduld«, sagte er nach oben, zu wem auch immer, der von dort zu ihm herabschaute, »ich komme ja zurück. Wenn die Gefahr gebannt ist.«

Jemand war vor ihm hier gewesen. Als sich der Wald lichtete, sah er eine Fußspur. Frisch nach dem nächtlichen Regen entstanden. Er hätte seine Füße hineinstellen können.

Barfußgehen, draußen in der Natur, ist gut für die Gesundheit, das weiß jede Bäuerin. Sie haben keinen Garten? Mit Dr. Mildious' Stadtgewächs kommt grünes Gras nun auch in Ihre Reichweite! Dieser heilsame Teppich aus Gras, Klee und Moos gedeiht selbst im dunkelsten Treppenhaus.

Ihm blieb nichts anderes übrig, als dem Riesen zu folgen, der einzige andere Weg führte zurück. Hinter dem Wald lagen geometrisch bestellte Hügel, in der Ferne ein Kirchturm. So viel zur Natur! Der Hunger trieb ihn voran. Seine Hosenbeine waren bis zur Wade mit Schlamm bespritzt, doch wenn er kräftig zulangte, würde man ihn in Ruhe lassen. Als er näher kam, fing die Glocke an zu läuten, doch niemand kam aus der Kirche, niemand ging hinein, und er atmete auf. Der Ort wirkte verlassen. Auch nach fünf Minuten, die er im Schatten der Kastanie auf dem Platz verbrachte, hatte noch niemand auf das Läuten reagiert. Da stand sie, die romanische Kirche, wartete mit offener Tür. Im Inneren war es sicher kühl. In der Vorhalle las er, dass die Messen heute bereits gelesen waren. Hatte er sich das Läuten nur eingebildet? Befangen trat er ein, weil er den gebohnerten Marmorboden nicht mit seinen schlammigen Schuhen beschmutzen wollte. Es war eine Weile her, seit er zum letzten Mal in einer Kirche gewesen war. Der gewaltige Altaraufsatz schüchterte ihn ein, aber dafür wurde er von dem Beichtstuhl angezogen, der – so etwas hatte er noch nie gesehen – innen mit goldenem Samt ausgekleidet war. Kaum hatte er es sich darin bequem gemacht, hallte ein triumphierender Schlag durch die Kirche. Gefangen! Hinter dem Trenngitter sah er Licht, dann einen winzigen Schatten, der größer wurde und sich wieder entfernte, danach blieb es still. Er wollte aufstehen, doch jede Bewegung brachte ein lautes Knarren mit sich. Wozu auch? Dieser Beichtstuhl war wirklich ein herrlicher Rückzugsort. Solange die Kirche zu war, konnte er ja ein kleines Nickerchen halten. Er schloss die Augen und döste ein.

»Ich spreche dich frei von deinen Sünden, im Namen des Vaters und des Sohnes und des Heiligen Geistes.«

Barre schrak zusammen, merkte an seinen trägen Gliedmaßen, dass er geschlafen hatte. Hinter dem Gitter vollzog sich totenstill dasselbe Schattenspiel wie vorhin. Der Vater, der Sohn und der Heilige Geist. Man hatte ihm im Schlaf die Beichte abgenommen! Er betastete seine Lippen, sie waren trocken, aber das hatte nichts zu sagen, immerhin war er schon eine ganze Weile durstig. Wie lange hatte er hier gesessen? Er öffnete die kleine Tür und stolperte vom Tageslicht geblendet aus der Kirche. Der Vater, der Sohn, der Heilige Geist, was hatte er bloß gebeichtet? Abrupt fasste er sich auf den Rücken, die Tasche war noch da. Er griff hinein. Eine Mappe, die andere. Alles da, gut. Sein Kopf, drinnen, draußen. Da war sie wieder. Die Idee. Sie tanzte durch seine Gedanken, kompakter und deutlicher als am Vortag. Barre musterte seinen Hut, fiel auf die Knie, die gnadenlose Sonne im Nacken.

»Verzeihung! Einen Augenblick ...«

Vor der Kirche stand ein großer Greis in einer Soutane. Barre versuchte, sich wieder aufzurichten, doch ihm war schwindlig.

»Einen Augenblick«, sagte der Pfarrer und schloss die Tür hinter sich, »ich komme gleich.«

Er wollte Barre unbedingt aufhelfen, klopfte ihm sogar den Staub von der Hose. »Ein seltsamer Tag heute, nicht wahr? So drückend.«

»Sie sagen es«, murmelte Barre.

»Bei der Frühmesse war es noch kühl vom Regen. Jetzt bleiben die Menschen im Haus. Ihr Hut.«

Eine aussterbende Rasse, dachte Barre. Früher, in den alten französischen Dorfkirchen, begegneten einem öfter solche Männer, doch heute hatten jüngere übernommen, und die waren meistens eher schwächlich.

»Sie Ärmster, Sie sehen nicht besonders wohl aus. Vielleicht sollten Sie etwas essen?«

»Ich war gerade auf der Suche nach einer Gaststätte«, sagte Barre.

»Da haben Sie noch einen weiten Weg vor sich«, meinte der Pfarrer. »Kommen Sie, bei mir steht das Essen auf dem Herd. Zumindest wenn Sie an meiner Einladung keinen Anstoß nehmen, in Anbetracht …«

In Anbetracht wessen, dachte Barre, der Beichte? Aber er hatte nagenden Hunger, wollte trinken und sich hinsetzen, komme, was da wolle. Er folgte dem Pfarrer durch einen Rosengarten zu einem verputzten Haus. Das Essen roch er schon auf der Schwelle.

Der Pfarrer schnitt Brot. »Sie sind nicht von hier«, stellte er fest. Er hatte sich eine Schürze über die Soutane gebunden, das erinnerte Barre an Roussin. Der trug manchmal einen Kaftan als Laborkittel, mit einer Schürze darüber, wenn es bei den Experimenten hoch herging.

»Ich habe die letzten Jahre in England und Amerika gelebt«, rutschte es Barre heraus. Der Pfarrer sagte nichts dazu, legte das Brot in eine Schale und rührte umständlich im Topf.

»Cassoulet mit Speck von einem Ferkel, das ich persönlich gekannt habe«, sagte er.

»Es riecht köstlich, Pater …«

»Alard.«

»Valéry Barre.«

Sie beteten, stießen auf das Ferkel an, aßen jeder zwei Teller, und Pater Alard schöpfte ein drittes Mal auf. Das Schnauben eines Pferdes drang aus dem Garten zum offenen Fenster herein. Gemütlich war es, nicht wie in den Pfarrhäusern in seiner Kindheit. Dieses war ordentlich eingerichtet, von einer

Haushälterin zwar, aber mit einem Lächeln. Neben dem Holzkreuz mit dem Christus aus Porzellan hingen kleine Ölbilder von Tieren mit menschlichem Blick, außerdem Zierteller und eine bestickte Uhr mit einfachen Zeigern, die lief. Es war kurz nach Mittag, Barre fasste Mut.

»Hören Sie, Pater. Ich spreche Sie geradeheraus an. Unter uns. Verraten Sie mir, was ich Ihnen gebeichtet habe? Ich meine, Sie wissen doch, dass ich das war, gerade eben?«

Pater Alard stellte vorsichtig sein Glas ab.

»Machen Sie sich keine Sorgen, Herr Barre. Das Beichtgeheimnis ist mir heilig.«

»Auch mir gegenüber?«

Der Pfarrer verstand nicht.

»Ich weiß nicht, was ich Ihnen gebeichtet habe. Ich habe doch etwas gebeichtet, nicht wahr?«

»Ja, sündige Gedanken.«

Barre trank einen Schluck, zu gierig, musste sich das Kinn abwischen. Sündige Gedanken. Bestimmt hatte er ihm etwas von seiner Idee erzählt, deshalb war sie jetzt wieder so präsent. Doch Pater Alard sah ihn bekümmert an.

»Soll das heißen, Sie wissen nicht, was Sie gebeichtet haben?«

»Noch schlimmer, ich war nicht anwesend. Ich habe geschlafen und bin erst wieder aufgewacht, als Sie mir die Absolution erteilt haben.«

»Geschlafen?« Der Pfarrer blinzelte. Das war eine ernste Angelegenheit, aber er hatte schon mindestens zwei Gläser Wein getrunken, er musste sich zusammenreißen. »Aber Sie haben gesprochen! In fließenden und zusammenhängenden Sätzen!«

»Gut möglich.«

»Haben Sie die Kirche schlafwandelnd betreten?«

»So schlimm nun auch wieder nicht. Ich muss im Beichtstuhl eingenickt sein.«

Pater Alard mochte es zwar nicht, dem Teufel alles in die Schuhe zu schieben, im Prinzip war er ein aufgeklärter Mann, las gelegentlich *La Science illustrée*, aber jetzt bekreuzigte er sich vorsichtshalber kräftig. »Sind Sie etwa ein Somnambuler? So einer, der in einem magnetischen Schlaf von Toten besucht wird?«

»Gott behüte! Ich bin Wissenschaftler, Pater. Und Christ, aber den Spiritualismus betrachte ich, bei allem Respekt, in beiderlei Hinsicht als Verfehlung. Wahrscheinlich war ich übermüdet. Ich habe heute Nacht nicht besonders gut geschlafen, und Ihr Beichtstuhl ist einem Bett nicht unähnlich, das müssen Sie doch zugeben.«

Der Pfarrer schnaubte. »Haben wir öfter gehört. Da sind mehr Leute eingedöst, aber nie während der Beichte, und erst recht nicht mitten im Reden. Ich muss schon sagen, es ist Ihnen nicht gerade schwergefallen.«

Barre kaute auf seinem Brot. Der bemalte Kamin war wirklich sehr hübsch. Im Gasthaus in V. hatte er eine ähnliche Abbildung auf dem Kamin gesehen. Beinahe bayerisch, dieses bunte Blumenmuster. Der Pfarrer hatte nicht allzu viele Bücher, nur zwei Regalbretter voll. Aber Stendhal, den schon. Angrenzend an die Küche, in einem schummrigen Nebenzimmer, stand ein Bett mit einem roten Überwurf. Sehr schlicht, sogar für einen Landpfarrer. Dafür rührte ihn dieser Hackblock, auf dem der Speck von einem Ferkel, »das er persönlich gekannt« hatte (nur Stadtmenschen sagen so etwas), und eine zu großzügig geschälte Zwiebel lagen. Er hatte selbst gekocht, der Alte. Kein Dienstmädchen hatte ihm reingepfuscht. Pater

Alard konnte er vertrauen, wie er nur Roussin vertraute, oder sogar noch mehr, denn Alard ließ sich nicht mit Frauen ein, er hatte ein Gelübde abgelegt, sich auf wichtigere Dinge zu konzentrieren.

»Ich hab's«, sagte Barre. »Wir fangen einfach noch mal von vorne an mit der Beichte. Einfach so, von Mann zu Mann, hier am Küchentisch. Was halten Sie davon?«

Alard schob bedauernd sein Glas weg und beugte sich auf dem knarrenden Stuhl vor. Diese Hände, dachte Barre, mit ihnen wühlt er in des Herren Zeit. Die Möhren im Korb auf der Fensterbank hat er eigenhändig aus der Erde gezogen. Das tut er sicher am allerliebsten.

»Warum? Sie haben gebeichtet, Sie haben gesprochen, Gott hat Ihnen vergeben.«

Da hatte er recht. Was machte es schon aus, was er gebeichtet hatte? Aber er wollte sich dieser grauenhaften Gedanken bei vollem Bewusstsein entledigen. Sie mussten unschädlich gemacht werden, indem er sie einem Laien mitteilte, sie zerfetzte, bevor sie sich verwirklichen ließen.

»Ich muss sie mir aus dem Kopf schlagen, bevor zu viel Schaden angerichtet ist«, grübelte er laut.

»Wenn Sie sie nicht aufsuchen, wird sich das Herz von selbst abkühlen«, antwortete Alard. Er wischte seinen Teller sauber und steckte sich das Brot siegessicher in den bärtigen Mund. Gar nicht beeindruckt, kein bisschen.

»Ich suche sie nicht auf«, sagte Barre gereizt. »Sie kommt von selbst. Morgens beim Aufwachen ist sie schon da.«

»Dann müssen Sie sie doch selbst hereingelassen haben?«

»Überhaupt nicht. Ich habe nicht darum gebeten. Ich war mit ganz anderen Dingen beschäftigt, mit dem Patentieren einer anderen, unschuldigen, aber aufregenden Idee, als die ganze Chose angefangen hat.«

»Mir scheint, Sie sind stark genug, um einer Frau den Zutritt zu verwehren.«

Worauf wollte er hinaus, dieser Bart mit seinen merkwürdigen Metaphern? Barre verlor die Geduld, wollte zur Sache kommen.

»Es geht nicht um eine Frau, Pater. Wenn es doch nur so wäre. Es ist bloß eine Idee, aber eine so schreckliche, dass sie mich morgens weckt, wenn sie mich überhaupt nachts hat schlafen lassen.«

»Aber gerade eben ...« Pater Alard zeigte zum Fenster, in Richtung Kirche, wo die Glocke die halbe Stunde schlug. »Entschuldigen Sie, Herr Barre, aber so etwas habe ich noch nie erlebt. In Ihrem Schlaf spielte sehr wohl eine Frau die Hauptrolle. Besser gesagt zwei Frauen.« Er versuchte, sein Lachen zu unterdrücken, doch sein Bauch machte nicht mit. »Was für ein Durcheinander. Warten Sie, der Tag ist noch jung, ich ... Hier.«

Und hier kam eine neue Flasche. Ohne Etikett, aber es war ein anderer Wein als eben, einer, der noch älter und weiser wirkte als der Pfarrer. Solchen Wein hatte Barre lange nicht getrunken. Ein typischer Landwein, in einer Senke zwischen großen Weingärten gewachsen, wo es kräftiger weht als anderswo und wo der Boden, voller seltsamer Steine, den Regen länger hält. Dort machten sich die Bauern abends zu schaffen, weil sie diesen Wein für sich behalten wollten. Ein gefährliches Getränk für Außenstehende. Dennoch wurde sich Barre seiner Sache immer sicherer. Nicht darüber, dass seine Gedanken wirklich sündig waren, sondern darüber, dass er sie aussprechen musste.

»Es geht um Folgendes, Pater. Seit einer Woche wache ich jeden Morgen mit einer Idee auf, die mir Angst macht. Das Werk des Teufels? An Ihnen, das zu beurteilen. Zuerst war es nur ein vager Gedanke, wie sie mir immer willkommen sind, verstehen Sie, ich bin nun mal Erfinder. Aber falls sie je umgesetzt wird, könnte diese Idee gut und gern den Untergang unserer Zivilisation bedeuten.«

Der Pfarrer nickte. Geistlichen konnte man vieles nachsagen, aber mit einer dramatischen Äußerung hatte man sie am Wickel. Er würde nicht zynisch reagieren. Er würde ihn aussprechen lassen, im Gegensatz zu Roussin mit seinem registrierenden Blick à la Professor Charcot, diesem Scheusal mit seiner Ikonographie des Wahnsinns.

Nehmen Sie Platz in Charcots Archiv! Der Professor bannt Ihren Gemütszustand auf eine Platte, die mindestens so empfindlich ist wie Sie. So werden alle Augenblicke bewahrt, in denen Sie sich selbst verloren haben: für später, sollten Sie je wieder zu Sinnen kommen! Spektakuläre Fälle von Katalepsie werden kostenlos aufgenommen.

Nein, lieber Männer wie Alard. Die legten nicht die Hände in den Schoß, die kannten das Rituale Romanum samt den Vorschriften für die Teufelsaustreibung auswendig.

»Unheilsgedanken, Pater. Sie lassen sich nicht vertreiben«, fuhr Barre fort. »Wenn sich die Welt in diese Richtung entwickelt, weiß ich nicht, ob man sich über den Fortschritt freuen sollte.«

»Geht es um einen neuen Apparat? Eine Waffe?«

»Sie verschicken doch bestimmt gelegentlich Telegramme. Wissen Sie, wie das funktioniert?«

»Natürlich, was denken Sie denn? Elektrischer Strom, an, aus, aus und an.«

»Genau, aus und an, so einfach ist das. Anwesend, abwesend. Sein oder Nichtsein. Wörter wandern hinein, heraus. Dazwischen sind Zeit und Raum verschwunden. Heute braucht man dafür noch eine Leitung, aber elektromagnetische Strahlung schert sich nicht um Leitungen. Dank den Experimenten von Herz wird es nicht mehr lange dauern, bis unser ganzes Universum sich mit Wörtern füllt.«

»Davon habe ich gelesen, ja. Herz und die Maxwell'sche Hypothese. Sie halten sie für teuflisch?«

»Nicht, solange es noch Telegrafisten geben darf. Aber die werden abgeschafft, genauso wie der Mensch im Allgemeinen abgeschafft wird. Die Elektrizität ist weder auf Leitungen noch auf Menschen angewiesen, sie operiert seit Anbeginn der Schöpfung selbstständig. Ein paar Fingerzeige und schwups, hat man dem Ganzen auf die Sprünge geholfen. Von allein. Aber wo bleiben all die Wörter? Telegrafisten merken sich nichts, sie haben Besseres zu tun, wie alle anderen auch, aber wenn es keine Telegrafisten mehr gibt, was passiert dann mit unseren Gedanken?«

»Ganz einfach«, sagte der Pfarrer munter. »Sie werden gedruckt, wie in der Zeitung. Mit Maschinen? Umso besser!«

Sein Gast sollte ihn nicht für gestrig halten, wie gesagt, er las *La Science illustrée*; schwankend stand er auf, er hatte nicht gerade wenig Wein gebechert, aber den Weg zu dem Hartkäse, den er beiseitegelegt hatte, fand er ohne Weiteres.

»Geradezu hervorragend«, rief er aus der Speisekammer heraus. »Stellen Sie sich das doch nur vor, dann kann ich in vier Gemeinden zur selben Zeit predigen. Oder mehr. Noch mehr!«

»Nicht alle Wörter sind gute Wörter«, sagte Barre. »Die schlechten kommen als Erstes, und es sind viele. Beim Telegramm gibt es den Telegrafisten, bei der Zeitung eine Redaktion, aber wenn wir der Elektrizität ausgeliefert sind, werden böse Ideen ausgetauscht sein, bevor sie gründlich geprüft wurden. Schlechte Gedanken werden ausgespuckt sein, bevor man sie zu Ende gedacht hat. Die ganze Luft wird verpestet, voller unausgegorenem Unfug, und die Welt so eilig beschrieben, dass wir erschöpft umherirren werden, weil wir über all diesen Wörtern die Realität aus dem Auge verlieren.«

Pater Alard spießte ein Stück Käse auf sein Messer und streckte es ihm entgegen.

»Und diese Erfindung, die das alles ermöglicht, ist in Gestalt einer Vision zu Ihnen gekommen?«

Barre lehnte ab. Er hatte keinen Hunger mehr. Die Sonne war verschwunden, es ging ihm wieder genauso schlecht wie in V. Vielleicht war seine gute Laune ja nur der Sonne zu verdanken gewesen und er sollte in Ruhe abwarten, bis es wieder aufklarte. Darüber zu sprechen hatte seine Idee nicht unschädlich gemacht, im Gegenteil, sie schien mächtiger denn je, schien zu triumphieren, weil der Pfarrer sie so unbekümmert willkommen hieß.

»Werden Sie öfter von Visionen heimgesucht? Das muss nicht unbedingt ein schlechtes Zeichen sein, die brauchen Sie nicht zu unterdrücken. Sie haben mir noch gar nicht erzählt, was Sie schon alles erfunden haben. Was lassen Sie als Nächstes patentieren? Darauf bin ich sehr gespannt!«

»Ach ...« Er beendete den Satz nicht. Mit einem Mal war er furchtbar müde, seine Beine zitterten, als wäre er vorhin den ganzen Weg durch den Wald gerannt. »Pater Alard, so hören Sie doch«, sagte er keuchend. »Sie haben keine Kinder. Im Gegensatz zu mir. Und ich mache mir Sorgen um die Zukunft. Mein Sohn, Guillaume, er ist dem nicht gewachsen.«

»Und was ist mit dem Telefon?« Der Pfarrer sprach das Wort mit derselben Ehrfurcht aus wie den Namen des Allmächtigen. »Viele Menschen finden es sehr nützlich. Ich habe da was gelesen, über das *théâtrophone*, haben Sie schon davon gehört? Damit können Sie sich Opern anhören und Theaterstücke, ohne hingehen zu müssen! Für alte und gebrechliche Menschen doch sehr nützlich. Leider sind wir hier in der Gegend noch nicht so weit, ich würde es gern einmal ausprobieren.«

»Der Nutzen, natürlich, der Nutzen!«, rief Barre. »So verpackt es der Teufel gern. Verdammt praktisch alles, aber später, wenn wir erst den ganzen Nutzen erfahren haben, uns gesuhlt haben im Komfort von, sagen wir mal, Diktafon, Mimeograf, Arithmometer, dann ist es zu spät. Das kann ich Ihnen voraussagen, dann sind wir überflüssig geworden, wir Telegrafisten, die Welt – oder die Hölle, ganz wie Sie wollen – wird uns ins Abseits drängen. Für einen Geistlichen sind Sie sehr fortschrittlich, aber ich sage Ihnen voraus, dass auch der Herrgott abgeschafft wird. Ach, wenn Sie nur die geringste Ahnung hätten, was mir in meinem hin und wieder so genialen Kopf herumspukt.«

Pater Alard starrte ausdruckslos vor sich hin. »Kann es Gedanken lesen? Dieses Dingsda-Gerät von Ihnen?«

»Ha«, brüllte Barre, »haha! Lesen, keiner wird mehr lesen, jeder Gedanke wird frei zugänglich sein, alles, was uns bewegt, unser Hirn und unser Herz, die ordinärsten Gelüste und die tiefsten Geheimnisse, alles wird transparent sein! Was jetzt noch heilig ist oder verboten, wird an die Oberfläche kommen wie eine Leiche im Wasser, dann muss niemand mehr in die Tiefe tauchen.«

»Ein Hirnvergrößerer? Den könnte ich gut gebrauchen, in letzter Zeit vergesse ich alles. Nur nicht die Heilige Schrift, die hat sich eingebrannt.«

Er tippte sich an die Schläfe, schaute weiter in die Ferne. Sein Lächeln trieb Barre in den Wahnsinn.

»Was malen Sie sich nur aus! In Zukunft wird sich niemand mehr an irgendetwas erinnern. Jetzt, wo wir blindlings auf den Abgrund zusteuern, haben wir noch alle Hände voll zu tun, um das, was geschehen ist, auf Papier und Film zu bannen, aber später, wenn Zeit und Raum verschwunden sind, wird keiner mehr irgendetwas zurückdrehen wollen, weil alles schon vergangen ist, bevor es überhaupt existiert hat, verstehen Sie?«

»Nein, Herr Barre, Sie dürfen nicht so schnell reden.«

»Heute entscheiden die Fotografen und Schriftsteller noch, was bewahrt wird und was nicht. Aber was, wenn eine Maschine diese Entscheidung trifft? Woran werden wir uns erinnern, wenn wir unser Gedächtnis einer Maschine überlassen? Welche Vergangenheit haben wir dann noch? Schatten! Nichts als Schatten! Alles wird vergangen sein, bevor es geschehen ist. Mausetot treibt es dann an der Oberfläche! Ach! Hören Sie doch auf mich!«

Endlich kam der Pfarrer zu sich. Er drängte Barre, der mit Schaum vor dem Mund wild herumgestikulierte, auf seinen Stuhl zurück.

»Sie müssen sich beruhigen. Wirklich. Trinken Sie einen Schluck! Bleiben Sie doch sitzen, ach, ich hätte Ihnen nicht so viel Wein geben sollen, es ist ein seltsamer Tag, wie gesagt, bei diesem Wetter sollte man sich besser ruhig verhalten. So bleiben Sie doch sitzen.«

Er rannte in die Küche, um ein Tuch zu befeuchten, doch Barre lag schon auf dem Boden, seine Augen drehten sich in den Höhlen. Er sah, wie er sich über einen trockenen Waldweg schleppte. Es war so heiß, dass er kaum wagte zu atmen. Die Luft würde seine Lunge verbrennen, er würde verglühen wie ein Papierblättchen. Über ihm raschelte es. Ein Eichhörnchen? Hoffnungsvoll blickte er hinauf, doch zu seinem Entsetzen sah er, dass die meisten Bäume brannten. Die Flammen schlugen aus den Wipfeln, Funken sprühten auf ihn herab, in sein Haar, auf seine Wange, dicht unters Auge. Er machte, dass er wegkam, doch einige Äste bogen sich im Feuer bereits durch, spien ihm flammende Blätter auf den Kopf, die Hitze war unerträglich. Er schlug um sich, strauchelte, rannte, fand einen Ausweg, doch weit hinter sich hörte er jemanden nach ihm rufen. Diese Stimme kannte er. Guy! Der Junge stolperte etwa hundert Meter hinter ihm her, rieb sich die Augen, geblendet vom immer dichter werdenden Rauch. Es sah aus, als schaffte er es nicht. Aber egal, was Barre ihm zurief, sein Sohn reagierte nicht.

»... und des Heiligen Geistes, Amen.«

Barre fasste sich an die Stirn, ein feuchtes Handtuch lag darauf. Pater Alard kniete neben ihm, bekreuzigte sich heftig. Was hatte er dem armen Mann nur angetan!

»Der Verdunkler«, stammelte er, »es ist das Werk des Verdunklers! Aber egal, wer mir diese Gedanken eingeblasen hat, wie werde ich sie wieder los? Leeren Sie meinen Kopf, egal wie.«

»Vielleicht sollten wir an die frische Luft gehen«, sagte der Pfarrer. »Die Sonne ist weg, es dürfte abgekühlt sein.«

Alard zitterte. Vor einem Jahr hatte er der Stadt den Rücken gekehrt, um es ruhiger angehen zu lassen, um nicht mehr mit solchen Fällen konfrontiert zu werden. Im vergangenen Jahr hatte er sehr viele Anfragen für Dämonenaustreibungen bekommen. Es sei eine Plage, sagten die Kaplane, eine Hysterie, verbreitet von den Zigeunern, die über die Städte herfielen. Für jedermanns Seelenruhe sei es besser, die Frauen (meistens waren sie die Unglücklichen) vorläufig in eine Irrenanstalt zu schicken. In der Praxis hatte sich herausgestellt, dass die meisten Dämonen Drehstühle und Zwangsbäder auf den Tod nicht leiden können. Aber er bezweifelte, ob Barre damit geholfen wäre. Der Mann hatte einen starken, aufgeklärten Geist, solche wie er wurden im Allgemeinen nicht vom erstbesten Dämon besessen.

Er seufzte: »Zuerst einen kleinen Spaziergang, danach fügen sich die Dinge meist von selbst.«

Die Sonne würde sich vorerst nicht mehr blicken lassen. Barre hatte sich seine Tasche wieder fester umgeschnallt. Nach wenigen Minuten im Freien verstand er nicht mehr, was ihn eben geritten hatte. Schweigend folgten sie dem sandigen Pfad zurück zum Städtchen V. Am Waldrand erkannte Barre seine Fußspuren neben denen des großen Unbekannten, dem er am Vormittag noch so munter gefolgt war. Er beschloss, dem Pfarrer von Guillaume zu erzählen. Dass der Junge ein Gelehrter werden wolle, wie sein Vater.

»Ich hoffe, dass er über mich hinauswächst«, gestand er ihm. »Über mich hinauswächst und mich nicht dupliziert, sondern weiter geht als ich, besser wird.«

Der Pfarrer sagte nur, ein Gewitter ziehe auf.

7

Pater Alard hatte sich damit abgefunden, dass er nass werden würde, und Barre noch bis zum Waldrand begleitet. Dort machte er rasch kehrt, denn der Anblick der Stadt hätte ihn noch mehr aufgeregt, und er wollte es für heute gut sein lassen. Dennoch führte er schon seit einer Viertelstunde ein Selbstgespräch. Er argumentierte mit imaginären Widersachern, verteidigte seine Entscheidung, den gestrandeten Erfinder seinem Schicksal zu überlassen, hielt gelegentlich inne, sagte »Oh, finden Sie?« und »Jetzt hören Sie mir aber mal zu«. Nein, er bleibe dabei, der Mann sei nicht besessen. Genialität sei ein Geschenk Gottes, nicht des Teufels (oder des Verdunklers, wie Barre ihn offenbar nannte). Aber er, sein Gast also, sei zweifellos verwirrt. Wie er sich an dieser Stelle im Wald immer schneller im Kreis gedreht und auf das bernsteinfarbene Licht gezeigt hatte, das in der Nachmittagssonne durch die Bäume fiel: »Sehen Sie, sehen Sie!« Aber Alard konnte nicht hinsehen, ihn schwindelte, er sah alles nur verschwommen. Ob sie nicht weitergehen könnten, hatte er gefragt, nicht im Kreis, sondern einfach geradeaus, doch da hatte Barre gerade seine Faszination für das Unterholz entdeckt. Er wies darauf hin, dass bei diesem spezifischen Licht, halb klarer Himmel und halb Gewitter, die Natur ungeheuer detailliert erscheinen und dass keine Linse scharf genug sei, um das festzuhalten. »Hörende höret und verstehet nicht und Sehende sehet und erkennet nicht«, hatte Alard erwidert. »Niemand hat ein besseres Auge für das Schauspiel des Herrn.«

Er wischte sich die ersten Tropfen von der Stirn, sah in der Ferne den Kirchturm, der geläutet werden musste. Beide Kaplane waren unterwegs. Sie wussten nichts von seiner seltsamen Begegnung und würden nichts davon erfahren. Vielleicht würde er ihnen nur die Anekdote von der Beichte im Schlaf erzählen; er sah Pater Ferdinand schon dröhnend darüber lachen. Ferdinand war der Herzlichste von ihnen dreien, aber auch der Strengste, an Alards Stelle hätte er hart durchgegriffen und den Bischof in Kenntnis gesetzt. Nicht weil er meinte, dass der Teufel seine Hand im Spiel hatte, sondern weil er Gelehrte generell nicht leiden konnte, mit ihrer Besserwisserei und, vor allem, ihrem ewigen Zweifel. Anstellerei, pflegte er zu sagen, alles nur Anstellerei, die Wahrheit braucht keine Vorbehalte. Doch bei Barre wäre eine Austreibung ein zu rigoroses Mittel. Alard durfte gar nicht daran denken, dass ihm dasselbe widerfahren könnte wie der Ältesten von Frau Michaud. Eine schauderhafte Geschichte, an die er lieber nicht zurückdachte. Wegen ihrer bevorstehenden Hochzeit war die Kleine schon eine ganze Weile sehr niedergeschlagen gewesen, heulte ein paar Nächte hintereinander wie ein Wolf, aber nach der Austreibung erinnerte sie nicht einmal mehr an ein Säugetier. Seither verhielt sich Juliette Michaud, als käme sie aus einem Ei, hampelte ununterbrochen herum, ohne einen Ton von sich zu geben. Nein, so etwas musste um jeden Preis vermieden werden.

Es regnete immer stärker. Er flüchtete sich unter eine dicke Eiche und hielt Barres Tasche eng an sich gedrückt. So sind die Wege des Herrn! Egal, wie glatt ein Tag anfing, kaum tauchte ein Fremder am Horizont auf, ging alles drunter und drüber.

»Denken Sie an Ihre Kinder«, hatte er zu Barre gesagt. »Sie müssen sie noch nähren (*erziehe den Knaben seinem Weg gemäß, er wird nicht davon weichen, auch wenn er älter wird*), dieses Wissen dürfen Sie ihnen nicht vorenthalten.« Doch der hatte dem Pfarrer die Tasche energisch in die Arme gedrückt und gesagt, eine so schwere Last wolle er seinen Kindern nicht aufbürden, denn die schlechten Gedanken gebe es gratis zu den guten dazu, die Missgunst seiner Mitmenschen obendrein, sie gönnten einem nicht das Schwarze unter den Nägeln. Wenn sein Sohn die Unterlagen brauche, werde er sie schon auftreiben. Zusammen mit der Tasche legte er Alard ans Herz, dass er nur seinem Sohn, ihm und keinem anderen, den Inhalt zeigen dürfe. Und dass er besser nichts davon erzählen solle, denn der Verdunkler sei zwar fast taub, doch sein Blick reiche über Ozeane und Kontinente hinweg. Alard hatte ihm feierlich versichert, das Beichtgeheimnis zu wahren, und versprochen, auf einen Jungen mit dem Blick eines Zigeuners und der sanften Stimme seines Vaters zu warten. Ob sich Barre wirklich sicher sei, dass er die Papiere bei ihm verstecken wolle? Die Zeiten würden sich ändern, Wissen würde veralten. »Andere werden dasselbe herausfinden«, antwortete Barre, »oder etwas Besseres. Mir soll es recht sein, solange der Verdunkler sie nicht in die Finger bekommt. Aber jetzt muss mein Kopf bereinigt werden. Wenn es sein muss, wende ich mich persönlich an den Bischof von Dijon für eine Austreibung!«

Alard kannte den neuen Bischof noch nicht gut, der Mann war zur See gefahren und hatte die Diözese von Basse-Terre in der Karibik geleitet, wer weiß, was für Kräfte er dort aufgetan hatte. Er riet Barre, sich lieber im Spital von V. aufnehmen zu lassen. Deren Methoden seien bodenständiger, sicherer. Falls wirklich teuflische Kräfte von ihm Besitz ergriffen hätten, würde die Kongregation im Sainte-Philomène-Spital Monseigneur Oury von selbst hinzuziehen. Barre hatte sich noch etwas gesträubt, weil er sich nicht für geisteskrank hielt und nicht als solcher behandelt werden wollte, doch Alard wusste, dass dieses Spital ein guter Ort war, ein Zufluchtsort, zu dem die gottlosen Reformen des zum Politiker konvertierten Neurologen Bourneville noch nicht durchgedrungen waren, wo man in allem immer noch dem Wort Gottes folgte, und vielleicht auch dem von Florence Nightingale. Als seine eigene Gesundheit es noch zugelassen hatte, war er mehrmals die Woche dort, um den Patienten geistigen Beistand zu leisten. Die Schwestern und Brüder nahmen nur Geisteskranke auf, die einer Behandlung aus freien Stücken zustimmten. Barre gab Alard einen Stift und ein Blatt Papier für ein Empfehlungsschreiben, das dieser ihm auf einem umgestürzten Baum sitzend ausstellte. So, erledigt, sie verabschiedeten sich und gingen jeder seines Weges, Barre ohne Tasche und Alard mit.

Zuhause angekommen, wurde der Pfarrer von Schwermut ergriffen. Mehr Wein würde jetzt nichts mehr bringen. Draußen rauschte der Regen, die Katze, die sonst immer gegen acht auftauchte, blieb weg. Heute Abend würde es nicht mehr gemütlich werden, dann konnte er genauso gut auf die Jammerbriefe seiner Gemeindemitglieder antworten, die ihn in hingekritzelten Krähenfüßen auf seinem Schreibtisch erwarteten. Doch dazu konnte er sich nicht überwinden. In einer Ecke der Küche stand schwer Barres Tasche. Mit ihrer dunkelbraunen faltigen Haut, ausgebeult wie die Wampe eines niedergestreckten Landstreichers, hatte sie etwas sehr Menschliches. Er beugte sich vor, zögerte. Aber solange er nicht wusste, was darin war, würde der Inhalt ein Eigenleben führen. Er säbelte sich ein Stück Wurst ab und stellte die Tasche kauend auf den Tisch. Als er sie aufknipste, schlug ihm ein seltsamer Geruch entgegen. Teufelsbrut. Seine Brille musste her. Barre hatte ihm zwar nicht erlaubt, in der Tasche zu schnüffeln, aber dieser Geruch! Vielleicht war ja etwas Verderbliches darin. Mit spitzen Fingern fischte er ein Stoffknäuel heraus und schleuderte es zu Boden, ein Hemd und zwei Kragen, weiter nichts. Außerdem holte er eine Schachtel heraus, anscheinend Medizin: *Dr. S. N. Thomas' Eclectric Oil Foster Milburn and Co.* »Eclectric«, dieses Wort kannte er nicht, das musste er mal dem Doktor zeigen. Im selben Fach fand er ein kleines Album mit grauen Seiten. Auf der ersten Seite klebte die Aufnahme einer Frau mit einem zornigen Mädchen auf dem Schoß, doch aus den nächsten Seiten fiel ein loses Foto einer ganz anderen, jüngeren Dame heraus, die schelmisch unter einem modischen Hütchen hervorlugte. Ts, ts, machte Alard kopfschüttelnd. Hinten im Album klebte das Bild eines grauhaarigen Alten, wie ein Fürst saß er in seinem Sessel, sichtlich stolz auf einen hinter ihm stehenden Jungen. Das musste Barres Sohn sein. Alard erkannte die südländischen Gesichtszüge, die pechschwarzen Augen. Wie lange noch, bis er sich hier einfand, falls er überhaupt auftauchte? Das hatte Barre offengelassen. Bis dahin hatte er also diese obskure Fracht am Bein. Würde der Junge zuerst beichten wollen, wie sein Vater? Er stellte sich vor, wie Guy aus dem Wald kam, hoch zu Ross, mit einem großen Filzhut auf dem Kopf und Biberfell und Fransen an den Waden. O je, das Pferd! Ob der Knecht das Gemeindepferd in den Stall gebracht hatte? Es war nichts zu hören. Nein, er würde nicht draußen nachschauen, nicht bei diesem Wetter. Erst das hier. Flüchtig blätterte er die anderen Fotografien durch, ein großes Landhaus, eine verschwommene Frau auf einer Schaukel mit einem Hund, der in die Linse starrte, ein Fluss, ein blonder Mann mit Schürze an einer Werkbank. Danach steckte er rasch die Hand in die Tasche, bekam ein Buch in die Finger, *L'homme qui rit* – kannte er nicht, konnte er später lesen – und ein paar hastig gefaltete Briefe. Er holte die Lampe. *Munn & Co., Solicitors for Patents, No. 37 Park Row, New York*. Dass er so etwas einmal zu Gesicht bekam! Auch den Brief eines gewissen Taylor, vom *Britisch Journal of Photography*. Leider konnte er ihn nicht lesen. Alards Kenntnisse der englischen Sprache beschränkten sich auf wenige Kinderlieder, und nicht einmal die verstand er ganz. Aufgeregt kramte er weiter. Das andere Fach war mit zwei überquellenden, rundum zugeknöpften Mappen ausgefüllt. Da war der Geruch wieder. So ähnlich wie das blaue Vitriol, mit dem die Bauern ihre Trauben spritzten.

KOBOLDMAKI

Auf der einen Mappe waren zwei Bilder ein und desselben Monsters aufgeklebt, einmal als Skelett, einmal noch mit Haut und Haar. Es kletterte mit monströs langen, gespreizten Fingern einen Baum hoch. Alard konnte sich keinen Reim darauf machen. Es war weder eine Katze noch ein Affe, hatte große Mäuseohren, doch am schrecklichsten waren seine Augen, sie nahmen drei Viertel des Schädels ein, und dann dieser Geruch! Das muss der Höllenhund sein, dachte Alard, doch laut Bildunterschrift handelte es sich um ein so genanntes *Tarsius spectrum*.

Wenn das Tarsius grundlos gestört wird, drückt es seine Unzufriedenheit aus, indem es die Augen weit aufreißt. Dieses und viele andere zoologische Phänomene können Sie in Dr. Sandwichs Kabinett in der Stephens Street bewundern. Eintritt Sixpence und ein Schilling.

Die Unterlagen in der Mappe waren eng beschrieben, samt und sonders unlesbar für den armen Pfarrer, der reichlich angeschwipst die großen Blaudrucke auf seinem Tisch ausbreitete, ohne schlau daraus zu werden. Um den Teufel zu bekämpfen, muss man ihn kennen, das war ihm in Fleisch und Blut übergegangen. Doch die Botschaft, die hier verkündet wurde, war viel zu kryptisch. Die Erläuterungen ähnelten denen in *La Science illustrée*. Dann wurde ihm klar, dass es nur um Kameras ging, komplizierte Kameras, mit einer Menge Linsen, und er mahnte sich zur Ruhe. Auch in der anderen Mappe fand er nichts Verdächtiges, die Arbeiten waren weniger ordentlich, die Zeichnungen nicht ausgearbeitet, eine Seite war fast komplett durchgestrichen, fleckig und dadurch unlesbar. *Cinéma total*, konnte er gerade noch entziffern. Als er die Seite ins Licht hielt, sah er die Zeichnung einer Art Spinnwebe mit Himmelskörpern darüber. Er war müde, jetzt war es genug. Er hatte dem guten Mann nach Kräften geholfen, es war Schlafenszeit, sein Kopf hatte Ruhe verdient. Doch nachdem er die Tasche fast vollständig wieder eingeräumt hatte, lag auf dem Tisch noch ein Brief. Diesen wollte er lesen, weil er auf Französisch geschrieben war, von einem Mann, für den er große Bewunderung hegte.

Paris, 8. September 1890

Lieber Freund,

dein Telegramm habe ich in bester Ordnung erhalten. Lass dich doch nicht so von unseren Fachkollegen aufhetzen. Meine Arbeit gehört der Wissenschaft, nicht mir. Hast du mir nicht erzählt, dass Panoramagemälde nie signiert werden, weil man sie einem ganzen Trupp zu verdanken hat? Wir kennen doch alle Assistenten, die erfinderischer sind als ihre Chefs, und trotzdem wird ihr Name nie genannt. Alles Eitelkeit, diese Patente, stapelweise Eitelkeit! Hoffentlich nimmst du dir diesmal mehr Zeit, mir von deinen neuesten Erkenntnissen zu erzählen. Natürlich bin ich auf deinen Projektor gespannt, aber du musst mir versprechen, auch in Zukunft dem Fortschritt und nicht dem Illusionismus zu dienen. Dieses ganze Spektakel macht uns allmählich zu Behinderten, zu einem Haufen regloser Gaffer in Plüschsesseln. Eines Tages werden wir nichts anderes mehr fertigbringen, als irgendwohin zu starren. Gestern, beim Lesen, fiel mir auf einmal auf, dass mein Kater mich beobachtete. Kein Tier kann verstehen, warum wir stundenlang wie gelähmt herumsitzen, aus dem Zugfenster, auf ein Stück Papier oder einen Film starren und uns führen und verführen lassen – es kann doch nicht der Sinn des Körpers sein, ständig wie tot herumzuhocken? Aber genug der Schwarzseherei. Ich freue mich sehr auf deinen Besuch und komme dich in zehn Tagen zum genannten Zeitpunkt am Bahnhof abholen. Danach gehen wir gut essen und trinken, denn du wirst ausgehungert sein, wie immer.

Mein Bester, lass dich umarmen,

Marc Roussin

Alard starrte aufgeregt auf den Namen. Es handelte sich wirklich um den berühmten Roussin, eindeutig. Von seiner Schrift war er enttäuscht, doch immerhin hatte er seine Adresse und konnte ihm schreiben. Vielleicht noch heute Abend. Umständlich würde er an ihn herantreten, die Frage eines Geistlichen an einen Gelehrten vorschützen, ohne Barre zu erwähnen oder sein Werk, das sich hier in seiner Obhut befand, obwohl es woanders mit Spannung erwartet wurde. Damit würde er Barre und seinem geistigen Vermächtnis besser dienen. Er brauchte sein Anliegen nur so zu formulieren, dass dieser Roussin sich dazu bewegen ließe, die Reise anzutreten, und dann käme er ganz von selbst auf die Spur seines alten Freundes. Er würde nicht seine eigene Anschrift nennen, sondern die des Sainte-Philomène-Spitals. Ihm könnte man keinen Vorwurf machen.

Am Himmel hing ein »tropfender Mond«, wie die Engländer sagen, vollgesogen in einem Kranz von Wolken. Hinter dem Haus, am Zaun stand immer noch das Gemeindepferd, klatschnass und mit gesenktem Kopf. Es schlief. Es war alt, wie Pater Alard, der es mit einer Hand an der Mähne packte, während er mit der anderen sein Gewand aus dem Schlamm hielt. So gingen sie zum Stall, leicht aufeinander zu gelehnt, Wange an Hals, Bein an Bein, Fuß an Huf, bald sollte der Tod sie holen, das Pferd früher als den Mann. Der hatte noch Zeit, einen Brief zu schreiben, zu zerknüllen, neu zu schreiben. Er sah den Tag anbrechen, ohne dass er ein Auge zugetan hatte, während das Pferd weiter vor sich hin döste, die schlappe Unterlippe über der Stalltür. Bis zur ersten Messe hatten sie noch anderthalb Stunden Zeit. Während Alard anspannte, kam der alte Lemaître vorbei, auf dem Weg in die Stadt. Aber ihm wollte er den Brief nicht anvertrauen. Er steckte ihn in eine Tasche unter seiner Soutane und machte sich auf den Weg. Im Wald war es mindestens zehn Grad kälter als am Vortag, und der Pfad lag voller Äste. Er dachte an all die Dinge, von denen Barre gesagt hatte, dass eine Maschine sie übernehmen würde. Barre hatte schnell gesprochen, man konnte ihm kaum folgen. Es lief in etwa darauf hinaus: Weil eine Maschine die Gedächtnisfunktion übernahm, könnten die Menschen bald getrost alles vergessen. So wie er in diesem Augenblick, und das Gemeindepferd, der brave Tropf. »Wenn Zeit und Raum verschwunden sind …«, setzte er leise an, »wenn Zeit und Raum verschwunden sind …« Aber dann hörte es auf. Er war der Einzige, der hier im Wald redete, und bekam mit seinen Gedanken nicht zu fassen, wie es weitergegangen war. Ob diese Maschinen in Zukunft die fehlenden Gedanken der Menschen ergänzen könnte? Das wäre ihm jetzt sehr gelegen gekommen. Die Predigt war noch nicht vorbereitet. Er nahm die Zügel in die Hand und versuchte, das Tempo zu beschleunigen. Doch wenn es nach dem Gemeindepferd ging, hatten sie noch Zeit und Raum im Überfluss. Es beeilte sich nicht, egal, wie oft der Pfarrer auf seine Uhr sah; und in der Stadt klapperte es taktfest, wie Pferde es so gut können, durch die immer breiter werdenden Straßen.

8

Zischend und polternd kam der Brief drei Tage später bei Roussin an. Er erhielt öfter Post von Amateuren, die ihn mittels unzähliger Ausrufezeichen bei ihren unmöglichen Ideen einbeziehen wollten, doch dieser Umschlag war dünner, denn es steckten keine Skizzen darin. Er wollte ihn schon weglegen, als Madame Loubet, die gerade zum Kaffee da war, ihm die Rohrpostbüchse aus der Hand grapschte.

»Lesen Sie vor«, sagte sie, »vielleicht ist er ja von Ihrem verschwundenen Freund.«

Sie lockerte ihren Kragen, und ein komplizierter Duft erfüllte den Raum. Roussin behauptete gern, er könne riechen, ob eine Frau paarungswillig sei oder nicht, sein Geruchsorgan könne sich öffnen wie der Kopf einer fleischfressenden Pflanze, aber diese Art Parfum, extrahiert aus einer Orchideenvulva oder dem Perineum eines Raubtiers, brachte alles durcheinander.

Riechen Sie Ihre Feinde, bevor Sie ihnen die Hand geben, erschnuppern Sie den Betrug Ihrer Gemahlin oder die Pheromone einer willigen jungen Dame! Mit der olfaktorischen Lupe können Sie blindlings immer Ihrer Nase nach gehen. Erhältlich in verschiedenen Stärken und diskret im passenden Etui aufzubewahren.

Madame Loubet ließ sich rücklings auf den Diwan fallen. »Bei Ihrem Freund hatte ich von Anfang an eine böse Vorahnung«, sinnierte sie. »Er war so unruhig wie ein Vogel auf einem ausgeraubten Nest. Hatte was auf dem Kerbholz, das sagt mir mein Gespür.«

»Barre? Ach was«, entgegnete Roussin. »Der ist nur ein bisschen misstrauisch. Seine Patentanträge werden immer wieder abgelehnt, also glaubt er, man will ihm Knüppel zwischen die Beine werfen. Aber das ist natürlich Unsinn. Alles, was ich bisher von ihm gesehen habe, ist Flickwerk, Stümperei. Er sollte sich ein bisschen Ruhe gönnen und dann noch mal einen Blick auf seine Skizzen werfen, denn in seinem Schädel ist etwas gehörig durcheinandergeraten.«

Roussin trat ans offene Fenster, ließ einen Wind fahren und plumpste auf einen Stuhl. Madame Loubet musste grinsen, als sein Kaftan aufklaffte und ihr einen direkten Blick auf seine fossilen Gliedmaßen schenkte. Er wusste selbst nicht, wieso er sich nicht angezogen hatte, obwohl so schönes Wetter war. Langsam wirbelte der Staub am Dachfenster vorbei. Gestern noch hatte er dort eine Verfolgungsjagd beobachtet. Erst ein Vogel, von unten in seiner gefiederten Hose, dann der Bauch einer Katze ihm hinterher. Es tat ihm leid, dass die Kamera nicht in Reichweite war, denn aus dieser Perspektive hatten vermutlich nur wenige eine solche Szene gesehen. Geschweige denn festgehalten. Habsucht, darunter litt er selbst am meisten. Schon als Kind konnte er nie die Natur bewundern, ohne etwas mit nach Hause zu nehmen, um es einzukleben, zu konservieren. Später wurde er zu einem passionierten Jäger. Zur entsprechenden Jahreszeit pflückte er sich seine Mahlzeiten einfach vom Himmel über Fontainebleau. Dabei ging es ihm gar nicht ums Essen. Er war auf der Jagd nach Beweisen, aber nicht für seine Männlichkeit oder sein Können, sondern für das in der Ferne vorüberziehende Leben. Erst wenn er sein Ziel getroffen hatte, existierte es für ihn, in seiner Reichweite. Solange er es nicht in der Hand hielt, war ihm, als hätte es bisher nicht existiert oder würde es nie tun. So war er auf die Idee des fotografischen Gewehrs gekommen. In das Magazin kamen keine Kugeln, sondern Gelatinescheiben. Es war eine seiner schönsten Erfindungen, eine, die sogar in Amerika Staub aufgewirbelt hatte. Bei der Weltausstellung kamen die Amerikaner sogar zu ihm nach Hause, um sich das Gewehr anzusehen. »Sieht aus wie echt«, sagten die Cowboys. Was auch stimmte, aber sein Gewehr war erheblich schwerer. Das Bild wurde am Lauf scharfgestellt. Die Vögel flogen oft davon, noch ehe ein Schuss fiel, als wüssten sie, dass sie ins Visier genommen wurden. Als machte es keinen Unterschied, ob Kugeln verwendet wurden oder eine lichtempfindliche Platte, weil sie so oder so, auf die eine oder die andere Weise, an die Vergangenheit geschmiedet wurden. Bedächtig nahm er den Brief aus dem Umschlag und fing an zu lesen.

»Und?«, fragte Madame Loubet träge.

»Noch so ein Verrückter«, sagte er. »Warum lassen die mich nicht in Ruhe? Diese Leute. Haben sie denn nichts Besseres zu tun? Jedenfalls scheinen sie zu glauben, dass ich nichts Besseres zu tun habe. Alle glauben, dass ich den ganzen Tag nur Löcher in die Luft starre.«

»Zeigen Sie mal«, sagte Madame Loubet und riss ihm den Brief aus den Händen. Sie klemmte sich ein Pincenez auf die Nase und räusperte sich.

»*... Und glauben Sie mir, in großer Bewunderung für Ihre Errungenschaften wende ich mich in aller Demut mit einer Frage* *aus meinem Tätigkeitsfeld an Sie. Sagt Ihnen der Ritus des Exorzismus etwas?«*

»Oh! Das ist ja fabelhaft«, sagte sie. »Er schreibt, dass sich immer mehr Unglückliche mit der Bitte um eine Austreibung an die Kirche wenden. Sehen Sie? Das habe ich mir schon gedacht, dieses ganze moderne Getue ist daran schuld. Irrsinnig interessant, Marc!«

Sie langte nach einem Stück Hefezopf und schob es in den Mund.

»Mystische Informationen, solche Dinge erfährt man sonst nie!«

»Kompetente, vernünftige Pfarrer sind sich bewusst, dass oftmals nicht der Teufel im Spiel ist, sondern dass es sich nur um eine Überbeanspruchung des Gehirns handelt, so dass eine medizinische Behandlung ausreichen würde. Wenn man in solchen Fällen den Ritus anwendet, verstärkt dies häufig nur die Verwirrung. Außerdem steht zu befürchten, dass die Kraft des Ritus nachlässt, wenn man ihn zu oft unnötigerweise durchführt. Dieses Dilemma spielt Satan in die Hände. Längst nicht immer manifestiert er sich, indem er die Unglücklichen in Zungen sprechen oder Gegenstände durch die Luft fliegen lässt. Er kann den Besessenen eine Weile Ruhe gönnen und sogar zulassen, dass sie friedlich die Sakramente empfangen. Leider, kann ich da nur sagen, durch Schaden klug geworden, denn ich habe seine Trickkiste kennengelernt. Und so denke ich, dass es eine bessere Art der Determination geben sollte. Ein Observatorium zur Identifikation oder einen Detektor wie den, mit dem Herr Bell die Kugel im Körper des unglücklichen amerikanischen Präsidenten fand.«

»Sieh an«, meinte Roussin, »der Mann ist im Bilde.«

»... Vielleicht sollte man eine Art kinetisches Theater ins Auge fassen, ein Cinéma total der Seele und der Erlebniswelt, projiziert,

um analysiert zu werden ... Hierfür reicht mein Wissen nicht aus, deshalb wende ich mich vertrauensvoll an Sie. Glauben und Wissen müssen sich im Kampf gegen das Böse zusammentun. Wir müssen dasselbe Ziel verfolgen: einen ruhigen Geist, der sich zu öffnen wagt.«

Bei den Worten »Cinéma total« war Roussin zusammengezuckt. Das war doch Barres Steckenpferd, so hatte er das Projekt genannt, das ihn gerade beschäftigte. Eine Art allumfassendes Theater, oder so ähnlich, beeindruckender, aber auch gefährlicher, als seine Panoramen es je gewesen waren ... Hätte er doch nur besser zugehört.

»... Groß sind die Werke des Herrn, wer sie erforscht, der hat Freude daran«, las Madame Loubet mit vollem Mund, *»wir sollten aus unseren jeweiligen Fehlern lernen. Die Sakramente haben uns etliche Male vom Bösen erlöst, doch in jedem Bistum kennt man Fälle, in denen die Irrenden nach der Erlösung allzu still geworden sind, bar jeder Lebenslust und Begeisterung wie ein von Rindennekrose ausgehöhlter Baum.«*

Sie schluckte, griff sich an die Kehle. »Ist das nicht schrecklich, Marc? Wie ein ausgehöhlter Baum zu sein, durch Exorzismus?«

»Daneben sehen wir die Wissenschaft, die, zweifellos mit den besten Absichten, mit dem Feuer spielt, wenn sie teuflische Kräfte mit Elektrizität zu beschwören versucht, was nicht selten den Tod des Patienten wie auch des Heilers zur Folge hat. Denn bei diesem grausamen Spiel kämpfen Dämmerung und Finsternis um eine Seele, niemals jedoch das Licht. Lassen Sie uns nach einer Lösung suchen, die den Irrenden ihr Leben zurückgibt, ohne mit der Fäulnis auch die fruchtbare Erde aus ihrem Geist zu entfernen ...«

»Hören Sie auf«, sagte Roussin. Ihm wurde übel. Er war

vom Glauben abgefallen und fürchtete sich vor dem Moment, in dem er sich wegen der Letzten Ölung an die Kirche wenden musste. Nicht, dass er sich vor dem Tod fürchtete, aber er war sich nicht sicher, ob er zum Glauben zurückfände, wenn es so weit wäre, oder ob er seine letzten Kräfte aufbieten müsste, um den Schein aufrechtzuerhalten. Schon als kleiner Junge hatte er sich solche Mühe geben müssen, Begeisterung zu heucheln, dass er sich bei der Predigt in die Hose machte; und wenn er als Erwachsener irgendwo vor der Mahlzeit beten sollte, bildete er sich ein, dass alle am Tisch – aber auch viel weiter oben, denn genau in solchen Momenten wurde ihm klar, dass da mehr war zwischen Himmel und Erde – erkannten, dass er einfach nur irgendetwas vor sich hin brabbelte.

»Das ist doch was für unseren Gratteron!«, sagte Madame Loubet. »Wer Gedanken lesen kann, kann auch gute von bösen unterscheiden.«

»Was will der gute Mann eigentlich?«, fragte Roussin, mittlerweile doch interessiert. Im vergangenen Jahr hatte er sich mit der Entwicklung eines Elektrozerebrografen beschäftigt, eines Apparats, der dazu dienen sollte, die elektrischen Reaktionen des Hirns auf Eastman-Film zu bannen. Dann musste er seine Forschungen mangels Versuchspersonen einstellen. Schon früher war ihm aufgefallen, wie schwer der Zugang zur misstrauischen, hermetischen Welt der Seelenheilkunde war. Nervenheilanstalten und Gefängnisse wurden von heimlichtuerischen Ärzten beherrscht, die wie brütende Hennen über ihre Patienten wachten. Wenn der Pfarrer und seine Kirche ihm also ein paar geeignete manische Exemplare zur Verfügung stellen würde, könnte er ohne allzu viele Topfgucker seine Erkenntnisse überprüfen.

»Der Pfarrer möchte sich gern mit Ihnen austauschen«, fasste Madam Loubet den Rest des Briefes zusammen. »Er lädt Sie ins Spital von Sainte-Philomène in V. ein, damit Sie sich die Seelsorge der Kirche mit eigenen Augen ansehen. Er sei zu gebrechlich, um nach Paris zu kommen, schreibt er.«

»Als ob ich so ein Jungspund wäre«, sagte Roussin und rieb sich über die Krampfadern, »ein absterbender Stumpf bin ich, sehen Sie nur, meine Wurzeln gucken schon aus der Erde! Könnten Sie nicht fahren, an meiner Stelle? Ich sage Ihnen dann genau, worauf Sie achten müssen.«

»Ach, hören Sie doch auf, Marc! Ihre Dame mal eben ans Ende der Welt schicken. Gratteron, ich habe es doch gesagt. Der merkt sofort, ob da was faul ist. Soll ich ihn fragen? Teuer ist er nicht, das kann ich Ihnen versichern. Sie bezahlen die Reise, die Unkosten, einen Tagessatz. Und er hört sich um, erstattet Bericht. Wenn das, was dieser Pfarrer zu melden hat, wirklich der Mühe wert ist, machen wir zusammen einen netten Ausflug in diese Irrenanstalt.«

Das war eine gute Idee. Umgehend zog Madame Loubet los, um Gratteron zu benachrichtigen. Als Roussin wieder allein war, schlug er den Ort V. auf der Karte nach und war plötzlich ganz niedergeschlagen. Es dämmerte schon, er brauchte sich gar nicht mehr anzuziehen. Sein Leib hing faltig unter dem Kaftan, wieder war ein Tag ungenutzt verstrichen. Hätten doch seine Hände wenigstens einen Stift oder eine Brust gehalten. Sein ganzes Leben hatte er eine Begabung dafür gehabt, seine Zukunft vorherzusehen und sich darauf vorzubereiten, doch in letzter Zeit überkam ihn immer öfter das Gefühl, dass ein großes, unbekanntes Unheil auf ihn zukam. Machte es einen Unterschied, was er in den Tod mitnahm und was nicht? Er fing an, sein Archiv aufzuräumen. Alles erschien ihm matter und kleiner als in seiner Erinnerung. Er suchte sechs gerahmte Fotos heraus, um sie aufzuhängen. Es waren die Handschriften von Insekten und Vögeln beim Fliegen, ihr Gekritzel in der Luft. Insekten waren präziser als Vögel. Auf dem Papier verwandelte sich ihr Flug in Schönschrift, endlose Reihen großer J. Ein hübscher Anblick, denn er war rundum stimmig. Eine perfekte Bewegung, seit Millionen von Jahren vollkommen selbstverständlich, in Reichweite, lange bevor er seinen Blick darauf fallen ließ. Sie nachahmen zu wollen wäre absurd.

Gratteron kam noch am selben Tag vorbei, zusammen mit dem Sturm. Jetzt fiel auch Roussin auf, dass es in der Nähe dieses Männchens immer wehte. Er fragte ihn, ob er Hunger habe, was Gratteron bejahte. Roussin wollte gleich zur Sache kommen, doch das Scheusal stellte ihm zu viele Fragen, wollte das berühmte fotografische Gewehr sehen, erfahren, womit er sich jetzt befasse.

»Wenn Sie es wissen, können Sie es mir verraten«, antwortete Roussin. Das fand Gratteron nicht witzig. Er stürzte sich voller Gier aufs Essen und lauschte der Geschichte über Pater Alard nur mit halbem Ohr. Danach wurden sie sich über seine Vergütung einig, und er stopfte den Brief zerknüllt wie ein benutztes Taschentuch in die Tasche.

Der Sturm wollte sich gar nicht mehr legen. Im folgenden Monat begab sich Roussin wieder in seine große Werkstatt, um die Arbeit an seinen Fotoserien fortzusetzen. Wie ein alter Noah versammelte er seine Tiere um sich, laufende, fliegende, springende, durch die Luft fallende, Kaninchen, Hunde, Ziegen, Reiher, Pferde, Katzen. Und eine Taube. Die würde er freilassen, aber nicht mehr wagen, ihr hinterherzuschauen. Sein

Sehvermögen ließ nach. Er hielt sich in der hereinbrechenden Dunkelheit an der Schere fest, mit der er die Zeit in Serien von 37, 42, 7, 38 oder 63 Bilder von 8,7 mal 5,9 Zentimetern zerschnitt.

Es hängt kopfüber, wird losgelassen
und fällt.
Vielleicht fällt es aus großer Höhe oder sehr langsam, denn
es hat alle Zeit, sich ruhig umzusehen und
sich in der Luft um die eigene Achse zu drehen.
Das können nicht nur Katzen,
auch weiße Kaninchen wie dieses können mit Leichtigkeit
etwa eine Vierteldrehung vollführen und
landen – weniger elegant, aber immerhin – auf den Pfoten.
Immer weiter hinunter und hinunter und hinunter fällt es,
den flauschigen Bauch langgestreckt, die Zehen gespreizt.
Wo bleibt der Aufprall? Noch 25 Bilder.
Bei seinen Ohren und Schnurrhaaren, wie langsam es geht!
Es streckt alle vier Pfoten aus,
rennt durch die Luft,
kommt aber nicht voran, weil es ja fällt,
hinunter und hinunter und
hinunter. Wohin?
Längen- und Breitengrade sind unwichtig;
was von ihm bleibt, misst 8,7 mal 61,5 Zentimeter.
Allmählich, denkt das Kaninchen bei sich,
müsste ich doch den Mittelpunkt der Erde erreicht haben.
Was tickt denn da?
Es spitzt die Ohren,
hört aus der Tiefe

eine Uhr, die es erwartet:
Tick
Tack
Tick
Tack.
Seit der ersten Aufnahme wird die Zeit gestoppt,
eine Uhr mit
sehr langsamen Sekunden
bremst die Zeit,
um mit seinem Fall
Schritt zu halten, bis es
auf dem Kissen landet.

9

Gratteron wusste, dass die Glücksspieler in der dritten Klasse ihm nicht über den Weg trauten. Der tut so, als ob er aus dem Fenster schaut, sah er sie denken, aber in Wirklichkeit schaut er quer durch unsere Karten. Jedes Mal wenn einer bluffte oder eine dumme Entscheidung traf, zeigte Gratteron kopfschüttelnd seine Geringschätzung. Sie wagten nicht zu protestieren. Schließlich bekreuzigten sie sich und legten sich zum Schlafen auf die Holzbänke. An diesem Tag würde es nicht mehr hell werden. Die Marne-Landschaft lag unter einem grauen Schleier, hier und da sah man kleine Häuser, wo Licht brannte und der Schornstein rauchte. Ihre Bewohner ahnten nicht, dass zwischen den Telegrafenmasten ein Netz gesponnen wurde und sie nie mehr mit bloßem Auge bis zu den Sternen schauen könnten. Nicht, dass ihnen das den Schlaf geraubt hätte, wenn sie es gewusst hätten. Sie waren zu beschäftigt mit Wohnen, füllten den Raum lieber mit Essen und Geschwätz aus. Sterne kann man nicht essen, Sterne antworten nicht. Was sollten sie also damit anfangen? Gratteron genoss die Stille, doch sie hielt nicht lange an. Einer der Männer redete im Schlaf. Mal schnarchte er, mal sagte er nüchtern: »Naja, dann eben nicht.« Oder: »Da muss man schneiden, Dummkopf.« Dann ging sein Atem eine Weile ruhig, bis er wieder kurz schnarchte und bemerkte: »Du hast ja schnöde Pläne.«

»Aha«, sagte Gratteron gelangweilt, »und was weißt du davon?«

Doch der Mann antwortete nicht, atmete zusammen mit seinen Kumpanen im Takt der Räder auf den Schienen. Sie schliefen so fest, dass Gratteron ihnen leicht die Uhr aus der Westentasche hätte ziehen können, wenn er gewollt hätte. Doch diese Zeiten waren vorbei, obwohl Roussin ihn mit einem Taschengeld abgespeist hatte. Der alte Stinker im Hausmantel hatte ihm die Tür langsam vor der Nase zugemacht. Hundertfünfzig Franc als Honorar einschließlich Reisespesen. Deshalb fuhr er nur dritter Klasse. Fluchend war er aufgebrochen, doch je mehr er sich V. näherte, desto deutlicher spürte er, dass er etwas Gewaltigem auf der Spur war. Der Zug verlangsamte vor einer Kirche. Lärmend kam er zum Stehen, die Glücksspieler schliefen weiter. Draußen war es still. Verlassen, ohne Dorf, stand die Kirche an der Eisenbahnlinie. Gratteron sah hinter dem hohen Fenster Kerzen brennen. Kirchen waren ihm unheimlich. Man konnte sie nicht in Ruhe ansehen, denn sie schauten zurück, zwangen einen mit ihren Schieferaugen in die Knie, drängten einen mit ihren vornehmen Bögen und Kuppeln in die Ecke und bliesen einem Weihrauch durch die Eingeweide.

»Stell dich nicht so an«, sagte der Mann im Schlaf und schnarchte wieder.

»Tue ich nicht«, sagte Gratteron. »Ich habe es versucht. Kruzifixe gehen gar nicht. Sie versengen mir die Ohren, die Wangen und Augenlider, als würde ich mir einen Waldbrand aus der Nähe ansehen.«

Der Mann seufzte und kaute dann mühsam, als hätte er etwas Zähes im Mund. Jetzt schleppte der Schaffner ein Paket zur Kirche. Mit dem Geistlichen, der einen wilden Bart hatte, wechselte er ein paar unverständliche Worte.

»Ich habe einmal über einer frommen Alten gewohnt«,

fuhr Gratteron flüsternd fort. »Alte Frauen haben unendlich viel Zeit zum Beten. Welch ein Elend! Ihre Gebete kamen durch den Fußboden gekrochen wie Marienkäfer im Herbst, brachten scheußliche Albträume mit sich. Wenn ich nachts aus dem Bett fiel, konnte ich mir sicher sein, dass sie wieder mit ihren Acht Seligkeiten zugange war. Keine zwei Monate habe ich es da ausgehalten.«

Der Glücksspieler antwortete nicht mehr. Er hatte sich in einen tieferen Schlaf aufgemacht. Als der Zug wieder anfuhr, dachte Gratteron an Pater Alard. Er müsste ihm mit halbem Ohr und dröhnendem Schädel zuhören. Wenn sich der Pfarrer tatsächlich so gut mit Teufelsaustreibungen auskannte, fiele ihm Gratterons Anfälligkeit auf. Oh, wie er vor dem Umgang mit einem Geistlichen zurückschreckte! Er sah sich schon zermürbt wie Wrackholz auf hoher See von einem Gedanken zum nächsten treiben. Und wozu? Aber vielleicht hatte Roussin noch etwas anderes für ihn in petto. Ein bisschen Geld – seit der Verdunkler ihn auf Pump arbeiten ließ, war jeder Betrag willkommen –, vor allem aber gute Ideen, um sie zu verkaufen. In den nächsten Jahren würde unter diesem grauen Schädeldach doch sicher noch etwas Brauchbares entstehen.

Eine halbe Stunde später stieg Gratteron als Einziger in V. aus. Auf dem Bahnsteig war nur der Bahnhofsvorsteher, der etwas aus einer Schachtel aß. Er leckte sich die Finger ab, gab ihm die Hand und sagte, er könne ihm zwar verraten, wo das Sainte-Philomène liege, Gratteron müsse aber wissen, dass es heute zu spät sei für die Besuchsstunde, um diese Zeit lasse man nur noch diejenigen herein, die nie mehr herauskämen. Gratteron machte sich eilig auf den Weg. Das Gefühl, dass in V. etwas Gewaltiges zu holen war, wurde immer drängender, es sprang ihn an, trieb ihn durch die Straßen wie einen ausgebrochenen Sklaven. Mangels Menschen verschafften sich die Häuser Geltung, verlassen und dunkel, klirrend und klappernd vor Kälte. Er fragte sich, warum es so stürmte, obwohl er noch gar keine übersinnlichen Kräfte angerufen hatte. Es musste wirklich etwas Außerordentliches sein, was ihn da ein Stück weiter erwartete.

Das Sainte-Philomène war ein manisches Gebäude, es schien förmlich zu schreien, man solle ja nicht näher kommen. Der Baumeister war garantiert verrückt gewesen, und die Maurer saßen vielleicht als erste Patienten hinter den selbst errichteten Mauern. Alles war symmetrisch bis zum kleinsten Stein; rechts und links des Tores zwei messerscharf gekrümmte Pilaster wie die Giftzähne im Maul einer Schlange, und der rosafarbene Spitzbogen stellte den Gaumen dar, während oben auf der schuppigen Dachhaut die Statue einer Heiligen thronte: Sie hielt allerlei Utensilien in der Hand, Pfeile und eine Peitsche. Wie unheimlich ihm Heilige doch waren. Blut, Haut und Tränen hatten sie reichlich, aber innen waren sie hohl, von ihren Anbetern ausgehöhlt. Und während in ihrem Inneren wenig los war, hatten sie eine umso größere Ausstrahlung, als hätte man sie umgestülpt. Einst ein Mensch, jetzt nach außen gekehrt, jammerte Gratteron, wie entsetzlich! Tapfer ging er auf das Tor zu. Unheilverkündend schlug die Uhr die halbe Stunde. Die Glocke klang verrostet. Wenn ich irgendwo untergehe, dachte er, dann hier, in guten Händen, wie die meisten Menschen denken. Eine Nonne durchquerte den Innenhof, von einer Windböe herbeigeweht. Bestimmt war sie freundlich. Er nahm sich zusammen, so gut er konnte.

»Guten Tag«, sagte sie, während sie das Tor aufschloss. »Was suchen Sie?«

Alle seine Sinne waren alarmiert. Ihr Ton war ausdruckslos, ihre Haut grau wie mit Bleistift gezeichnet, und ihr Atem roch nach Lorbeer und süßem Kalmus oder ähnlichen katholischen Delirantia. Er presste die Faust auf den Magen. Sie fand, dass er stank. Und jaulte wie ein Hund, statt zu reden. Doch sie war einiges gewohnt. Laut Florence Nightingale war ein Krankenhaus eine Zwischenphase der Zivilisation, sie selbst hätte es ein Purgatorium genannt, und das Sainte-Philomène ein Fegefeuer, in dem keine Seele verlorenging, egal, wie oft der Teufel an der Türe rüttelte, ja sogar, wenn er gelegentlich hereinkam.

»Ich komme zu Pater Alard. Er hat uns einen Brief geschrieben, darin war diese Anschrift angegeben.«

Sie starrte ihn an. Noch nie hatte sie einen Menschen mit solchen Ringen unter den Augen gesehen. Manche Affenarten, hatte sie gelesen, sahen so aus, und die Australneger, die zudem genauso guckten, weil sie verwirrt waren von ihrer jüngsten Entwicklung zum Menschen. Vielleicht war dieses Geschöpf ja aus dem Gefängnisspital entflohen, auch das war möglich.

»Pater Alard!«, brüllte er gegen den Wind. »Ich komme aus Paris, der Professor schickt mich.« Er kramte in seinen Taschen nach dem Brief, doch die Nonne bedeutete ihm, sie könne ihn nicht verstehen und er solle ihr folgen.

»Pater Alard?«, wiederholte sie, als sie im Haus waren. Sie war genauso atemlos wie er. Aber bestimmt nicht wegen des *oleum infirmorum*, das ihm den Atem verschlug, sondern weil ihr Körper zu lange nicht auf die dafür vorgesehene Weise verwendet worden war. Genauso wenig wie seiner. »Der lebt hier gar nicht. Alard lebt in einem Pfarrhaus außerhalb der Stadt.«

Gratteron gab ihr den Brief, sie las ihn, während sie ihn in ein kleines Büro führte. »Ein weiter Weg«, murmelte sie kopfschüttelnd, »und das bei diesem Wetter. Setzen Sie sich einen Moment, ich bin gleich wieder da.«

Während er wartete, die Lider auf Halbmast und mit den Backenzähnen mahlend, trat eine Frau ein. Ihrer Kleidung nach eine Patientin. Sie blieb stehen. Auf seine Begrüßung reagierte sie mit großer Verspätung, es dauerte bestimmt eine halbe Minute, ehe sie aufschaute und lächelte. Das Froschexperiment, dachte er, von Helmholtz: Zwischen Nervenreiz und körperlicher Reaktion vergehen zwei Sekunden. Zumindest bei Menschen, bei Fröschen ist es weniger, bei Elefanten mehr. Sie war sauber, aber er ekelte sich trotzdem vor ihr. Krankheit ist immer unappetitlich, doch Wunden kann man desinfizieren, während sich Wahnsinn nicht abwaschen lässt. Als die Nonne mit einer jüngeren Untergebenen zurückkam, stob sie davon.

»Sie müssen entschuldigen, aber wir möchten Sie heute Abend lieber nicht zu Pater Alard lassen«, sagte sie. »Auf der Straße liegen umgestürzte Bäume, und es sieht nicht danach aus, als ob dieser Sturm sich bald legt. Sie haben eine lange Reise hinter sich, wir schlagen vor, dass Sie bei uns auf besseres Wetter warten. Schwester Simone stellt Ihnen so lange ihr Zimmer zur Verfügung. Ihr macht es nichts aus, eine Nacht im Saal zu verbringen.«

Schwester Simone schaute zu Boden. »Hagelkörner, so groß wie Hühnereier«, murmelte sie. Auch sie wirkte nicht ganz normal.

»Wer ist eigentlich dieser Professor Roussin?«, fragte die Ältere.

»Ein Erfinder.«

»Die gibt es hier zuhauf«, sagte sie. »Was nicht alles im Sainte-Philomène erfunden wird! Der ganze Saal ist voller so genannter Erfinder. ›Heureka!‹, rufen sie die ganze Zeit. Wie ich sehe, haben Sie Madame Trochu schon kennengelernt? Eine Verwandte des Generals. Sie putzt hier. Behauptet, sie hätte sich einen Apparat ausgedacht, der selbsttätig Teller abwäscht.« Sie lachte los. »Als ob irgendjemand so etwas bräuchte.«

Das Zimmer, das er zugewiesen bekam, lag im Obergeschoss des Hauptgebäudes. Er machte sich auf einen miserablen Abend gefasst, auf dem Bett liegend, aber hellwach. Bei Séancen war ihm öfter schon übel geworden, besonders, wenn er taufrische, noch unausgereifte Gedanken von jemand übernahm, der selbst noch ganz erfüllt davon war, doch nun war von Trance keine Rede. Vielleicht, überlegte er schweißgebadet, brauchten die Hirnwindungen der Wahnsinnigen gar keine, um vom Hölzchen aufs Stöckchen, von einem Kopf in den anderen zu kommen. Vielleicht waren sie davon so beansprucht: vom Abwehren der Störungen durch andere Geisteskranke. Hatten sie es endlich geschafft, drängte sich aus dem Nachbarbett der nächste kaputte Gedanke auf, und immer so weiter, und deshalb starben die Patienten alle vor Erschöpfung. Noch verrückter als zu der Zeit, da sie ins Irrenhaus gekommen waren. Was immer es war, es lastete auf Gratteron, füllte seinen Kopf mit flüssigem Blei, verbog seine Zehen in einem abscheulichen Krampf und versuchte, ihm das Rückgrat mit allen Wirbeln zugleich aus dem Fleisch zu ziehen, als würde ihn ein Bär zerfleischen. Er nahm einen Stuhl zu Hilfe, um das Kruzifix von der Wand zu schlagen, doch das brachte ihm keine Erleichterung. Es änderte nichts. Er wusste nicht, wie lange er es hier aushalten würde, vielleicht musste er mit leeren Händen nach Paris zurück. Oder er kam um, schließlich war er nicht mehr der Jüngste.

Nicht im Traum wäre ihm eingefallen, ein Stockwerk weiter hochzugehen, zu dem Mann im Turmzimmer. Er hätte ihn sofort erkannt.

10

Währenddessen ging es Barre in seinem Turmzimmer bestens. Ganz famos, so allein. Im Schaukelstuhl sitzend, mit sechs Fenstern um sich, konnte er weit sehen, bis zu den vergessenen Kartoffeln auf einem abgeernteten Acker. Auch in der Dämmerung erkannte er noch den Innenhof mit den symmetrisch angeordneten Pavillons tief unter ihm und die gewundene Auffahrt in Richtung Leben. Auf derselben Höhe wie er waren zwei Bussarde. Sie flogen in Reichweite an seinem Fenster vorbei, füllten ihr Nest; er leerte das seine. Schaukelte seine Sorgen weg. An diesem Morgen hatte er sich beim Aufwachen nur vage an seinen Quälgeist erinnert, und das tat ihm gut. Die Schwestern der Liebe von Nevers waren um ihn und unter ihm zugange. Mit ihren gestärkten Hauben hielten sie ihr Gelübde fest und schlossen das Gebrüll der Patienten aus; es stieg in die Höhe und vereinigte sich mit dem Wind zu einem mehrstimmigen Gesang, der Barre besänftigte. Hier, im Spital von Sainte-Philomène, beunruhigten ihn eigentlich nur die Epileptiker. Ihr luftleeres Schnappen in der Nacht, ihr Stoßen ans Kopfende der Betten. Er wagte nicht mehr, seinen Nachttopf im Badezimmer neben ihrem Saal zu leeren. Mit ihrer schleppenden Stimme hatte ihm die jüngere Nonne erzählt, weshalb sie gerade nachts nicht an sich halten konnten. Sie seien mondsüchtig, sagte sie, wie die Menschen, die Unser Hirte in Caesarea Philippi geheilt hatte.

»Der Mond bezwingt die großen Körper dieser Welt, aber auch die kleinen.«

Jetzt sah er zum Mond, und der Mond sah durch jedes einzelne der sechs Fenster zurück. Dank Pater Alard hatte er nicht in den Saal gemusst, zu den Verrückten in ihren Zwangsjacken. Weil alle Zimmer erster Klasse besetzt waren, hatte man ihm den Turm unterm Dach gegeben, wo es derartig zog, dass sich der Christus an seinem Kreuz hin- und herwiegte. Unter dem knirschenden Gebälk wiegte Barre auf seinem Schaukelstuhl mit. Im anhaltenden Sturm überkam ihn eine zufriedene, schicksalsergebene Stimmung, er bildete sich ein, in seiner Kajüte auf hoher See zu überleben, während die Narren unter ihm ertranken. In dreihundertsechzig Grad im Umkreis weiße Streifen und Spritzer, an Backbord zitternde Pappeln zwischen den Feldern. Er hielt Kurs auf die Leichenhalle, die von oben genauso freundlich aussah wie die Pavillons. Vogelartig. Rote Backsteinbrüste. Taubengraue Deckfedern aus Schiefer. Weder an Geld noch an Mühe war gespart worden, um eine schöne Umgebung für die lebenden oder auch toten Patienten zu schaffen, nur warum? Die meisten starben sowieso, ohne je wieder zur Vernunft zu kommen. In der Spinnerei erwirtschafteten sie einen Nutzen von höchstens zweihundert Kilo Socken im Jahr.

Die Glocke schlug sieben bedächtige Schläge. Gleich würde es klopfen, die Nonne käme mit seiner Mahlzeit herein. Sie wohnte in dem kleinen Zimmer dicht unter ihm. Der Turm war nicht zum Wohnen gedacht, nichts als ein zugiger Dielenboden trennte ihn von ihr. Sie bekam alles mit. Kaum hatte er beim Frühstück den ersten Bissen in den Mund gesteckt, erklang sofort laut und deutlich: »Dann bete ich eben für Sie, Herr Barre.«

Das Beten für sie, das Essen für ihn. Eine gute Rollenverteilung. Er hatte noch den halben Schinken vom Mittagessen, ein Stück Butterkuchen. Weit weg von ihrem Mutterhaus in Nevers waren die Nonnen auch beim Alkohol großzügig. Gestern hatte er in Eau de Vie getränkten Kuchen bekommen, nachdem er selbst den ganzen Vormittag im Zwangsbad eingeweicht worden war. Allerdings freiwillig, das Bad hätte er verweigern können. Gebunden und frei zugleich lag er darin, in dem Wissen, dass er jeden Moment rufen konnte, um von dem ledernen Spannlaken, das seinen kranken Kopf über Wasser hielt, erlöst zu werden. Diese Trennung von Körper und Geist hatte ihm gefallen. Zudem blieb die Wassertemperatur gleichbleibend angenehm, und dank des vorab verabreichten Chininweins schlief er sogar einige Stunden, das Kinn sicher auf dem Kragen gebettet. So hatte er, sorgfältig im lauwarmen Wasser zurechtgelegt, die Zeit totgeschlagen. »*Nahezu in den Zustand eines lebendigen, schlafenden Menschen versetzt, mit Ausnahme der Bewegung.*« War Bewegung wirklich das entscheidende Kriterium für Leben? Wie sah es dann mit Wärme aus, mit seiner Körperwärme, auf die die Wassertemperatur abgestimmt war? Ach, der liebe Alard, dachte er plötzlich. Was für ein guter, großartiger Mensch er doch war, das würde sich an der Himmelspforte zeigen. Er stellte sich vor, wie Alard bei diesem Sturm einsam in seinem Haus vor Speck mit Bohnen saß. Er sah nicht, wie es langsam von Osten her aufklarte. Barre schon, der streckte den Bleistift vor sich aus, um die Position zu bestimmen. Titanweiß ansetzen, beschloss er, das Bild im Übrigen aber so dunkel und leer wie möglich belassen. Das Leben war voll genug. Lass das Blatt leer, hatte sein alter Zeichenlehrer immer gesagt, male nicht alles voll, lass los, dann wird es vielleicht zu etwas, das den

Verstand übersteigt. Er hatte nicht auf ihn gehört. Sein ganzes Leben hatte er jeden noch so zarten Gedanken mit eifrigen Fingern zerdrückt.

Er bekam einen Krümel in die falsche Kehle. Sofort hatte er Schluckauf. Würde er bald sterben? Hicksend, hatte er gelesen, macht man sich auf den Weg zum Tod. Nicht enden wollender Schluckauf, eine unbeherrschbare Blase, absterbendes Gehör, nachlassender Geschmack, eine schrumpfende Zunge: lauter Vorboten des Todes. Man puste sich auf den Handrücken: Wenn der Atem kalt ist, geht es zu Ende. Sieht man die Sonne nachts, aber nicht den eigenen Schatten, wenn die Sonne wirklich scheint: ein schlechtes Zeichen. Austrocknender Speichel. Spitz werdende Nase. Augäpfel, die immer tiefer in die Höhlen sinken, bis ihre Farbe nicht mehr zu erkennen ist. Barre drehte seinen Stuhl herum, weil er Platz gewinnen wollte. Unten war Gemurmel zu hören, doch nicht die Schwester klopfte an, sondern der Arzt. Er musste den Schluckauf loswerden, bevor der eintrat. Er schloss die Augen, atmete ruhig ein und aus und wartete nach dem ersten Klopfen einen Moment. Der Schluckauf blieb weg.

»Herr Barre?«

Der Arzt – sehr früh kahl geworden, so dass sein Schädel, schön und blank, wie eine Käseglocke über seinen jungen Geist wachte – trat unaufgefordert ein.

»Wie geht es Ihnen hier, in Ihrem Oberstübchen?«

»Ausgezeichnet, es zieht nur etwas.«

Beide lachten, der Wind dröhnte mit. Alles in allem richtig gemütlich.

»Ihnen ist doch hoffentlich nicht kalt«, sagte der Arzt und rieb sich die Hände. »Sonst müssen wir die Schwestern um mehr Decken bitten. Zumindest sind Sie hier im Trocknen.

Draußen tobt die Wildnis. Ein Ast der Kastanie ist auf das Gewächshaus gefallen.«

»Die Wildnis«, wiederholte Barre grüblerisch. »Die kommt mir gerade recht. Die Wildnis hat mir sehr gefehlt.«

»Dann müssen Sie sich beeilen«, sagte der Arzt, während er versuchte, einen Apparat wieder in sein Futteral zurückzuschieben. Er hatte eine gepolsterte Platte und mehrere Hebel und kam Barre bekannt vor. Warum sollte er sich beeilen? Was wollte der Arzt damit sagen? Sofort war der Schluckauf zurück, dieser Vorbote des Todes. Der Arzt hatte aber etwas ganz anderes gemeint.

»Die Wildnis wird es nicht mehr lange geben«, sagte er. »Noch leben manche Menschen nackt unter Bäumen, aber da muss man fix sein, die Missionare sind schon dabei, sie einzuwickeln. Die Wohlmeinenden, wie unsere Schwester Simone hier, wissen Sie?«

»Ja, Herr Doktor?«, erklang es sofort hinter der Tür.

»Einen schönen Pneumografen haben Sie da«, bemerkte Barre. »Ich kenne den Erfinder gut.«

Der Arzt nickte. »Fürs Erste genügt mir dieser ausgezeichnete Cammann«, sagte er und steckte das Stethoskop in die Ohren. »Wussten Sie, dass wir immer langsamer atmen? Zum einen atmen Erwachsene langsamer als Kinder, zum anderen atmen zivilisierte Menschen erheblich langsamer als diese Wilden, die Sie so beneiden. Die Atmung entspricht ihrem Temperament. Wir waren schon im Mittelalter atemlos.«

Als Barre ihm von seinem Schluckauf erzählen wollte, hob der Arzt den Zeigefinger.

»Atmen Sie ein.«

Er lauschte. Barre konnte auch ohne Stethoskop hören, dass sein Atem nicht ganz gleichmäßig ging. Je mehr er darauf achtete, desto schneller schlug sein Herz, er würde kein gutes Bild abgeben. Dafür aber vielleicht eine Diagnose bekommen, die ihm noch etwas länger das Recht auf Ruhe gab.

»Ein guter Freund, sagen Sie?«, fragte der Arzt und nahm das Stethoskop wieder weg. »Der neue Pneumograf. Ein feines Gerät.«

Von unten drang das Heulen eines Mannes herauf, ohrenbetäubend und herzzerreißend, wie das Iahen eines einsamen Esels. Der Arzt verzog das Gesicht.

»Beschämend, wie unfähig Menschen im Vergleich zu Maschinen sind. Man muss sie den unfehlbaren Möglichkeiten der Elektrizität aussetzen, sonst ist ihr verwirrtes Verhalten unbeherrschbar. Die Arbeit für den Weltfrieden müssen dann wohl oder übel die Maschinen übernehmen.«

Barre grübelte. »Maschinen ...« Er versuchte, an etwas anderes zu denken. »Herr Doktor«, fragte er, »mein Atem, ist er nicht zu träge? Ersterbend, sozusagen?«

»Tja«, setzte dieser an und nahm einen Stift aus der Brusttasche, »träumen Sie viel? In Farbe?«

»Heute Nacht habe ich gut geschlafen. Tief und traumlos.«

Der Arzt kritzelte energisch etwas in die Akte, so dass Barre sein Schädeldach in voller Pracht bewundern konnte. Verlegen blickte er hinunter auf die Schrift, die er nicht entziffern konnte. Der Arzt kritzelte quer über die Linien auf dem Papier.

»Kürzlich noch was erfunden?«

»Zum Glück nicht«, sagte Barre.

»Sind Sie sehr gläubig? Oder hat sich Ihr Glauben verstärkt? Kürzlich?«

Er sah wieder auf, zu Barres Erleichterung. »Es gibt keinen Grund, sich zu schämen. Die Welt ist viel älter, als in der Bibel steht, unsere Vergangenheit also viel größer. Viele andere fühlen sich genauso ohnmächtig wie Sie.«

Er stand auf, hätte sich um ein Haar den Kopf an einer Holzstrebe gestoßen. Du Rüpel, dachte Barre, mit deinem großen Mundwerk. Woher kommt nur dieser Geltungsdrang glatzköpfiger Männer? Ein Beweis der Potenz, wie die Zeitungen schrieben? Er hatte den Arzt im Verdacht, dass er sich die wenigen verbliebenen Haare ausriss und ohne Hut herumspazierte, damit ja niemand seinen virilen Fleischschädel übersah.

»Wenn die Maschinen für den Weltfrieden sorgen, Herr Doktor, was kümmert Sie dann noch unsere große Vergangenheit?«

Der Arzt ignorierte die Frage. Er versteht den Zusammenhang nicht, dachte Barre. Wenn Maschinen die Macht übernehmen, eignen sie sich unser Gedächtnis an und damit unsere Vergangenheit. Plötzlich wurde ihm schwarz vor Augen, und in den Vordergrund dieser tiefen Schwärze schob sich das Bild eines rasend effizient arbeitenden Apparats. Er war nicht groß, von der Breite und Dicke eines Bilderbuchs, verschlang aber ein Erlebnis nach dem anderen, schnell, rhythmisch und ohne zu stocken. Eine Bekannte, die sich gerade in ein Karussell setzen wollte – Happs, schluck. Ein lieber Knirps mit Kreisel, Guy? Weg mit ihm. Ein Säer auf dem Feld, ein sommersprossiges Kind bei der Kommunion, ein zu Tode verängstigter Soldat oben auf einem Baum, ein in Dampfwolken gehülltes Ehepaar beim Abschied – lebhafte Szenen schoben sich in den Apparat, noch bevor sie sich vollständig entfaltet hatten, und kamen auf der Rückseite wieder heraus, durchsichtige, gelatinöse Schatten, die über eine gewisse Farbigkeit und Tiefe verfügten, obwohl sie flach und stapelbar waren wie Archivkarten.

Tragen Sie Ihre Sehnsüchte nicht länger mit sich herum, werfen Sie Ihr kiloschweres Gewissen über Bord! Mit dem Adhäsivmemorial entscheiden Sie in Zukunft selbst, was Sie sich merken und was nicht. Leicht zu transportieren und mit jedermann teilbar. Erhältlich in Farbe (35 Franc) und Schwarzweiß (20 Franc).

Das war es also, dachte Barre, ich sterbe. Erst muss ich hicksen, jetzt zieht mein Leben an mir vorbei. Er schüttelte den Kopf, hustete ein paarmal, ein Glück, es klappte. Das Bild verschwand. Er strich sich mit der Hand über die Gänsehaut auf seinem Brustkorb, wo eben noch das Stethoskop gelegen hatte.

»Grauenhaft«, stammelte er, »eine solche Maschine wäre grauenhaft.«

Der Arzt reagierte nicht. Während Barres Panikattacke hatte er sich in eine Reproduktion des heiligen Sebastian von Mantegna vertieft, jetzt griff er bereits nach der Türklinke.

»Machen Sie sich keine Sorgen, Herr Barre«, sagte er. »Sie sind gesund, zumindest kann ich keine physischen Anzeichen für Ihre Unruhe erkennen. Einen schönen Tag noch, oder was davon übrig ist. Sie bekommen gleich noch eine Mahlzeit.«

Als der Arzt weg war, fand Barre langsam wieder zu seiner Zufriedenheit zurück. Mittlerweile schnarchte Schwester Simone da unten sehr laut, sie knurrte fast. Der graue Abendhimmel lungerte um ihn herum wie ein zaudernder alter Hund, dem er seine Sorgen eine nach der anderen fütterte. Erneut läutete die Glocke. Erst einige zögerliche Schläge, dann hielt sie kurz inne, ehe sie voll guten Mutes weiterschlug. Vielleicht trieb der Wind die Schläge vor sich her wie ein lahmendes Hinkebein, brachte sie durcheinander. Ein wehmütiger Klang. In der Zeitung hatte er gelesen, die Sehnsüchte würden aussterben. Die Nostalgie hätte bald ausgedient, genauso wie Kerzenlicht und Fußstövchen. In Zukunft, schrieb der Journalist, brauche man nie mehr jemanden zu vermissen. Dank der Technik könnte man seine Lieben jederzeit leibhaftig heraufbeschwören, sie sehen und hören, egal, welche räumliche und zeitliche Distanz überbrückt werden müsse. Selbst dem Tod weine man dann keine Träne mehr nach. Der Mensch von morgen werde über den Menschen von heute lachen, über sein hilfloses Sehnen, sein lückenhaftes Gedächtnis, seine Erinnerungen, die immer weiter hinter ihm zurückblieben wie ein altes Pferd, das man wider besseres Wissen stets von Neuem aus dem Stall hole. Doch Barre sehnte sich nicht nur nach dem Früher seiner Jugend, sondern wie die meisten Auswanderer immer mehr auch nach der Zeit des Neuanfangs in den Ländern, in die er gezogen war. Bei jedem Bissen des kräftig geräucherten Schinkens schmeckte er den Bahnsteig in Leeds, wo er, völlig ausgehungert, von Carol ein Stück Wiltshire cure vorgesetzt bekommen hatte. (Wiltshire wurde zwar nicht geräuchert, aber in Leeds war ohnehin alles voll Rauch.) Und dann der Butterkuchen. Viel Zucker, geschmolzene Butter. Ein weich gepolstertes Eisenbahnabteil der Pennsylvania Railroad. Marie-Jeanne hatte aus dem Fenster gezeigt, gesagt, sie habe einen Pelikan gesehen. Guy hatte *Zwanzigtausend Meilen unter dem Meer* gelesen. Carol, totenstill in ihrem alten, zu eng gewordenen Kleid, presste die Wange an die Scheibe. Sie schien in die Landschaft hineinkriechen zu wollen, weg von ihren Kindern neben ihr. Ihr Gesicht war ganz reglos. Mit dieser Frau, einer Puppe in einem Kokon aus Dupionseide, sollte er also ein neues Leben aufbauen. Erhitzt hatte er den Kragen aufgeknöpft. In Burlington hämmerte eine Händlerin ans Fenster. Maiskolben. Die Kinder bekamen je einen halben, triefend von heißer Butter und Zucker. Obwohl sich das Abteil mit süßem Duft füllte, rührte sich Carol immer noch nicht. Da legte Guy seinem Vater die Hand aufs Knie. Dankbar oder ermutigend. Ja, er war auch noch da. Erst zehn Jahre alt, aber vollkommen präsent, wollte er seinem Vater zur Seite stehen. Abgemacht. Später wunderte sich Barre, dass sein Sohn zu einem Mann heranwuchs, mit dem andere Männer befreundet sein wollten. Schon in jungen Jahren besaß er eine natürliche Autorität, die ihm selbst immer abgegangen war. Vergangenes Jahr noch, in der Werkstatt, hatten zwei Assistenten - eigensinnige ergraute Herren - an seinen Lippen gehangen. Wenn Guy etwas nicht verstanden hatte und eine Frage stellte, zweifelten sie an sich selbst, weil sie dachten, er hätte sie bei einem Fehler ertappt. Ob er wegen seines andalusischen Blutes (mit Milch verdünnt, wie es die Engländer mit allem tun, was ihnen zu kräftig ist) so altklug war? Doch trotz seines Ernstes, seiner rabenschwarzen Locken, der zusammengewachsenen Augenbrauen, seines frühen Bartwuchses hatte er seinen Vater immer noch mit den Augen eines Sohnes betrachtet. Bewundernd und tröstend zugleich. Den Trost spürte Barre heute noch. Obwohl er nach dem Schinken nicht mehr hungrig war, führte er den Butterkuchen immer wieder zur Nase, schnupperte daran und kuschelte sich dann wohlig in die dicke Decke. Alles wird gut, sagte er sich und schaukelte weiter, dafür sorgt Guy. Der biegt es gerade. Mit einem Sohn wie Guy braucht man keine Patente.

Im Zimmer unter ihm war wieder Ächzen zu hören. Der Frau ging es nicht gut. Sie sollte es nicht so mit dem Alkohol übertreiben. Durfte eine Braut Jesu sich überhaupt betrinken? Inzwischen war es draußen still und blau. Der Sturm hatte sich gelegt, die Kronen der Pappeln beugten sich leicht zurück, als wären sie gebürstet worden, und nichts regte sich mehr. Hier war nichts wert, gefilmt zu werden. Doch die Glocke fing erneut an zu läuten, aufgeweckt diesmal. Man wurde nicht schlau daraus. Mit jedem Glockenschlag fühlte sich Barre leichter, wärmer, fröhlicher. Er fuhr sich durchs Haar und jauchzte vor Freude. Mit einem Mal schien alles ganz einfach. Ob es nun am Alkohol lag, an seinem Bad am Vortag oder an den Heiligen um ihn herum: Was er loswerden wollte, war er los. Ein Reiher ließ sich auf dem Dach der Leichenhalle nieder. Er senkte den langen Hals und hob ein Bein. Nach einigen Minuten durchbrach Barre die Stille.

»Was stehst du da und starrst mich an?«

Der Reiher konnte Barre gut erkennen, obwohl er für ein Lebewesen wenig Farbe hatte. Die Nacht war graublau wie seine Federn, doch Barre war noch farbloser. »Wirst du dich an mich erinnern, wenn ich verschwunden bin?«, fragte er den Reiher. Der wollte antworten, wusste aber nicht mehr was. Deshalb plusterte er sich nur auf, um davonzufliegen. Er streckte seinen langen Hals, schob das Brustbein vor und setzte zu einem langsamen Ruderflug an. Hinunter, hinauf. So, aus der Vogelperspektive, bemerkte er einen weiteren Mann. Er stand beim Tor, der Mond schien auf seinen Kopf. Der Mann sah aus, als wollte er hinaus. Das gelang. Einmal draußen, griff er sich an den Kopf und rannte davon, so schnell ein Mensch rennen kann. Eine Beute, dachte der Reiher, er hat etwas gefangen und lässt nicht mehr locker.

II

INS DUNKEL

1

Ich möchte Ihnen etwas über meinen Mann erzählen.

Er sitzt gern im Dunkeln. Manchmal muss ich genau schauen, ob er überhaupt da ist, denn in all der Schwärze trägt er selbst immer Schwarz. Sogar im Sommer. Am Anfang habe ich manchmal helle Kleidung für ihn schneidern lassen. Ich habe ihm einen Strohhut gekauft, einen schönen goldgelben *boater*. Er trägt ihn nicht. Man sagt ja, dass schlecht hörende Menschen sich oft ausgeschlossen fühlen, dass sie das Leben an sich vorbeiziehen lassen wie einen Sonderzug. Auf meinen Mann trifft das nicht zu. So unsichtbar er ist, er schließt doch immer die anderen aus. Er braucht sie nicht. Sein Name ist Alva, »erleuchtet«. Und das ist er, viele halten ihn sogar für den klügsten Kopf Amerikas, das »Genie des Lichts«, andere nennen ihn den »Patentefresser« oder, schlimmer noch, den »Verdunkler«. Ich glaube, dass in seinem Inneren ein Licht brennt, denn wenn er eine neue Idee hat, glühen seine Augen wie Kohlestückchen. Und so schlecht sein Gehör ist, so scharf ist sein Blick. Er durchschaut mich vollkommen. Daran, wie ich die Gabel hinlege, sieht er, ob mir das Essen schmeckt oder ob ich nur so tue, daran, wie ich eine Tür schließe, mir das Haar aus dem Gesicht streiche, den Klavierdeckel zuklappe, mir die Finger ablecke, erkennt er, was ich fühle und was ich vorhabe. Er liest in meinem Gesicht, und nicht nur in meinem. Er braucht einen Menschen nicht zu kennen, ein Foto genügt ihm, und schon weiß er, womit derjenige sich befasst. Und wenn dieser Mensch sich auf der anderen Seite des Ozeans befindet. Nach fünfzehn Jahren Ehe fürchte ich mich nicht mehr vor seinen Augen.

Die Orangerie war meine Rettung. Der cremefarbene Pavillon wurde vor zwölf Jahren gebaut, im Sommer 1890. Der Architekt, ein Niederländer, wollte mit mir reden, als er hörte, dass es mein Refugium werden sollte. Doch als er sah, dass ich viel jünger bin als mein Mann, wurde er rot und brachte kein vernünftiges Wort mehr heraus. Danach fügte er ein paar romantische Elemente hinzu, die unserem Wohnhaus sehr fehlen, schmiedeeiserne Ornamente in Form von Vögeln an der Außentreppe zum Beispiel. Es bringt Alva immer zum Lachen, wenn seine Arbeitskräfte sich in mich verlieben.

Ins Gewächshaus kommt keiner außer mir. Nicht einmal Charlie, der Gärtner. Hier bin ich so gut wie unsichtbar, die Pflanzen, die ich züchte, beschützen mich, sie atmen nicht nur Sauerstoff aus, sondern noch etwas anderes, das ich brauche, um zu leben - oder um etwas weniger für andere zu leben. Kaum habe ich die Tür zum Gewächshaus geöffnet, überkommt mich zusammen mit der Wärme eine Art Wesenlosigkeit. Alva rümpft die Nase über meine Liebhaberei, sagt: »Hier stinkt es noch mehr als im Sumpf von Trenton, Mina.« Es ist wirklich eine diesige Welt, wo alles heimlich geschieht - Werden, Leben, Vergehen. Niemand braucht zu erfahren, was ich hier entdecke, ich brauche meinen Namen nicht in großen Lettern gedruckt zu sehen. Es gibt Pflanzen, die, wie einige Schmetterlingsraupen, den größten Teil ihres Lebens unter der Erde verbringen, und sich nach einer kurzen, aber intensiven Blüteperiode wieder zurückzuziehen, ohne dass irgendjemand sie gesehen hat.

Heute ist der Himmel ungewöhnlich grau, still, vogellos.

Nur der Reiher dreht seine Runden auf dem Rasen von Glenmont, mit hochgezogenen Schultern, grübelnd wie ein Stallmeister ohne Zirkus. Jetzt steht er im Schatten des Filmstudios, der »Hundehütte«, wie Alva es nennt. Darin schließen sie das Licht ein, möglichst viel davon, denn man kann es auf einer Drehscheibe nach der Sonne ausrichten. In der Zwischenzeit sitzen wir im Dunkeln. Alva benutzt das Studio nicht mehr und hat versprochen, es abreißen zu lassen. Das freut mich, denn außer Licht hat es auch einen Strom Künstler angezogen. Zweitrangige eitle Fatzkes, die vor der Kamera herumhampeln sollten und mir auf die Nerven gegangen sind. Der ganze Garten voll kreischender Tänzerinnen, immer stand irgendein Knopf offen, »aus Versehen« natürlich, pausenlos im Flirt mit arroganten Zauberern, die sich mit einer entkorkten Flasche auf unserer Terrasse an einen Tisch fallen ließen, als wären sie zu Hause. Die am wenigsten Begabten machten immer am meisten Krach, weil sie dachten, dass selbstbewusstes Auftreten zu ihrem »Fach« gehöre, dass sie uns, den langweiligen Erfinder und seine Familie, damit beeindrucken könnten. Ja, diese Possenreißer waren wirklich anstrengend, kein vernünftiges Wort brachten sie heraus. Alva ist auch erleichtert, dass sich die ganze Bande nach New York verzogen hat. Ihm ist es nie um das Theater, die Drehbücher, die überraschenden Auflösungen gegangen. Die Patente lauten auf seinen Namen, die Technik läuft. Sollten sich doch andere Geschichten dafür ausdenken.

Ich selbst habe eine lebhafte Fantasie. Immer schon gehabt. Tagträumen tue ich, oder nachtträumen mit offenen Augen. Mir ist nichts anderes übriggeblieben, als dieses Haus mit ein paar freundlichen Gestalten zu bevölkern, denn wenn die Kinder schlafen, übernehmen die Dinge das Ruder. Kein anderes Haus erwacht so selbstverständlich zum Leben wie unseres. Außer der alten Mühle in Cedar Grove, dort kommt anscheinend sogar der kopflose Ritter zu Besuch – wenn er sich doch nur hier blicken ließe! Bestimmt schreckt ihn die Elektrizität ab, in die wir uns gehüllt haben. Manchmal frage ich mich, ob das überhaupt gut für uns ist, diese ganzen Magnetfelder um uns herum. Nachts liege ich von Klopflauten und Klageliedern wach, doch wenn ich nachsehe, treffe ich nur Apparate an, die einsam vor sich hin knattern oder im Dunkeln Kurzschlüsse produzieren. Ein Vierteljahrhundert nach dem Stromkrieg will mein Mann sich immer noch nicht eingestehen, dass die Wechselspannung besser ist als sein System, mit dem er unser Haus wie mit Adern durchzogen hat. Wenn ich ins Dachgeschoss schleiche und aus dem Fenster schaue, sehe ich in seinem Labor Licht an- und ausgehen, obwohl ich Alva gerade schlafend zurückgelassen habe. Und einen echten Hausgeist haben wir. Eine Frau. Ich habe sie vor Kurzem näher kennengelernt, sie ist sehr unangenehm.

Es klingt, als hätte der Reiher Gesellschaft bekommen. Zwei Sperber sind eifrig dabei, eine verlassene Spechthöhle auszupolstern. Geräuschvoll kommt das Männchen angeflogen, das Weibchen löst es ab. Man sagt, diese kleinen Habichtartigen hielten sich ihr Leben lang die Treue, wie Raben. Pfarrer Samuel Grins schreibt, die Frau sei das Schmuckstück des Mannes. Sein Buch, *Leitfaden für die Frau von heute*, habe ich von meiner Mutter zur Hochzeit geschenkt bekommen und lese es jetzt erneut. In manchen Punkten gebe ich ihm recht, zum Beispiel ist der Einfluss der Frau nicht zu unterschätzen. Sie prägt den Charakter der Kinder, nicht der Mann. In gewisser Weise arbeiten wir beide an der Zukunft: mein Mann, indem er die Welt mit seinen Erfindungen voranbringt, und ich, indem ich seinen Nachkommen meinen Stempel aufdrücke. Bei den drei Kindern aus seiner ersten Ehe ist mir das nicht gelungen. Sie haben mir nie etwas zugutegehalten (Kinder zwischen acht und zwölf tun so etwas nicht), aber unsere gemeinsamen Kinder haben vieles wieder wettgemacht. Mir selbst ist nur wenig von früher geblieben. Meine Jugend ist mit der Vergangenheit verschmolzen. Alte Träume, Lieben, Eltern habe ich in einem Jahrhundert zurückgelassen, das unendlich schien, und sei es nur wegen der Ziffer 8, mit der ich immer noch versehentlich Briefe datiere. Wir sind ja auch erst ein paar Jahre unterwegs, wie Alva gern sagt: »Unterwegs ins neue Jahrhundert«. Meine drei Kinder sind noch im alten Jahrhundert geboren. Madeleine im Jahr 1888, Charles 1890 und der kleine Theo, den wir Baba nennen, 1898. Ein schönes Gefühl, dass sie so auf dem Absprung zur Welt gekommen sind. Als wären wir alle zusammen in demselben vertrauten Kahn in die Zukunft gerudert. Jetzt rudern wir nicht mehr. Hier in Glenmont gibt es kein Wasser, und für unser Winterdomizil in Florida will Alva ein batteriebetriebenes Boot bestellen. Welcher Haushalt verändert sich so schnell wie der eines Erfinders und seiner Frau? Kaum wird etwas Neues erfunden, hat Alva es schon angeschafft. Am Anfang waren wir alle – ich, die Kinder, das Personal – schwer beeindruckt von diesen Apparaten und freuten uns, dass sie uns das Leben erleichtern würden. Wir waren mit die Ersten, die Thurmans pneumatischen Teppicherneuerer besaßen und Cochranes Geschirrspülmaschine.

Schützen Sie sich mit dem Burglarphone! Unerwünschte Eindringlinge werden von der Tonaufnahme eines Browning-Jagdgewehrs (Version 1.0) begrüßt oder von Nellie Melbas Arien (Version 2.0).

Aber meinem Mann geht es nie um die Dinge selbst, die Arbeitserleichterung oder das Vergnügen, die sie uns bereiten könnten, nein – er will nur möglichst bald wissen, was hinter einer Idee steckt und ob er den anderen Erfinder übertrumpfen kann. Noch ehe wir uns etwas richtig ansehen konnten, hat er es schon in seinen Bau geschleift und beißt sich die Zähne daran aus. Wenn es sich nicht verbessern lässt, wirft er die Karkasse auf den Müll. Und wir haben lauter nicht funktionierendes Zeug am Hals, darunter ein irrsinnig schweres Bügeleisen, das sämtliche Bettwäsche verbrennt, und einen Rasenmäher, der erst nach Stunden unter Dampf steht. So unerträglich er es findet, wenn andere sich etwas Schönes ausgedacht haben, so sehr freut er sich, wenn etwas noch nicht ganz ausgereift ist. Unser Baker Runabout zum Beispiel, das Automobil, an dem unser ältester Sohn Charles gern bastelt. In den baut mein Mann gerade eine Batterie ein, um länger damit fahren zu können. »Die richtige Einstellung ist ein Kinderspiel, klingt aber wie ein Tausend-Dollar-Orchester«, sagt er. Dank eines solchen Kinderspiels trägt die Batterie, die Erfindung eines schwedischen Kollegen, jetzt den Namen meines Mannes.

Von Anfang an habe ich mich dafür entschieden, seine Arbeit im Blick zu behalten. Ich bin nur selten in den Laboren im Tal, obwohl ich bequem zu Fuß hingehen könnte, aber sicher ist sicher. Es mag seltsam klingen, aber am wenigsten einsam fühle ich mich, wenn ich nachts wach bin. Tagsüber bin ich unruhig. In diesem ochsenblutroten Haus sind die Tage entweder gestochen scharf oder überbelichtet. In den Zimmern häufen sich immer mehr monströse, ausrangierte oder verrücktspielende Apparaturen an. Gott weiß, woher die kuriosen Präparate kommen, die von einem Tag zum nächsten auf dem Boden liegen oder von der Decke baumeln, flügelschlagende Vogelgerippe, ein grinsendes Tigerfell, ein Affenschädel als Aschenbecher, ich habe sie nicht eingeladen. Zum Glück sind wir auf Drängen unseres Jüngsten, Baba, auch von lebenden Tieren umgeben, von den langweiligen Kaimanen, mit denen mein Mann ihn überraschen wollte, bis zu dem Spaniel Snowy und – noch so eine Marke – Star, dem Kaninchen. Erstaunlich, wie schnell sich Kinder an etwas gewöhnen. Man braucht ihnen bloß eine Kleinigkeit in die Hand zu drücken, und die Welt gehört ihnen. Während ich mich jeden Tag von Neuem frage, was ich hier zu suchen habe, akzeptiert mein Jüngster jede Umgebung, solange eine Geschichte mit ihr verbunden ist, und die schüttelt er locker selbst aus dem Ärmel. Er braucht kein spektakuläres Spielzeug, mit einem Holzlöffel amüsiert er sich genauso gern wie mit einer sprechenden Puppe seines Vaters. Bei unserem Pfarrer, einem ruppigen Klotz von Mann, hat er sich mit einer alten Tabakdose in Form eines Seemannskopfes vergnügt. Dass er eigentlich die Finger davon lassen sollte, machte das Ding umso spannender. Stundenlang war er damit zugange. Gelegentlich sah ich ihn ernst nicken, als hätte man ihm gerade etwas mitgeteilt, dann wieder hoben und senkten sich seine Augenbrauen, oder er flüsterte Unverständliches. Der Pfarrer fand es Besorgnis erregend, aber Baba wird seinen Weg schon machen. Gestern habe ich ihn dabei ertappt, wie er Snowy verbot, Vögel zu jagen. Er sprach in dem monotonen, abgehackten Ton meines Mannes mit dem Hund, der mit seinen Hundeaugen schuldbewusst zu ihm hochschaute. Doch kaum stieß Snowy einen Seufzer aus, einen tiefen Hundeseufzer, bei dem ich mich frage, ob er dasselbe bedeutet wie ein Menschenseufzer, stürmte Baba schon los und schloss das brave Tier in die Arme. Wenn er es wirklich nicht lassen könne, sagte er Snowy, solle er sich an die Krähen halten. Ein Kompromiss, das hat er nicht von seinem Vater. Ich will Baba möglichst lange um mich haben, sein schläfriger kleiner Körper ist manchmal das einzig Warme und Weiche in diesem Haus. Alva sagt, für ihn wäre es an der Zeit, groß zu werden, wieder Theo zu heißen und bei Frau Tennings Unterricht zu bekommen. Bei ihm darf nichts bleiben, wie es ist.

Wie ich schon sagte, ich konserviere gern. Mein Herbarium umfasst 987 Sorten. Nichts verwelkt so schnell wie eine Blume, nicht einmal ein Schmetterling. Deshalb notiere ich den Tag und den Ort, wo ich sie gepflückt habe. Meine erste Blume war eine lila Aster, die letzte, die ich getrocknet habe, eine *Rosa laevigata*. Die habe ich am Ufer des Caloosahatchee River in der Nähe unseres Winterdomizils in Florida gepflückt, doch sie ist schon auf dem Weg zur Blumenpresse zerfallen. Es heißt, die Blütenblätter symbolisieren die Tränen der von ihrem Land vertriebenen Cherokeefrauen. Es ist eine Kletterpflanze, ein Hermaphrodit. Ich habe ein paar Hagebutten mitgenommen und die Samen dem Frost ausgesetzt. Die Pflanzen wuchsen schnell, rankten an den Fenstern meines Gewächshauses empor, doch die wenigen Rosen, die sie trugen, ließen sich nur schwer trocknen. Der erste Teil meiner Sammlung lagert in Büchern. 1882 bis 1886. Ein unordentlicher Anfang, ein Massengrab krümeliger unbekannter Soldaten zwischen Seidenpapierbögen, nach meiner Hochzeit ging ich zu Schubladen über und notierte mir so viel wie möglich. Es ist schwer vorherzusagen, wie eine Blüte in getrockneter Form aussehen wird. Die Cherokee ist in der Blumenpresse kieselgrau geworden, aber wenn ich sie ins Gegenlicht halte, löst sie sich auf wie ein Geist. Der große Emerson schreibt, was wir in der Natur sähen, sei einmalig, solche Bilder hätten wir nie zuvor gesehen und würden sie nie wieder sehen, und er hat recht, denn selbst gepresst und eingeklebt bekomme ich die Natur nicht zu fassen.

Es fängt an zu regnen, schwere Tropfen fallen aufs Glasdach. Sie klingen wie Hagelkörner. Oder wie die Morsenachrichten meines Mannes. Ständig höre ich ihn morsen.

».. / .- — / .- .— .- -.- . / .— .... . .-. . / .- .-. . / -.— —- ..- (Ich bin wach – wo bist du)«

»Ich komme gleich«, sage ich laut.

».— .... . .-. . / .- .-. . / -.— —- ..-«

»Im Gewächshaus. Ich komme ja schon.«

».. .— —. — / -.-. —- .-.. -..«

»Ja, für die Jahreszeit ist es kühl.«

Manche versprechen sich zu viel von der Ehe, schreibt Pfarrer Grins, sie lassen ihrer Fantasie freien Lauf, spiegeln sich ein Paradies vor und werden zu spät wach, im echten Leben.

2

Wie wäre es mir ergangen, wenn ich mich für meinen Traummann entschieden hätte? Meine Eltern haben mich vor ihm bewahrt. Dieser Sohn des Bischofs, sagten sie, benehme sich wie ein wedelnder Welpe. Heute ist George mit Louise Mary verheiratet, Vater dreier Kinder, Professor für Soziologie und Dekan der Universität von Chicago, aber damals muss er gewirkt haben wie ein kleiner Hund, mit großen Pfoten und ständig offener Schnauze. Wir waren Jugendfreunde. Alles, was ich ihm vorschlug, fand er großartig. Unsere Väter haben das pädagogische Sommerlager der Methodisten am Lake Chautauqua ins Leben gerufen. Mein Vater war für die Finanzierung zuständig, Georges Vater für die Methode. Von uns Kindern wurde in der Anfangszeit nicht viel erwartet. Wir streunten herum. Der Unterricht war vor allem für Lehrer der Sonntagsschule gedacht, die am Anfang zwischen den Dörfern und Fair Pont pendelten und auf Baumstämmen sitzend zuhörten, im Jahr darauf konnten sie sich bereits ein Zimmer in einem der grandiosen, aus den sandigen Ufern gestampften Hotels nehmen. So erfolgreich war das Lager. Aus Zelten wurden Häuser, aus Baumstämmen Klassenzimmer, aus Landungsstegen Molen mit Eisständen und Feuerwerk, und überall wurde Musik gemacht, auch von mir. (Ich spiele ganz passabel Klavier, damals besser als heute. Wenn ich sage »ganz passabel«, trifft es den Nagel auf den Kopf; die Welt kann gut auf mein Klavierspiel verzichten. Mein Leben als Frau einer Berühmtheit führt mich in Kreise, wo so gut wie jeder besser spielen, sprechen, zeichnen kann als ich. In den siebziger Jahren des vergangenen Jahrhunderts war ich das Wunderkind meines Vaters, des Erfinders. Ja, er hatte denselben Beruf wie mein Mann, konnte aber den Vergleich mit ihm nicht bestehen. Im gigantischen Leben meines Mannes konnte nichts, was mir etwas bedeutete, den Vergleich bestehen, es verblasste und ging ein wie meine Kleider von damals.) Aber das Schönste am Sommerlager war der Palestine Park. Es war wirklich ein Gotteswunder, wie schnell er angelegt wurde. Dort, zwischen Westfield und Jamestown, baute Gott in einem Atemzug, wie alte Männer von ihrer Jugendliebe erzählen, das Heilige Land nach. Den Ölberg, den Jordan, Jericho, Bethsaida, alles maßstabsgerecht und bequem fußläufig erreichbar. Bequemlichkeit zum Nutzen des Menschen! Während aber die Lehrer in orientalischen Kaftanen herumschlenderten, tollten George und ich über die unerforschten Hügel außerhalb des Gelobten Landes. Wir spielten Wüstengott oder was wir uns darunter vorstellten, und Ezechiel. George packte einen Stock, hob ihn über den Kopf und donnerte wie sein Vater in der Kirche: »Und alles Fleisch wird erkennen, dass ich mein Schwert aus seiner Scheide gezogen habe! Damit es ein Schlachten anrichtet, ist das Schwert geschärft!« Aber die Hügel von Chautauqua hatten nichts mit einer Wüste gemein. Die schönsten Blumen wuchsen dort: *Veronica virginica*, *Andromeda polifolia*, *Cassandra calyculata* und andere strahlende, witzige Weibchen, aber man musste einen Blick für sie haben. Dort entstand meine Liebe zur Botanik. Ich begann, das Herbarium anzulegen, das heute fast tausend Sorten umfasst. Auf Irokesisch heißt Chautauqua wohl »wo die Fische herkommen«. Als wir genug hatten von dem Propheten und seinem tobenden Gott, beschlossen wir, diese Fische zu suchen. Und ein Jahr später kaufte ich George eine Angel, um sie zu fangen. George wusste alles über die Irokesen. Ihre ganze Zivilisation hätten sie einer Frau zu verdanken, die vom Himmel gefallen war. Er war sich sicher, dass auch ich irokesisches Blut hatte. »Schau doch«, sagte er und griff nach meinem Zopf, »wie dick dein Haar ist, wie dunkel deine Augen, wie gerade deine Nase ... Du bist viel zu schön für jemanden mit dem Namen Miller.«

Er erzählte mir von Piasa, dem menschenverschlingenden Vogel, den man nicht erzürnen durfte. Und von der unerreichbaren Liebe Sosondowahs, des Jägers mit dem leisen Gang. In eine Amsel oder einen Habicht verwandelt, je nach Jahreszeit, sang Sosondowah für die schöne Gendewitha, bis der eifersüchtige Tagesanbruch ihn gefangen nahm und das Mädchen in den Morgenstern verwandelte, damit Sosondowah sie zwar sehen konnte, aber nie aus der Nähe. George und ich versprachen uns, dass wir immer die Natur erforschen würden, ich die Blumen, er die Tiere, und wir beide zusammen die Mythen über uns. Davon träumten wir, mein Traummann und ich. Doch als dann mein Mann - ein echter Mann - anlegte, war George nicht da. In diesem Sommer war er mit seiner Mutter verreist, die ihm Europa zeigte. Zusammen erlebten sie die wildesten Abenteuer, ich blieb allein zurück und merkte, dass Chautauqua seit der Zeit, als wir uns ineinander verliebt hatten, brechend voll und sterbenslangweilig geworden war. Jetzt wurden die legendären Waldriesen von strengen Boulevards in Reih und Glied gezwungen. Da geschahen keine Wunder mehr. Es wurde gegessen, gekocht, geschlendert. Die meisten kamen zum Vergnügen hierher, denen brauchte man, wie es aussah, nichts mehr zu erzählen. Überall herrschte

Lärm, vor allem auf dem Berg Hermon, wo ein Karussell stand, von dem höllisches Geschrei aufstieg. Ich war dem Ganzen entwachsen, es war Zeit für mich zu gehen.

> *Mit mir vom Libanon herab, meine Braut, mit mir vom Libanon sollst du kommen; vom Gipfel des Amana herab sollst du schauen, vom Gipfel des Senir und Hermon, von den Lagerstätten der Löwen, von den Bergen der Panther.*

Meinem zukünftigen Mann machte der Lärm nichts aus. Er hörte damals schon schlecht. Sein Gesicht, achtzehn Jahre älter als meines damals, aber nicht älter als meines heute, hatte von seiner ständigen Verständnislosigkeit tiefe Stirnfalten bekommen. Ich fand ihn hässlich. Meine Eltern waren ganz entzückt von ihm. Alle waren entzückt, der Besuch einer solchen Berühmtheit in Chautauqua war eine große Ehre. Er schlug mir einen Ruderausflug auf dem See vor, na gut, dann mal los, sagte ich. Wir trieben weg von meinen Eltern, die mit einem Heer Bewunderer jubelnd an Land zurückblieben. Seht nur, wie er rudert, der brillante Erfinder, seht, wie er in die Schöne von Chautauqua verliebt ist. Wir wussten ja gar nicht, dass das in ihm steckt, ein großer Kopf *und* ein großes Herz, welch ein Reichtum! Natürlich hatte ich ihn vorher schon gesehen, beim Salon der Familie Gilliland. Von seiner Schwerhörigkeit hatte ich damals nichts gemerkt, die Sonaten, die ich spielte, schienen ihm zu gefallen.

Lange Zeit dachte ich, er nutze seine Behinderung als Vorwand, um mich in Verlegenheit zu bringen, es amüsiere ihn, wenn ich jede Anmut fahrenließ, um mich lautstark verständlich zu machen. Im Boot wandte er mir sein besseres Ohr zu, versuchte mich unter der Maske der Taubheit nah an seine alte Wange hinzulocken, aber einen Kuss konnte er vergessen. Dann lieber schweigen. Den Specht hörte er dann aber doch! Wir waren schon mitten auf dem See, bestimmt eine Meile vom nächsten Baum entfernt, als er aufhörte zu rudern. Seine schwarzen Augen huschten von links nach rechts, als würde er lesen, danach hakte er die Ruder in die Dollen und klatschte mit Nachdruck in die Hände.

»Ehegelübde«, schloss er.

»Bitte?«, sagte ich.

»Das hat der Specht gesagt, in Morse. .— . -.. -.. .. -. —. / ...-
—- .—«

Zuerst fand ich es lächerlich. Wenn sich ein Vogel schon mit Telegrafie beschäftigt, verkündet er doch sicher eine schönere Botschaft als einen so schicklichen Begriff. Alva aber sah mich immer weiter eindringlich an, und da begriff ich, was er eigentlich gemeint hatte. Ich war zutiefst beleidigt. Keine Serenade, sondern ein ganz unmelodischer Antrag, von Herrn Morse überbracht, auf dem Umweg über einen Specht. Als würde sich wahre Leidenschaft je einer solchen Methode bedienen. Ich dachte an George, der mit seiner Mutter durch das alte Land seiner Vorfahren wanderte, und wünschte, ich könnte zu ihm schwimmen. Ich beugte mich über den Bootsrand zur Wasseroberfläche hinab, die sanft nach meinem Zopf griff, und plötzlich erschien es mir gut möglich, mich am Seerosenstängel in die Tiefe zu hangeln und durch diese Tiefe in die Alte Welt zu gelangen. Ich glaubte ernsthaft, die Erde sei zusammengefaltet. Ich sollte einfach darauf vertrauen, dass der Weg durchs Wasser kürzer war als der übers Wasser, ich musste nur lange genug die Luft anhalten und immer tiefer sinken, vorbei an Enten, Bisamratten und Wasserhahnenfuß, aus dem Licht ins pechschwarze Dunkel, bis es langsam wieder hell wurde. So sinnierte ich vor mich hin, bis das Boot ins Schwanken geriet und ich einen Schluck Brackwasser in den Mund bekam.

»Mina!«

Sein Gesicht erschreckte mich, die Apfelwangen und seine fleischigen Lippen, die plötzlich viel zu nah waren. Doch sein Griff war stark. Hätte er mich nicht an den Schultern gehalten, wäre ich über Bord gegangen. Behutsam ließ er sich wieder auf seinen Platz sinken, das Boot fand sein Gleichgewicht zurück und wir auch. Vielleicht war ich ihm gegenüber ja ungerecht. Sicher, Alva kann nicht so schön erzählen wie George, aber eine Berühmtheit wird man nicht von allein. Die Blicke der anderen Frauen waren mir nicht entgangen, da gab es genug, die ohne Zögern mit mir getauscht hätten.

»Dein Haar«, sagte er, »es tropft dein Kleid nass.«

Davor hatte ich ihn noch nicht lächeln sehen, es machte ihn zumindest ein bisschen jünger. Schweigend ruderten wir ans gegenüberliegende Ufer, wo eine andere Gruppe Gaffer uns erwartete. Später erzählte Alva jedem, der es hören wollte, er habe mir seinen Antrag mit Morsezeichen in die Hand getippt, aber so körperlich waren wir gar nicht geworden. Das erkannte meine Mutter. Sie sagte, ich müsse gut vorbereitet sein, und gab mir das Buch des schottischen Pfarrers, darin stehe alles, was ich wissen müsse. Als ich es ausgelesen hatte, entschied ich mich für das Genie des Lichts, den Zauberer, den Verdunkler, und gegen meinen Traummann.

Wie bei einem Kuss ist jeder weitere Abzug mindestens so gut wie der erste!

Diesen Reklamespruch hatte sich Alva für seinen Mimeografen ausgedacht, einen elektrischen Stift, der alles, was man schrieb, kopierte. Aber so nüchtern drückt sich nur einer aus, der Liebe mit einer Liebhaberei verwechselt. Der erste Kuss ist unwiederholbar. Gedichte kann man erneut lesen, Musik mehrmals hören, und was man dann entdeckt, vertieft den ersten Eindruck, doch wer auf seine erste Liebe zurückkommt, bemerkt in erster Linie Unebenheiten. Oberflächliche Kratzer, die einen davon abhalten, in die Tiefe zu gehen. Werde ich George je wiedersehen? Ich fürchte, ich fände ihn lächerlich, fände uns beide und das, was aus uns geworden ist, lächerlich. Bestenfalls würde ich mütterliche Rührung empfinden beim Gedanken daran, wie wir einmal waren. Dann würde ich ihn küssen wie einen Sohn. Und meinen Mann? Den küsse ich wie eine Ehefrau. Mit geschlossenen Augen gebe ich mich einem ersten Kuss hin, mit immer neuen Männern.

Es ist halb acht. Im Haus treffe ich erst Ruth, dann Léon, Martin, Dorothy, Paola, alle längst bei der Arbeit und tadellos gekleidet, doch sie wundern sich nicht über meinen zerzausten Zopf und den Morgenrock, in dem ich wie ein Schamane aus meinem Urwald schleiche. Sie begrüßen mich rasch und aufgeweckt, wie üblich, halten sich mit ihren Mitteilungen zurück, weil sie wissen, dass ich noch nicht ganz wach bin. Ruth folgt mir die breite Treppe hinauf nach oben. Wir schweigen. Nachdem ich bei meinem Mann war, wird sie mich zwischen zwei Kleidern wählen lassen, die genauso geduldig und still warten wie sie. Erst wenn ich fertig zurechtgemacht bin, werden wir die ersten Worte des Tages wechseln: »Da sind Sie ja wieder« und »vielen Dank«. Ich habe sie nie gefragt, warum sie das sagt: »Da sind Sie ja wieder.« Bestimmt glaubt sie, dass sie mich ins Reich der Lebenden zurückholt, mich von meinem Dasein als Schatten erlöst, der ich eigentlich bin, indem sie mich in ein Kleid steckt. Vielleicht sagt man das aber auch einfach bei ihr in Louisiana. Ich öffne die Tür von Alvas Zimmer, höre meinen Mann ruhig atmen. Nicht zu laut, gleichmäßig, fast niedlich. Er erzählt gern, er schlafe nur wenig. Der unentwegt tätige Zauberer. Früher habe ich ihn vor allem bei Nickerchen ertappt, an den seltsamsten Orten, im Besenschrank, unter seinem Schreibtisch im Büro, doch seit ein paar Monaten schläft er bis halb acht durch. Prompt stand es im *North American*.

ZWEI JAHRE RUHE FÜR DAS GENIE. ER IST ERSCHÖPFT UND WIRD VORLÄUFIG NICHTS MEHR ERFINDEN.

Wir sind aufeinander angewiesen. Ich sorge für ihn wie der ägyptische Regenpfeifer, der dem Nilkrokodil die Blutsauger aus dem Maul pult. Wie er daliegt, den Kopf auf dem Kissen, völlig entspannt, mit seinem schnarchenden Schreimund und den Ringen um die Augen wie ein Waschbär, ist er bemerkenswert hässlich, und ich staune immer wieder, dass er es also geworden ist, mein Mann fürs Leben. Doch dann blicke ich auf seine Hände, und die sind schön. Die Rechte liegt auf dem Bettüberwurf, seine Telegrafistenfinger beben. Er schläft, aber sie nicht, sie richten das Wort an mich. Zwei Finger zeigen in die Luft, der Daumen beugt sich zum kleinen Finger und zum Ringfinger, der Mittelfinger legt sich um den Zeigefinger, der Daumen faltet sich zur Faust, der kleine Finger lebt auf, erneut ballen sich alle Finger zur Faust, dann kommt der Daumen wieder hervor. Unsinn ist das, die Gebärdensprache von einem, der im Schlaf spricht. Doch ich betrachte seine

Finger gern. Seine zärtlichste Gabe. Wie er die Luft berührt, so berührt er auch mich. Dann schlägt er die Augen auf. Um ein Haar wäre ich erschrocken. Er sieht sofort, dass ich meinen Zopf glattstreiche.

»Hast du dich wieder einmal im Gewächshaus herumgetrieben?«

»Ich konnte nicht schlafen.«

Er setzt sich auf und merkt, dass seine Pantoffeln nicht da sind. Sie liegen ein Stück weiter, bei der Tür, wo er sie ausgezogen hat.

»Heute Mittag kommt ein Gast zum Essen.«

Die Art, wie er das sagt, verheißt nichts Gutes.

»Ich werde Dorothy bitten, Kalbfleisch zuzubereiten wie am Montag, es hat allen gut geschmeckt. Wer ist es?«

Er kann mich nicht verstehen, weil ich mich mit dem Rücken zu ihm nach den Pantoffeln bücke. Dennoch sagt er: »Ja«, zur Sicherheit. So fängt für ihn jeder Tag an: Damit, dass er tut, als verstünde er jedes Wort. Die Warnung eines schläfrigen Bären, bevor er sich wieder unter dem Schnee einbuddelt. Ich spiele das Spiel mit. »Gut«, meint er, als ich wieder vor ihm stehe, »dann ist das also geregelt.« Ich nicke.

Ich habe gelesen, Alexander Bell sei mit einer Gehörlosen verheiratet und seine Mutter taub, er aber hält beides geheim und verkündet laut, man solle tauben Menschen verbieten, sich fortzupflanzen. Diesem Leiden hat Bell seine größte Erfindung und seinen Ruhm zu verdanken. Mein Mann dagegen schämt sich nicht für seine Schwerhörigkeit, er hält sie aus wie eine Mätresse. Mit ihr entzieht er sich allen Verpflichtungen, mit ihr hält er geniale Dialoge, während für uns nur die nötigsten Mitteilungen bleiben. Jetzt schon, wo ich ihn versorge, freut er sich auf ihre Gesellschaft. Stimmt, ich bin eifersüchtig. Ich wüsste gern, was ihm durch den Kopf geht, wenn er sich an die Stille schmiegt.

Seine Gesundheit lässt nach. Das Alter bezwingt ihn allmählich, es plagt ihn, vor allem morgens, wenn alles vom Körper abhängt. Er sitzt in seinem Seidennachthemd da wie ein kleiner Junge. Beim Anziehen der Hausschuhe zwicke ich ihn in die Füße, er muss lachen. Auch er findet sich rührend. Ich helfe ihm jeden Morgen. Das wäre nicht nötig, wir haben genug Personal, doch ich genieße es, an diesem Moment des Tages mit Pantoffeln, Waschlappen, Bürste herumzuhantieren. Er meiner Meinung nach auch. Er tut so, als wäre er hilflos – sein meisterliches Hirn wohnt in einem eitlen Mann. Im Spiegel beobachtet er mein Gewurschtel. Als die Sonne herauskommt, sehen wir die vielen Staubteilchen zwischen uns. »Heute bin ich alt«, sagt er entschieden. »Mein Ekzem geht bis zu den Augenlidern.«

»Du musst Handschuhe anziehen, wenn du mit Nickel arbeitest«, sage ich, während ich versuche, die Trauerränder unter seinen Nägeln wegzubürsten. »Dr. Shearman meint, es sei giftig.«

»Was ihn aber nicht daran hindert, unsere Münzen zu nehmen.«

Unser Arzt ist vom alten Schlag, ein bescheidener, sanftmütiger Mann, der sich gut mit Phytotherapie auskennt. Als er Alva letzten Winter von seiner Mastoiditis geheilt hat, sprach er aus, was ich schon die ganze Zeit dachte: dass Alva zu viel mit Metallen herumhantiert. Metalle rauben dem Körper Energie und geben ihm nichts zurück, im Gegensatz zu Pflanzen.

»Sie saugen den Menschen aus und lassen nur die harte Schale zurück.«

Verstört sieht Alva mich an. Durch den Abszess ist sein Gehör noch schlechter geworden, und ich rede noch mehr vor mich hin, er sieht es zwar, versteht mich aber nicht, und es gefällt uns beiden. Letzte Woche hat unsere Tochter uns bei einem solchen zweifelhaften Zwiegespräch ertappt, sie war empört, dass ihr Vater, den Blick aufs Bücherregal geheftet, mein Murmeln am anderen Ende des Raums regelmäßig mit einem »Was?« spickte, und fand, dass ich lauter reden müsse. Dabei gibt es keine bessere Ehe als die eines Tauben mit einer Blinden, so heißt es doch.

»Weißt du, dass Bell seine Tochter Photophone nennen wollte?« Für so etwas kann er sich bestimmt begeistern. »Photo-phone, wie seine Erfindung. Als Mädchenname!«

»Die moderne Variante von Persephone.«

Wir müssen beide lachen, ich will ihn küssen, bevor sich sein Gesicht wieder verfinstert, doch er grübelt schon über Bells alte Erfindung nach und eine neue eigene.

»Auch eine Art zu patentieren«, bemerkt er. »Günstig und schnell, auf dem Standesamt.«

»Wie bei Dot und Dash?«, frage ich, während ich ihm die Waden trockne. Die beiden Ältesten aus seiner ersten Ehe. Geboren als Marion und Tom, wurden sie später wie der Punkt und Strich des Morsecodes genannt. Ach, der arme kleine Tom (für mich wird er immer klein bleiben, obwohl er mich weit überragt, auf seinen verstörten Blick hin bücke ich mich gerührt), als Baby noch hoffnungsvoll nach seinem Vater benannt, aber bald nicht mehr wert als ein kurzer Strich. Er ist Tom - und dann nichts mehr, gar nichts. »Dot« hingegen klingt für ein Mädchen ganz niedlich. Aber sie hat mir nicht erlaubt, sie so zu nennen. Es gab vieles, was sie mir nicht erlaubte. »Ich werde deinem Vergnügen folgen wie ein Schatten«, verkündete sie, als ich ihren Vater heiratete, »bei meinem Anblick wird sich dein Gesicht verfinstern.« Da war sie zwölf. Ich gerade mal sieben Jahre älter. Selbst noch eine Jugendliche, hatte ich auf einmal die drei Kinder einer anderen am Hals. Inzwischen sind Marion, Tom und William natürlich längst aus dem Haus und verheiratet. Tom fehlt mir, aber davon will mein Mann nichts wissen. Er hat ihm immer misstraut. Wenn der Junge ihm Briefe schrieb, schickte er sie ihm korrigiert zurück, weiter nichts. Was hätte ich tun sollen? Ich durfte mich nicht allzu sehr einmischen, und mein Trost war für Tom sowieso nichts wert. Neunerlei Handwerk, achtzehnerlei Unglück, das war sein Los. Angeblich sei sein Treiben eine Schande für die Familie. Es geht mich nichts an, aber ich bekomme Herzrasen von der ganzen Geschichte. Hier, wie er vor mir in seine Hose steigt, das ist mein Mann. Mehr von ihm wird mir zu viel.

»Wo hast du das her, diese Geschichte von Bell?«, fragt er.

»Aus dem *New York American*, sie haben mit einer Cousine von ihm gesprochen.«

»Warum liest du diesen Mist?«

»Um zu sehen, ob irgendwelche Lügen über dich darin stehen.«

Zufrieden nickt er seinem Spiegelbild zu. Dann scheint er sehr wohl zu hören, dass draußen etwas umfällt, unmittelbar gefolgt von einem schrillen Schrei.

»Beißer«, sagt er erfreut. »Früh dran heute. Er hat sich etwas ausgedacht, um die Frontscheibe des Automobils sauber zu wischen. Einen automatischen Regenwegwischer oder so.«

Als ich aus dem Fenster schaue, sehe ich Charles im Garten gegen den Zaun treten. »Beißer«, so nennt Alva unser zweites Kind, aber »Tohuwabohu« hätte besser gepasst, oder »Motor«. Der Junge platzt schier vor Ungeduld. Alles, was man ankurbeln kann, hat er in null Komma nichts durchschaut. Diesmal also ein Regenwegwischer. Was er da durch den Garten wirft, hat mehr Ähnlichkeit mit einem Pfannkuchen, wie es in der Luft rotiert und bei der Landung zusammenklappt. Jähzornig, wie sein Vater. Diese Erfinderwut verheißt kein geruhsames Leben. Ich könnte ihm erzählen, dass es so etwas wie die zwei Jahre Ruhe, von denen die *North American* geschrieben hat, in unserem Leben nie gegeben hat oder geben wird. Einsam am Ruder stehend, schleppt Kapitän Alva uns, seinen indirekten Beifang, in seiner Getriebenheit mit sich aufs offene Meer hinaus, blickt aber nicht zu uns, sondern über die Schulter zurück, denn die Konkurrenz ist nah.

»Kalb, also?«, frage ich. Ich lege die Hosenträger über seinen Bauch und knöpfe sie fest. Seit er krank war, hat er wieder ordentlich zugenommen. Er nickt, Kalb ist ein prima Mittagessen für unseren Gast.

»Kommt er allein?«

»Er hat gesagt, er bringe einen Assistenten mit, einen jungen Mann, der glaubt, mir etwas über Film erzählen zu können. Wir werden sehen. Aber egal, wann er da ist, ich komme erst gegen Mittag dazu. Und wenn ich die Suppe auslassen muss.«

In seinem unrasierten Gesicht steht keinerlei Zweifel. Es stimmt, heute ist er alt, er hat vergessen, den Namen unseres Gastes zu nennen. Ich frage ihn nicht danach, er hat sich schon in seine Stille verkrochen. Er lässt mich noch seine Weste abbürsten, hält mir die Wange an die Lippen, dann bricht jeder von uns in seinen eigenen Tag auf.

Meiner beginnt mit Ruth. Ruth, die immer mein Spiegelbild ansieht und nie mich. Über meine Schulter hinweg schaut sie, während sie es kämmt, auf mein Haar, das meiner Meinung nach noch so tiefbraun ist wie früher, auf meinen Hals, um den sie Perlen legt, der noch so schlank ist wie früher. Meinem amüsierten Blick weicht sie aus, den beantworte nur ich. Alvas erste Frau war zum Zeitpunkt ihres Todes zehn Jahre jünger als ich heute. Trotzdem hat sie immer älter gewirkt. Veraltet und vergilbt. Ihr Blick war nie amüsiert, nicht einmal auf Fotos, sondern resigniert und panisch wie der eines verkrüppelten Lasttiers. Er jagte sie weg, fort, fort! Und sie kam stets zurückgetrabt. Ich habe gehört, Essen sei das Einzige gewesen, was Mary auf den Beinen hielt, Torten und Pasteten, von ihr selbst gebacken, um sich selbst Gesellschaft zu leisten. Doch er hat sie nicht einmal dann wahrgenommen, als sie so breit war wie ihr Bett. Nein, das ist kein Scherz. Da gibt es nichts zu lachen. Letzte Woche stand Tom plötzlich vor der Tür. Dein Vater ist nicht da, sagte ich gehorsam, denn Alva hat mir den Umgang mit ihm verboten. Er aber zündete sich nur eine Zigarette an, ließ sich in den Schaukelstuhl fallen und erzählte mir von seiner Mutter, davon, was an ihrem Sterbebett geschah. Seither schlafe ich schlecht. Etwas in mir mahnt mich, wach zu bleiben. Wachsam. Nach den Pasteten hat Mary nämlich Morphium entdeckt, doch Alva fand sie erst, als sie mit blauen Lippen und straff gespannter Haut im Bett lag. Etwa im selben Zustand wie die kaputten Talking Dolls, die wir immer noch zurückgeschickt bekommen, weil sie das Sprechen verlernt haben, und die jeweils zu viert auf ihre Reparatur warten. Beinchen, Ärmchen, Oberkörperchen. *Twinkle, twinkle, little star!* Mary hat nicht mehr funktioniert. Kaputt. Alva ignorierte das teilnahmsvolle Kopfschütteln der

Ärzte. Stürmte aus dem Zimmer und kam fünf Minuten später mit einem Apparat zurück, den er auf Rollen vor sich her schob. Es war gut gemeint, da bin ich sicher. Wenn keine Aussicht auf Erfolg bestanden hätte, dann hätte er es nicht getan. Und im selben Atemzug hätte er eine Methode erfunden, um Tote wieder zum Leben zu erwecken. Der kleine Tom sah den Körper seiner Mutter einen possierlichen Marionettentanz aufführen, erst richtete sich der Rumpf von der Matratze auf, danach der Kopf, dann plumpste das Ganze wieder zurück, so fröhlich und geschmeidig, wie er seine Mutter nie gesehen hatte ... Niemand lachte. »Hirnverstopfung«, sagten die Ärzte. Ich muss es anders angehen, das Blut durch meine Adern fließen lassen, warm bleiben. Wenn ich drohe einzunicken, lese ich Pfarrer Grins:

> *Eine unverheiratete Frau ist wie eine lichtempfindliche Platte, die noch nicht fixiert ist. Einmal entwickelt, wird ihre Schönheit, falls sie sich zu sehr zur Schau stellt, schnell verblassen. In der Ehe kann sie untertauchen wie in einem warmen Bad von Goldchlorid und wird für die Ewigkeit bewahrt.*

»Da sind Sie ja wieder«, sagt Ruth.

Da bin ich, immer noch. Sie nimmt meine Haare aus der Bürste und knüllt sie mit meiner schmutzigen Unterwäsche zusammen, als wäre es kostbar, was ich da wie eine Schlange abgelegt habe. Vielleicht macht sie ja eine kreolische Voodoopuppe daraus, und ich leide deshalb so unter Stimmungsschwankungen. Mein zurechtgemachtes Spiegelbild bleibt allein mit Mary zurück. Nun, da ich mehr über sie weiß, erscheint sie immer öfter und drängender. Sie verfolgt mich in meinen Gedanken, in meinen Träumen, treppauf, treppab. Wie alles hier ist auch sie elektrisch geladen. Sie verpasst mir diese Stromschläge, wenn ich mich am Geländer festhalte, schubst mich die Treppe hinunter, wenn ich oben stehe. Sie ist diese Brummstimme, die nachts unter unseren Fußböden kreist wie eine Tiefseekreatur. Morgens begleitet sie mich lärmend zum Frühstückstisch, Zweifel, Gerüchte und Tratsch in ihrem Spannungsfeld, die ich lieber ignoriere. Sie weiß viel mehr über meinen Mann als ich. Aber wenn die Kinder da sind, verschwindet sie. Sie hat nichts am Hut mit Baba, der schlemmt wie ein Großer, der durch sein Schmorfleisch harkt, während seine Backen noch voll sind. Baba ist das dickste Kind im weiten Umkreis.

Groves geschmackloses Tonic macht Kinder und Erwachsene fett wie Säue! Seit zwanzig Jahren ein Erfolg, 1,5 Millionen verkaufte Flaschen. (50 cts)

»Sollen wir mit Snowy spazieren gehen?«, frage ich.

Er hört auf zu kauen, springt auf. Ja, natürlich, er schluckt das Essen hinunter, es ist bestimmt gut für Snowy, Hunde gehen heute nicht mehr genug spazieren.

»Früher ist Snowy gut hundert Meilen am Tag mit mir geschwommen«, sagt er, als wir draußen sind. Er ist ein bisschen niedergeschlagen, weil der Hund weggerannt ist, sobald er die Leine abgemacht hat. Auf Baba hört er nur, wenn wir darauf bestehen.

»Geschwommen?«

»Ja, er kommt nämlich aus Europa. Jeden Tag ist er hundert Meilen geschwommen, und nachts hat er hundert Meilen auf dem Rücken geschlafen.«

Aus Babas abwesendem Blick schließe ich, dass er Snowy auf den Wellen treiben sieht. Er hört alle Geräusche des Ozeans und sieht jedes Blau am Himmel und die knallgelben und roten Sterne darin. Für Baba muss alles bunt sein. Als hätte er eine umgekehrte Form von Farbenblindheit, als müsste alles eine Farbe haben, damit er es beachtet.

»Snowy schläft immer noch gern auf dem Rücken«, sage ich.

»Genau. Mit gespreizten Beinen, um nicht unterzugehen.«

3

Als wir eine Stunde später zurückkommen, werden wir schon von unserem heutigen Gast erwartet. Er sitzt auf der Terrasse, Dorothy hat ihm eine Tasse Tee gebracht. Ein mageres, spitzgesichtiges Männchen, kein Hut. Ich kenne ihn nicht. Er ist viel zu früh dran. Ich habe keine Lust auf ihn und will Baba wegziehen und weiterspazieren, doch Snowy hat seine Sympathie für den Fremden entdeckt und stürmt schwanzwedelnd auf ihn zu. Der beantwortet die Begrüßung mit beiden Händen. Als er sich vornüberbeugt, klappt das über den kahlen Kopf gekämmte Haar in zwei Teilen auseinander, wie Ohren.

»Verzeihung, ich bin zu früh dran«, sagt er, »ich vergesse immer, dass Ihre Züge so pünktlich sind.«

Ein französischer Akzent, ohne Zweifel. Irgendwie ist er komisch. Von seiner Nase ist nur die Spitze zu sehen, der Rest scheint im Kopf versunken zu sein, wie bei einem javanischen Äffchen. Ich bleibe auf Abstand.

»Ferdinand Chénier.«

Weil ich seine ausgestreckte Hand nicht nehme, beugt er sich wieder zu Snowy hinunter. Baba erkennt sofort, dass er in dieser Haltung einem Tier ähnelt.

»Können Sie auch so lange auf dem Wasser treiben?«, fragt er.

Zu meiner Überraschung antwortet der Gast, als hätte er nur auf diese Frage gewartet, ja, das könne er sehr gut. Seine

Gebärden (tänzelnde Schritte von links nach rechts, wobei er mir mit einer ruckartigen Bewegung des Oberkörpers den Vortritt lässt) dürften typisch französisch sein. Zum Glück ist ihm unser italienischer Koch gut genug. Bei Tisch stürzt er sich auf die Schildkrötensuppe, während er sein dünnes Hälschen aus der zu weiten Weste streckt, um meine Zierteller zu bewundern. Er achtet weder auf das Wetter, das plötzlich umschlägt, noch auf den Wind, der grummelnd in die Hecken fährt. Zum Glück ist die Zentralheizung noch an, unser luxuriöses, wohliges Wintertier, das von allen dreißig Räumen des Hauses Besitz ergriffen hat. Bestimmt wird es gewittern.

»Seltsam, eben war es noch so schön«, durchbreche ich das Schweigen.

Mit seinen zarten Mädchenfingern tunkt er ein Stück Brot in die Suppe und steckt es triumphierend in den Mund. »Das kommt bei mir öfter vor«, sagt er kauend, »schlechtes Wetter. Liegt an meiner Arbeit. Berufsbedingt, wie wir sagen.«

Ein sonderbares, sonderbares Männchen. Trotzdem hake ich nicht nach; solange Alva nicht bei uns ist, geht er mich nichts an. Außerdem bekomme ich kaum mehr Luft, der Kerl scheint Sauerstoff für zwei zu verbrauchen. Ich rutsche auf meinem Stuhl herum, damit ich in meinem Korsett besser atmen kann, aber es hilft nicht.

»Ich mache mal Licht an«, sage ich. »Mein Mann isst nicht gern im Dunkeln.«

»Aber arbeiten tut er gern im Dunkeln.«

»Wegen seiner Konzentration.«

Ich spreche es nicht aus, aber ich denke oft, dass Alva die Dunkelheit braucht, eben weil er so schlecht hört, dass er, weil er vor allem mit den Augen hört, auch die Bilder ausschalten muss, damit es in seinem Innern still wird. Ich halte die Lampe fest, ziehe an der Schnur, doch es passiert nichts. Ich bleibe auf diesem halbdunklen Zwiegespräch sitzen.

»Geht es nicht an? Warten Sie.«

Er steht auf, schiebt die Lampe ein Stück hoch, bis sie knistert und flackert. »Sehr schön. Gleichstrom, oder? Eigenwillig.«

»Mein Mann hält ihn für sicherer.«

Er schnalzt geringschätzig. »Waren Sie dabei, als Kemmler hingerichtet wurde? William Kemmler.«

Einen trüben Augenblick lang huschen die Züge des Axtmörders über sein Gesicht. Philadelphia Billy, sie könnten Brüder sein. Ich greife nach meinem Stuhl und bekomme einen Schlag.

Er grinst. »Nein, natürlich nicht. Wie dumm von mir.«

Er freut sich, dass diese scheußliche Geschichte wieder durch meine Gedanken tanzt. Alva ist kein Henker, er hat den elektrischen Stuhl nur entworfen, um zu zeigen, wie gefährlich Westinghouse' Wechselstrom ist. Doch weil die Spannung zu schwach war, starb Kemmler nicht auf der Stelle, sondern wurde langsam geröstet (»an den Stuhl geschnürt wie eine Roulade«, schrieb ein Journalist). Triumphierend sagte Westinghouse darauf, man hätte besser daran getan, die Waffe zu verwenden, mit der Kemmler seine Frau umgebracht hatte.

»Aber dass er im Dunkeln nachdenkt, ist gut«, setzt der Franzose nach einer Weile hinzu. »Gedanken sollte man nicht voreilig dem Licht aussetzen, unter der Erde, wehrlos wie blinde Kaninchenjunge, gedeihen sie am besten. Wir, die weniger Begabten, sehen nur, was dabei herauskommt. Und das ist gar nicht mal so wenig, der Rest muss sich mit den Spuren begnügen.«

Da erlischt die Lampe wieder. Bestimmt liegt es am Wind. Ich hoffe jedenfalls, dass die Elemente immer noch mächtiger sind als die Ideen meines Mannes. Ein Blitz zuckt flackernd über den Mahagonitisch, auf dem ich eine längliche Version meines kleinen Tischherrn sehe.

»Die Menschen passen nicht auf«, höre ich ihn sagen. »Deshalb sehen sie nur die Spuren. Das Nachbild. Abdrücke im Sand, plattgetretenes Gras. Aber zwischen Licht und Dunkel bewegen sich große Kräfte. Der Normalsterbliche sieht umgeknickte Bäume, weggespülte Dünen, eingestürzte Dächer, denkt aber nie: Das sind die Fußspuren des Teufels und seines Gefolges. Er erwacht aus einem Traum, der verfliegt, wenn er versucht, sich daran zu erinnern, und den Rest des Tages drückt es ihm aufs Gemüt. Ist was, fragt seine Frau, und der Mann denkt, ja, da ist was, da ist was. Er schüttelt den Kopf, um das Echo loszuwerden, sie sagt: Du bist mit dem falschen Fuß aufgestanden, und er denkt: Das wird es sein. So leben sie, die Menschen. Blind kommen sie zur Welt, und blind wandern sie unter die Erde.«

Als er fertig gegessen hat, steht er auf und betrachtet den Gläserschrank von Nahem. Ohne zu fragen, nimmt er einen meiner roten Pokale heraus, hält das Glas ins Licht, und eine Reihe kleiner Figuren tanzt über die Eschenholz-Täfelung. Das kann überhaupt nicht sein, trotzdem ist es so. Ich linse auf die Uhr. Erst halb zwölf, das war es doch eben schon. Ich stehe auf, setze mich wieder, draußen verpasst der Wind dem Land einen Schlag und noch einen und noch einen. Der Gläserschrank klirrt, jemand pfeift eine schikanöse Melodie, und mir rinnt der Schweiß über den Hals. Manche Menschen mögen das, sie schwelgen in der Spannung des Unerklärlichen und Obskuren, aber nicht ich. Außerdem ist es mein Haus, mein Garten, mein Land; man sollte doch meinen, dass sie auf meiner Seite stehen und sich nicht von diesem Burschen aus dem verstaubten Frankreich manipulieren lassen.

»Schön haben Sie es hier«, sagt er leise. »Ohne meine Gabe würde ich auch auf dem Land leben wollen. Aber Sie sehen ja, was passiert. Sobald ich mich an die Arbeit mache, fängt es an zu stürmen wie wild, da hält man sich der Natur lieber fern. In der Stadt verteilt sich diese Gewalt auf viele Köpfe, man kann die Fenster verdunkeln und lauschen, was da auf einen zukommt, aber auf dem Land ist man den Elementen ausgeliefert.«

Plötzlich verbeugt er sich. Nicht vor mir, sondern vor der Geistererscheinung von Mary, die sich in ihrem Feld aus Plus und Minus zwischen uns geschoben hat. Sie ist deutlicher zu sehen denn je, fast kann ich ihre Umrisse erkennen. Er also auch.

»Die Arme«, stellt er fest, »sie zittert vor Wut.«

Er geht einen Schritt auf sie zu, spitzt die Lippen zum Handkuss, weicht dann aber mit verzerrtem Gesicht zurück.

»Ich sage es ja, Ihr Mann täte gut daran, allmählich zu Wechselstrom überzugehen.« Er reibt sich über die Lippen. »Das hier ist schlicht lebensgefährlich.«

»Lebensgefährlich«, wiederhole ich erschüttert.

»Zugegeben, angesichts der Umstände ist die Wortwahl etwas unglücklich.«

Mary imponiert ihm nicht besonders, er wendet sich wieder dem Gläserschrank zu.

»Und was haben wir hier?«

»Sie sehen sie also auch«, flüstere ich heiser.

»Mary? Man muss schon blind sein, um sie nicht zu sehen.«

Er zückt seine Brille, um sich den Stempel meines teuersten Ziertellers anzusehen. Etwas sagt mir, dass das alles kein gutes Ende nehmen wird, dass sich hinter seinen ausgesuchten Manieren eine Kraft verbirgt, die Hunde heulen lässt wie Wölfe und Frauen bluten wie ein Schwein. Und er tut, als wäre das alles ganz normal.

»Roundhay ... Nein, was steht da ... Ridgway. Sehr schön. Prachtvoll. Nicht mit Gold aufzuwiegen.«

Er ist nicht das erste Medium im Haus. Mein Mann glaubt an Geister, weil er an sich selbst zweifelt. Er glaubt, dass die Ideen, auf die er kommt, ihm von Anderen zugetragen werden – Anderen großgeschrieben, weil sie nicht mehr unter uns sind – und dass er nur ein Empfangsapparat ist, der diese Ideen, das allerdings doch, besser umsetzt als jeder andere. Durch sein Zutun können die Toten endlich ruhen, weil ihre Genialität vor dem Vergessen bewahrt ist. Äußerst logisch! Als die berühmte Hellseherin Helena Blavatsky, eine große Ehre, ihm schrieb, man sehe nur *mit versiegelten Augen* wirklich hell, machte er noch mehr Nickerchen – schloss dabei aber die Augen nie ganz, und ich sah sie unter seinen schlaffen Lidern hin und her rollen wie eingelegte Eier im Glas. Blavatsky starb im vergangenen Jahr, danach kam die Ungarin Lydia Kasimir zu uns, doch auch sie hat den Geist aufgegeben, mit noch nicht einmal sechzig. Vielleicht konnten sie es nicht erwarten, über den großen Teich zu fahren. Dabei ist das Jenseits in ihrer Vorstellung kaum mehr als ein ausgefranstes Strickwerk, ihr Paradies besteht aus losen Fäden, die sich nicht zu einem zusammenhängenden Ganzen verknüpfen lassen. Ich wünschte, Alva würde sie ins Büro einladen und nicht hierher, wo meine Kinder spielen, die lieben, zarten Seelchen. Schlimm genug, was sie auf dem Jahrmarkt in

Greenwich Village gesehen haben. Wir dachten, es wäre eine Zaubervorstellung, und saßen mit Madeleine und Charles in der vordersten Reihe im Zelt.

Drehen Sie die Zeit zurück! Der Schamane Atlantow zeigt Ihnen seine Ahnen im Hier und Jetzt, als wären sie nie weg gewesen. Der Letzte der Mohikaner bringt wie von Zauberhand die ersten Mohikaner herbei! Eintritt 15 Cent, auf eigene Gefahr.

Dieser Atlantow sah aber überhaupt nicht aus wie ein Indianer. Eher wie ein kubanischer Kreole, und er machte sich nicht einmal die Mühe, mit Akzent zu sprechen. Unwirsch teilte er uns mit, seine Ahnen schliefen gerade und er habe keine Lust, sie zu wecken, weil er dann selbst die ganze Nacht kein Auge zutun würde. Danach ging er drohenden Schrittes an den Zuschauerreihen entlang und pickte ein Mädchen heraus, ein kleines Ding in einem zu weiten Kleid, das eindeutig wusste, woher der Wind weht. Sie war hohläugig, und über ihre Stirn lief eine Ader wie ein prall gefüllter Blutsauger. Abgekartetes Spiel, flüsterte Alva. Die Zeltplane fing an zu flattern. Die Kinder kniffen mir in die Hände. Von wem wir etwas wissen wollten, rief Atlantow, ob jemand eine Frage habe. Stocksteif stand die Kleine da, mit geschlossenen Augen, die Ader schwoll immer weiter an, und dahinter wimmelte es von Gedanken, die viel älter waren als sie; dann schauderte sie, und die Gedanken krochen über die Zeltplane wie die Bilder einer Laterna magica. Eine Vorführung grinsender Grabesgestalten, wie es sie heute schon nicht mehr gibt. Atlantow bat sie um eine Erklärung, doch sie schwieg weiter, mit verbissenem Mund, sah bloß auf die Bilder an der Wand, auf diese Skelette in unterschiedlichen Stadien der Verwesung, Frauen und Männer, die fallen und aufstehen, Knie, Ellbogen, Totenschädel mit Schmollmund. Madeleine weinte leise, Charles verkroch sich unter meinem Arm, doch wir konnten nicht weg, die Menschen drängten nach vorn. Dann kam der Vater des Mädchens herein. So ausgemergelt wie er war, hätte er mit den Toten tanzen können, doch die Darstellungen auf der Plane waren ihm offenbar gleichgültig. Er schüttelte sein Kind wie eine alte Uhr, bis es wieder zu sich kam. Das Licht ging an, und die Vorführung war vorbei. Während die Zuschauer abschwirrten, wollte Alva vom Vater wissen, wie sie diesen Trick hingekriegt hätten. Es sei kein Trick, sagte der seelenruhig; seit dem Tod ihrer Mutter tue sie das ständig, eigentlich tue sie nichts anderes mehr, denn sie weigere sich zu sprechen. Das Sterbebett seiner Frau sei schrecklich gewesen, voller Wut und Geschrei, und weil er selber traurig war, sei alles an ihr hängengeblieben, seiner Tochter, die in ihrem flauschigen Kleid versank wie ein Fohlen in der Mauser. Aber was könne er schon machen, jetzt sei es zu spät, und Atlantow bezahle wenigstens dafür.

Ich frage meinen Gast nach seinem Beruf.

»Sind Sie auch Erfinder?«

Er lacht gezwungen. »Wäre ich ja gern. Aber ich bin nur ein bescheidener Heiler. Gedankenheiler.«

Bei diesen Worten reibt er genüsslich die Schultern an dem zu weiten Sakko und fügt gleich hinzu: »Madame, ich muss sagen, die Suppe war köstlich, eine so gute Bouillon habe ich in Amerika noch nie gegessen.«

Natürlich, er versucht elegant zur Tagesordnung überzugehen, die großen Mysterien mit Belanglosigkeiten zuzudecken. Theater.

»Hören Sie doch auf«, sage ich streng, »Sie sind nicht der Erste unter unserem Dach, der mit den Toten spricht.«

»Die Toten?« Wieder dieses Lachen. »Die spielen keine Rolle. Jedenfalls nicht die, die sie zu spielen glauben. Gedanken, die man mit ins Grab nimmt, sind selten der Mühe wert. Meistens sind es schmutzige Schuldgefühle, verbotene Fantasien, Todsünden – Plunder, der kein Tageslicht verträgt und in der ewigen Finsternis noch scheußlicher wird, ich erspare Ihnen die Details. Nein, Madame, als Produzenten sind die Toten nichts wert, sie dienen mir nur als Lieferanten. Von quicklebendigen Ideen, nebenbei bemerkt.«

»Wenn ich Sie recht verstehe, stammen die Gedanken, die Sie heilen, von lebenden Menschen? Aber das ist doch ...«

Unwillkürlich lege ich die Hände an den Kopf, als könnte ich so meine Gedanken für mich behalten. Es fällt ihm sofort auf.

»Ich arbeite nicht immer.«

»Ist es lukrativ, Ihr Gewerbe?«

»Auf jeden Fall besser, als auf dem Jahrmarkt zu arbeiten. Die Leute sind blasiert geworden, wissen Sie? Nichts erstaunt sie mehr, keinem klappt mehr vor Ehrfurcht die Kinnlade herunter. Ohne mit der Wimper zu zucken, fordern sie ihr Geld zurück, wenn man weder Ektoplasma ausspuckt noch Möbel durch die Luft fliegen lässt. ›Eusapia konnte es aber!‹ Na ja, Hut ab vor Frau Palladino, aber ich arbeite nicht mit ›Entitäten‹, denn, offen gestanden, wenn man nicht einmal benennen kann, womit man es zu tun hat, warum sollte man es dann herbeirufen? Meine toten Lieferanten tappen nicht geduldig im Kreis wie Gefangene beim Hofgang, es sind vollständige Persönlichkeiten, mit allem Drum und Dran. Aber die Leute haben keine Geduld mehr. Heutzutage muss man schwere Geschütze auffahren, um ihnen überhaupt noch eine Reaktion zu entlocken.«

Plötzlich fliegt die Tür auf, und Baba poltert auf Strümpfen herein, ein großes, rot bemaltes Ei in der Hand. Ich nehme ihn beim Wickel, und er schreckt verwirrt zusammen, wie eine Katze, die man auf der Pirsch stört.

»Ich wollte bloß ...«, plappert er los, »Paola hat gesagt, wenn ich dieses Ei anmale ...«

Er verstummt, muss sich überlegen, ob er auch Herrn Chénier in seine Pläne einweihen kann. Der kommt ihm zuvor, streckt ihm die Hand hin, doch Baba nimmt sie nicht, weil er das Ei nicht loslassen möchte.

»Guten Tag, junger Mann! Wie heißt du denn?«

»Baba.«

Baba hat keine Angst, vor nichts und niemandem, er hat nur ein großes Mitteilungsbedürfnis und weiß nicht, wo er anfangen soll.

»Wie Ali Baba? Hast du auch eine Satteltasche voller Gold?«

Baba nickt. Natürlich hat er die, aber darum geht es nicht, es geht um das rot bemalte Ei. Ungeduldig tritt er von einem Bein aufs andere.

»Und kennst du auch besondere Sprüche, wie Ali Baba?«

»Wenn ich dieses Ei rot anmale, dann ist der Schwan, der herauskommt, auch rot.«

»Ein roter Schwan? Hättest du nicht lieber ein Automobil?«

»Haben wir schon. Mit Beißer am Steuer.«

»Ein Beißer? Was ist das?«

Baba seufzt tief und erklärt dem Franzosen, dass Beißer sein großer Bruder sei und dass er auch noch schöne gelbe Punkte auf das Ei malen möchte, weil keiner einen roten Schwan mit gelben Punkten habe.

»Und wer tritt später in Papas Fußstapfen, du oder dein Bruder?«

Baba starrt zu Boden, darüber muss er kurz nachdenken. Ich spüre, wie seine kleine Hand warm wird.

»Papas Fußstapfen sind sehr groß«, sagt er schließlich. »Das ist Léons Arbeit.«

»Léon?«

»Léon macht sie schön, mit einem Tuch und einer großen Bürste und danach mit einer kleinen Bürste und Schuhwichse. Er braucht richtig lange für eine Fußspur, einen Tag oder so.«

Fünf vor zwölf, endlich. Ich läute nach Dorothy, wenn sie da ist, kann ich Baba in sein Zimmer bringen und nachsehen, wo Alva bleibt.

»Beißer und Baba«, sagt mein Gast, »das sind doch keine Jungennamen, es sind Hundenamen, Namen, mit denen man Tölen bei Rennen aufhetzt. ›Los, Beißer, los!‹«

Tatsächlich nennen wir in der Familie keinen bei seinem richtigen Namen. Beißer, Baba; Madeleine nennen wir Toots; meinen Mann nenne ich schon lange bei seinem zweiten Vornamen, um eine Verwechslung mit Tom zu vermeiden, den ich auf keinen Fall Dash nennen will; mein Mann nennt mich Billy. Wir sind keine alltägliche Familie, wir spielen unsere Rollen im Märchen von Vater Alva, der sich jedes Mal wenn es langweilig zu werden droht, etwas Neues ausdenkt. Wer sich darüber wundert, ist bloß missgünstig.

»Finden Sie es nicht merkwürdig, dass Ihr Mann so leichtfertig mit den Namen seiner Kinder umgeht? Dabei achtet er nahezu panisch darauf, seinen eigenen Namen zu schützen, und führt sogar teure Gerichtsprozesse, damit dieser Name fett über jedem Ding, jedem Dokument, jedem noch so vagen Gedanken steht. In manchen Sprachen ist das Wort für ›Name‹ ein Synonym für ›Schicksal‹. Ein Mensch wächst auf seinen Namen zu. Gab es nicht noch einen Sohn? Was habe ich da letztens gelesen ...«

Ich nicke. »Tom.« Über die Geschichte mit Tom sprechen wir nicht mehr. Schon gar nicht mit Fremden.

Er nickt. »Tom.«

Ich nicke. »Tom.«

Gott sei Dank, da ist Dorothy, mit einem Lächeln so breit wie ihr Tablett. Ich entschuldige mich kaum, packe mein Kind bei den Schultern und schiebe es hinter ihren Röcken vorbei in den Gang. Mir nur nichts anmerken lassen. Ich hasse es, wenn Personal, bei dem alles wie geschmiert läuft, sieht, dass wir die Dinge nicht unter Kontrolle haben. Baba merkt sowieso nichts, er ist immer noch in sein Ei vertieft. Ein Gänseei, leider, und kein Schwanenei. Seit wir ihm »Schneevogel und der Wassertiger« vorlesen, sieht Baba überall die sprechenden Tiere der Indianer, alte Eulen, weise Präriehunde und Hasen, die sich die Sonne auf den Pelz scheinen lassen, und jetzt will er genau so einen scharlachroten Schwan, der sich am Ende als bildhübsche Tochter eines Zauberers entpuppt. Sein Zimmer liegt im zweiten Stock, aber wir beschließen, erst unters Dach zu gehen, um das Ei zu verstecken und nachzuschauen, wo Papa bleibt.

»Das ist eine gute Stelle!«

Er zieht einen schweren Vorhang auf und legt das Ei auf die Fensterbank. »Dann kann die Sonne es ausbrüten.« Tatsächlich ist es dort, über dem Ofen und vor dem Dachfenster, sehr warm. Ich schlage vor, die Gardine zuzuziehen, sonst könnten »sie« es sehen. Baba nickt, gute Idee. Er fragt nicht, wer »sie« sind, in einem Kinderleben ist »sie« eine Konstellation, eine feste Größe, die keiner Erklärung bedarf. Als wir die Musseline über das Ei drapieren, fällt der Vorhang hinter uns zu. Es wird still. Keiner sieht uns, nicht einmal Mary, die durch die Gänge irrt und durch die Schlüssellöcher späht. Ich ziehe die Vorhänge noch dichter zu. Sie ist wegen Tom wütend. Wollte das Männchen darauf anspielen? Ihr ältester Sohn ist seinen Nachnamen los, da kann man nichts machen. Tom heißt jetzt Tom – Thomas – Willard. Im Tausch gegen eine Pilzzucht in Burlington, seine letzte Chance, hat er den Namen seines Vaters aufgegeben. Pilze, wessen Idee war das wohl? Bestimmt nicht die von Alva, der verschwendet keinen Gedanken an das, was wächst und blüht. Egal, Tom hat der Familie schon genügend Schaden zugefügt mit seiner Pfuscherei. Ohne seinen berühmten Vater hätte er sich längst zugrunde gerichtet. Früher gab er sich solche Mühe, es ihm rechtzumachen, versuchte, wie Charles heute, seinem Vater im Labor zu assistieren. Doch ihm fehlte das Verständnis und Alva die Geduld für lange Erklärungen. Kinder erkennen Zynismus nicht, sie strengen sich einfach noch mehr an. Bei Tom kam die Erkenntnis mit zwanzig Jahren. Da fing er an, sich zu wehren, Mist zu bauen. Krumme Ideen, betrügerische Praktiken, immer mit diesem Namen in Riesenbuchstaben darüber, seinem eigenen Namen, aber auch dem seines Vaters. Alva hatte keine andere Wahl, als ihm den abzukaufen. Er sagt, Tom weine dem Namen keine Träne nach, aber ist es Zufall, dass ich seither den Geist seiner Mutter am Hals habe? Vorher war sie nur sporadisch da, seit dem Namensentzug täglich. Ich weine. Und durch eine dicke Träne hindurch, die nicht hinunterkullern will, sehe ich, gestochen scharf, zwei gebeugte Gestalten im Garten Runden drehen.

Was ist das? Is it a FREAK OF NATURE? Sir Stephen Macintosh und William Henry Redmond jr. gehen schon seit fünfzehn Jahren schlafend im Kreis, ohne aufzuwachen. Kommen Sie, sehen Sie das menschliche Perpetuum mobile mit eigenen Augen und stellen Sie fest, dass nichts (weder weibliche Schönheit noch Kanonenschüsse) ihr ewiges Schlafwandeln unterbrechen kann! 100 Dollar Belohnung für den, der sie dennoch wach bekommt.

Ich blinzele, das Bild verschwimmt. Sie stemmen sich gegen den Wind. Einer der beiden muss wirklich mein Mann sein, doch aus der Ferne und bei dem grellen Licht an diesem seltsamen Himmel sieht seine Silhouette nur halb so breit aus. Den anderen kenne ich nicht, es muss der Assistent sein, von dem er heute Morgen gesprochen hat. Warum gehen sie nicht ins Haus? Sie kommen nur in Schüben voran, als ob man sie immer wieder an ihren Mantelschößen zurückzieht.

»Was machen sie?«, fragt Baba. »Wer ist der Indianer?«

Geht das schon wieder los.

»Das ist kein Indianer, es ist ein Freund von dem Herrn im Esszimmer.«

»Warum gehen sie im Kreis?«

Ich hole das Fernglas, das ich unter der Kommode neben der Tür versteckt habe. Baba gefällt es, doch ich bedeute ihm, still zu sein. Ich stelle scharf, der Mann ähnelt tatsächlich einem Indianer. Er sieht aus wie der Sonnenprinz von der Illustration in dem Buch, aus dem wir vorlesen, aber mit einem hohen Hut als Kopfbedeckung und einem Frack anstelle eines Lendenschurzes. Baba nagt verträumt an den Lippen. Ich wusste ja, dass Kinder gute Augen haben, aber es sind mindestens fünfzig Meter bis zu den Männern, die plötzlich aus dem Blickfeld verschwinden. Ich schwenke das Fernglas hin und her, weg sind sie.

»Und?«, flüstert Baba.

»Du hast recht, es war ein Indianer. Schnell, weg hier, bevor sie das Ei holen.«

4

Ich muss von ihm geträumt haben. Wieso sollte ich sonst das Gefühl haben, diesen Fremden, der am Mittwoch meinen Mann ins Haus begleitet hat, so gut zu kennen? Besonders die Träume, die man nicht erzählen kann, die gleich nach dem Aufstehen in eine Art Sandteppich aus wirren Wörtern zerfallen, können einem den Tag mit Melancholie verleiden. Phantom-Sehnsucht. Ich schäme mich schon seit vier Stunden für etwas, an das ich mich nicht erinnern kann. Heute Nacht hat sich zwischen ihm und mir etwas ereignet (selbstverständlich sind Träume, sogar vergessene Träume, Ereignisse), dabei hat dieser Mann in Wirklichkeit keinen großen Eindruck bei mir hinterlassen. Er ist etwa dreißig, groß gewachsen, hat einen hundsgewöhnlichen Namen – William, Withers, Whitlock, irgendwie so, nicht einmal daran erinnere ich mich. Bei Tisch, vor drei Tagen, ist mir nur aufgefallen, dass er offenbar keine hohe Meinung von Herrn Chénier hat, seinem Chef. Sie unterhielten sich ein paarmal auf Französisch, zum Ärger von Alva, der keine Fremdsprache beherrscht. »Machen Sie sich keine Umstände«, sagte er, »wenn Sie nicht allzu laut sprechen, verstehe ich Ihr Englisch genauso wenig.« Alva sagt, verglichen mit Amerikanern und Engländern hätten Franzosen und Italiener einen solchen Rückstand, weil sie singen, statt zu sprechen, die Wörter malen, statt zu schreiben. Übrigens war dieser William zwar ein echter Amerikaner, doch von Nahem sah er viel weniger wie ein Indianer aus als von Weitem. Er schien sich gut mit Alva zu verstehen, lachte herzlich über seine Späße. In Gesellschaft junger Männer ist Alva immer voller Elan. Er bringt sie zum Lachen, weil er Gelächter gut versteht. Im Übrigen war das Gespräch bei Tisch völlig belanglos: Herr Chénier verlor kein Wort über seine spiritistischen Fähigkeiten, Mary hatte sich in nichts aufgelöst, wo sie hingehört, das Kalbfleisch war trocken, und ich zog mich vor dem Dessert zurück. Aber jetzt muss ich wieder an den jungen Mann denken.

Je mehr ich mich in den Traum verbeiße, desto vager wird er. Im Gegensatz zu seinem Nachgeschmack, der wird stärker, während ich den Vormittag damit vergeude, aus dem Fenster zu starren. Ich warte auf die Sonne. Sie tummelt sich hinter den Wolken wie eine alte Frau, die immer länger für ihre Morgentoilette braucht. In der hohen Birke schreit eine Krähe. Mich beschleicht das Gefühl, dass in meinem Traum auch ein Rabe vorkam. Keine Krähe, sondern ein echter Rabe mit langem Schwanz, ein Riesenvieh. Er attackierte mich, steuerte zornig im Zickzackkurs auf meine Augen zu. Tiere scheinen uns manchmal Dinge vorzuwerfen, für die wir nichts können. Der Rabe fliegt davon, die Erinnerung, nach der ich greifen wollte, auch, aber in der Ferne sehe ich Léon mit Zeitungen in der Hand ankommen. Gleich wird er sie in den Salon bringen und wie ein Croupier auf dem Tisch vor mir ausbreiten. *The New York Times*, *The North American*, manchmal die *New York American* oder die *Sun*.

Meine Nachrichtensucht begann vor zwei Jahren, mit der Verwüstung von Galveston. Die mangelhafte Berichterstattung zog mich in ihren Bann, der quälende, dahinsickernde Strom von Vermutungen, der langsam, aber sicher zu einem Strudel katastrophaler Fakten heranwuchs. Zuerst war am

7. September ein kurzer Satz erschienen, der eher nach einer Anzeige für die Sommerfrische klang: *Tropensturm im Golf.* Aus dem Bericht auf Seite drei am nächsten Tag wurde man nicht viel schlauer: *Schäden auf dem Mississippi, wegen zerstörter Leitungen ist nur wenig darüber bekannt.* Und dann waren in Galveston plötzlich achttausend Menschen ums Leben gekommen. Die Meldungen über die Wogen des Elends rissen nicht ab, eine Schlagzeile jagte die nächste, obwohl sich der Orkan längst gelegt hatte, und riss uns, die Leser, in ihrem Kielwasser mit. *Treibende Kadaver! Eine Stadt auf dem Meeresgrund!* Augenzeugen hatten das Haus von Captain Peek mitsamt Captain kentern sehen, der tauchte nie wieder auf. Seit Galveston sind die Schlagzeilen immer fetter geworden. Um auf Nummer sicher zu gehen, im kleinsten Satz kann sich die wichtigste Meldung verbergen. Wenn Unheil in großem Stil zuschlägt, sind mir zwar die Hände gebunden, aber immerhin kann ich Anteil nehmen, indem ich mich auf dem Laufenden halte. Doch es hat noch nie so viele Nachrichten wie heute gegeben, und es werden von Tag zu Tag mehr. Wo kommen sie alle her? Das kann nicht gutgehen. Immer schneller veralten die Neuigkeiten, die Setzer kommen nicht mehr hinterher, die Pressen bersten und unsere Köpfe gleich mit.

»Und?«

»Ein Tornado in Texas.«

Ach du meine Güte! Ich schnappe mir die Zeitung, sehe die Meldung aber nicht.

»Wo denn?«

»Vierhundert Tote, heißt es, aber alle Leitungen sind zerstört. Und die Verbindung mit den Dörfern um Goliad ist unterbrochen. Es ist nur wenig bekannt, heißt es.«

»Wieder diese elenden Leitungen! So geht das doch nicht

weiter, wir haben doch das Recht … Immer dasselbe. Wenn wir glauben, dass wir die Natur beherrschen, reißt sie uns die Zügel aus der Hand.«

»In New York gibt es auch Tote und Verletzte«, sagt Léon hoffnungsvoll.

»Was!«

»Die Terroristen haben wieder zugeschlagen, Italiener.«

»Ach, die Mano Nera … Danke, Léon. Das lese ich dann selbst.«

Das Lenken fällt Léon leicht, er ist stolz auf diese Aufgabe. Die wichtigsten Themen teile ich mit ihm, weil Alva nur mit Gewaltigem, Mitreißendem, Revolutionärem behelligt werden will. Aber Léon und ich wollen früh im Bilde sein, wir ziehen aus vagen Andeutungen besorgniserregende Geschichten heran, und wenn sie nicht austreiben wollen, Pech gehabt, die Zeitung wird uns genügend neue Aussaat liefern. Er legt die Schere daneben und fragt, ob ich noch etwas brauche, weiß aber, dass ich die nächsten Stunden mit Sichten und Ausschneiden beschäftigt bin. Obwohl ich über den Tornado in Snyder nicht viel mehr finde als Léons Zusammenfassung.

Draußen sehe ich Charles, der mit der Kurbelwelle zugange ist. Alva hat ihm gesagt, er soll sie auseinandernehmen, reinigen und wieder zusammenbauen, aber das scheint nicht so einfach zu sein. Ab und zu fällt er aus seiner Rolle als ernster Lieblingssohn und galoppiert über den Rasen, um seine überschüssige Energie loszuwerden. Ob sein Vater dafür Verständnis hätte? Ich muss an die Worte unseres französischen Gastes denken. Dass Alva die Namen seiner Kinder geringschätzt, obwohl er so großen Wert auf seinen eigenen legt. In der Nähe unseres Winterdomizils gibt es ein Örtchen namens Alva, so heißt es schon, seit es vom dänischen Kapitän Peter Nelson gegründet wurde. Nelson betätigte sich in seinen Mußestunden als Botaniker und benannte den Ort nach einer Blume, die dort häufig vorkommt: der *Sabatia brevifolia Rafinesque* – Alva auf Dänisch. Trotzdem behauptet mein Mann, der Ort wäre nach ihm benannt, und das ist kein Scherz, die Menschen sollen wirklich glauben, dass dieser anmutige, feenhafte Ort am Caloosahatchee ihm seinen Namen verdankt, weil er dort ein Haus gekauft hat, noch bevor die Brücke gebaut wurde und viele Hotels samt Speisesälen entstanden. Alles soll seinen Namen tragen, nur sein ältester Sohn nicht. Aber vielleicht ist es nur eine Anwandlung. Vielleicht verzeiht er Tom, wenn er noch älter wird und gedankenverloren im Schaukelstuhl auf der Veranda sitzt. Solange er nur an seinen Erfolg denkt, ist mit ihm nicht gut Kirschen essen. Alle Jahre wieder nimmt er sich vor, sich auszuruhen, uns mehr Zeit und Aufmerksamkeit zu schenken, aber dann kommt die nächste Erfindung eines anderen dazwischen, und er muss sich damit befassen, sonst könnte sie am Ende noch patentiert werden. Er wird über alles unterrichtet, weil er für alles ein Caveat eingereicht hat. Ein Caveat ist eine Art Option auf ein Patent, die Ankündigung, dass ein Erfinder in eine bestimmte Richtung denkt. Die vage Andeutung einer Idee genügt, und man sagt ihm Bescheid, sobald ein anderer das betreffende Gebiet betritt. Wie ein vollgefressener Löwenkönig knurrt Alva alle an, die Beute machen wollen: Schlag dir das aus dem Kopf, gut möglich, dass ich noch mal Hunger kriege. Aber er ist nicht mehr der Jüngste. Dr. Shearman hat mich gewarnt. Sein Blutdruck ist zu hoch, seine Knöchel schwellen an, und das Weiß in seinen Augen ist trübe. Letztes Jahr konnte er von einem Moment zum nächsten nicht mehr aufstehen. Außer sich vor Wut starrte er auf seine Beine, die nicht aus dem Bett wollten; sie sind mir auf den Fersen, schrie er, sie haben mir die Fersen umgedreht, damit ich nicht vorankomme! Er dachte, jemand hätte ihm etwas unters Essen gemischt … Auf Shearman wollte er nicht hören. Für einen scharfen Geist, sagte er, gebe es nichts Schlimmeres, als eingeholt zu werden, denn dabei bleibe es nicht, man werde dupliziert, heutzutage könne keiner mehr etwas anderes, und was dann? – er weinte fast – wenn es zwei von meiner Sorte gibt, dann können es genauso gut drei sein oder vier oder fünf, nicht wahr, dann verschwinde ich, gehe unter vor lauter Doppelgängern, während die Ideen sich ausdünnen, das ist nicht anders möglich, die Ideen müssen sich ausdünnen, damit sie auf all diese identischen Köpfe verteilt werden können. Das hat er gesagt, und wir haben kein Wort verstanden, der Arzt und ich, doch nun fürchte ich, dass Ferdinand Chénier vielleicht recht hat und Alva auf seine eigenen Söhne neidisch ist. Versteht er denn nicht, dass er sich nur durch sie wirklich verewigen kann?

Ich blättere weiter, überfliege den soundsovielten Artikel über wütende Semstwo-Vertreter in Russland, schneide eine schöne Illustration von Sarah Stilwell für Baba aus und eine Anzeige für einen Hörapparat für Alva.

Schreien Sie doch nicht so! Das *HAWKSLEY HEARING HORN*, diskret in dieser Blumenvase versteckt, hat all meine Hörprobleme gelöst.

Als ich ins Kinderzimmer komme, ist Victoria, die Gouvernante, eingenickt, während Baba eifrig ein Blatt nach dem anderen ausmalt. Er blickt nicht auf, streicht weiter durch. Victoria schnarcht. Das hätte ich nie von ihr gedacht. Sie ist so jung, besitzt die freche Schönheit, die auch ich vor fünf, sechs

Jahren noch hatte, die jetzt aber entschuldigend hinter meinem Geist zurückbleibt. Da kann man nichts machen. Je mehr man macht, desto schlimmer wird es. Ob sie wohl Wasserstoffperoxid verwendet? Ohne aufzusehen, schiebt Baba mir ein fertiges Bild zu. Es ist ein Foto, eine Frau mit verwuschelten Haaren hinter einem wütenden Mann im Schaukelstuhl, die Gesichter der beiden sind knallrot, aber das Kleid der Frau hat er ganz ordentlich innerhalb der Linien mit Grün ausgemalt. Wer sind diese Menschen? Bei diesen Farben dürften sie sich im Grabe umdrehen, aus ihrer Kleidung schließe ich, dass sie schon darin liegen, vor allem aber aus ihrer bestürzten Miene, als hätte der Fotograf seine Diagnose laut gestellt: Besser wird es nicht mehr, das muss für die nächsten Jahrhunderte genügen. Neben Baba liegt ein ganzer Stapel Bilder. Alle mit denselben rot angemalten Gesichtern.

»Wo hast du die her?«

Keine Antwort. Sie beunruhigen mich, diese Bilder wildfremder Rothäute. Was haben sie mit ihrem starren Blick in den Händchen meines Kindes zu suchen? Neben einem Herrn, der genauso lebensmüde dreinschaut wie sein großer Hund, steht: *Für Victoria, die wir beide vermissen.*

»Baba, wer hat dir die Bilder gegeben? Fräulein Vicky?«

Heftiges Kopfschütteln, nein, wie kommst du denn darauf? Schau mal, hier, noch eines, das du dir ansehen musst: das Foto einer Familie am Wasser, lachende Damen aus gutem Hause, vor ihnen liegt ein Herr auf der Seite im Gras. *Unser mächtiger Fluss, Sommer 1900.*

»Wer ist das?«

Der Junge schaut mit offenem Mund zwischen dem Tisch und den Bildern in meinen Händen hin und her.

»Sie sind von ihm. Er hat gesagt, ich darf das.«

»Wer?«

»Der Indianer.«

»Ach, Baba. Hör doch auf!«

Wenn er groß ist, hat Baba versprochen, malt er mit riesigen Buntstiften die Leinwand im Studio an, damit die Filme seines Vaters wie echt aussehen. Und er macht Geräusche dazu, die hat Papa vergessen, weil er sie nicht hören kann. Welcher Indianer? Flüchtig blättere ich den Stapel durch, sehe ein paar Damen mit hitzigem Lächeln und meerblauem Blick, einen giftgrünen Alten in einem Sessel, wieder diesen erschöpften Herrn und zucke zusammen, als ich mich von Angesicht zu Angesicht vor dem großen, aber auch diesmal verschwommenen Gesicht aus meinem Traum wiederfinde. Er ist es, der Indianer, wie Baba ihn nennt, der Assistent, der mit Chénier hergekommen ist und jetzt meinem Mann hilft, eine neue Filmtechnik zu entwickeln.

»Dieser hier?«

Baba nickt. »Ich muss ihn noch fertig ausmalen.«

Ich drehe mich zu Victoria um, die gerade aufwacht, mit schuldbewusster Miene, wenn ich mich nicht täusche: »Weißt du mehr darüber?«

»Die hat er von Herrn Whitley bekommen, diesem Neuen, sie haben sich heute Morgen zusammen einen Film angesehen.«

»Den mit dem Clown, der aus der Uhr kommt und die Frau zuerst auf die Leinwand zaubert und dann wieder weg!«, ruft Baba. »Ich wusste schon, was passiert, aber der Indianer nicht, er kannte ihn noch nicht!«

Ich schon. Ich weiß genau, von welchem Film er spricht. *The Artist's Dilemma*, ein Zauberfilm, den mein Mann zusammen mit Edwin Porter gedreht hat. Ich verstehe die Geschichte nicht, der Titel ist mir ein Rätsel. Es fängt mit einem Künstler und seinem Modell an, einer Frau in einem kurzen Rock. Er lässt sie mit einer Rose in der Hand posieren. Dann fliegt auf einmal die Tür der Standuhr auf, ein Clown steigt heraus, der Clown nimmt dem Künstler den Pinsel aus der Hand und zaubert im Nu die Dame auf die Leinwand. Es geht alles viel zu schnell, als dass ein normaler Mensch es verstehen könnte, doch danach erwacht die gemalte Dame zum Leben und führt zusammen mit der echten ein Tänzchen auf. Zum Schluss lösen sich beide Damen samt Clown in Luft auf, der Künstler bleibt einsam mit der Uhr zurück. Die ganze Zeit bleiben die Zeiger, deutlich mitten im Bild, auf derselben Uhrzeit stehen. Von einem Dilemma kann keine Rede sein, der Künstler hat gar keine Wahl, aber was hat das alles zu bedeuten? Alva zuckt die Achseln, wenn ich ihn frage, führt aber allen, die hierherkommen, den Film vor. Findet es interessant, ihre Reaktionen zu beobachten. Jetzt also die von Herrn Whitley. Je länger ich mir sein Porträt ansehe, desto schärfer wird es. Wir kennen uns schon seit Jahren, so fühlt es sich an. Er ist genauso attraktiv wie meine Jugendliebe George, falls der inzwischen nicht ganz ausgedörrt ist vom vielen Denken, falls seine Lebenslust nicht von seinen Studenten plattgewalzt und ausgequetscht wurde.

»Finden Sie nicht, dass er aussieht wie ein Zigeuner?«, fragt Victoria. Mühsam unterdrückt sie ein Lächeln. Indianer, Zigeuner, ganz egal, jedenfalls ist er bestimmt gehörig beeindruckt von ihren drallen Schenkeln, die sie nicht auspolstern muss und die unter ihrem dünnen Rock schwimmen wie ein Paar fette Gänse. Und dann dieser Bergamotte-Duft, was soll das denn! Wozu ein Parfum auflegen, wenn man den ganzen Tag mit Kindern zusammen ist? Ach, was soll's. Es wird mal wieder Zeit für ein bisschen Liebe in diesem Haus.

»Er hat Baba zurückgebracht und ihm die Fotos zum Spielen gegeben.«

Fragend hält Baba die Hand auf. Ich gebe ihm das Porträt zurück (er muss es dringend fertigmalen, bedeutet er mir) und schaue aus dem Fenster. Es ist das Einzige, das direkt aufs Gewächshaus geht. Das sieht von oben aus wie ein angespültes Fischskelett, die Rippen noch glänzend von der Gischt, und dazwischen ein Wust von Algen, die herausquellen wollen, nicht sehr einladend. Trotzdem muss ich auf der Stelle hin.

Im Gewächshaus werde ich nicht von einer Blüte empfangen, die mir vor die Füße fällt, oder von einem neuen Blatt oder etwas anderem, das sich leise raschelnd in meinem Pflanzenreich entfaltet, sondern von einem sonderbaren Geruch. Genaugenommen stinkt es nach Fisch. Hier ist eindeutig etwas faul. Ich schaue aufs Hygrometer, die Luftfeuchtigkeit ist in Ordnung. Obwohl es wolkenverhangen ist, kommt der Gestank nicht von außen, sondern von oben, unterm Dach. Vielleicht ist ein Tier hereingekommen und hier gestorben? Als ich die Leiter aufklappe, erinnere ich mich plötzlich an meine alte Blumenpresse aus Mahagoni, die ich oben auf den hohen Schrank gestellt habe, ein Koloss mit rostigen Schrauben. Doch der Geruch kommt nicht von dort, was immer in der Presse steckt, muss knochentrocken sein. Schwankend steige ich hinauf, schaue dabei aber nach unten. Es stimmt nicht, dass man von der Tiefe Höhenangst bekommt, der Schwindel wird von dem verursacht, was einen oben erwartet. Ich stelle mir vor, dass ich gerade ein Kätzchen rette, etwas, das von mir abhängig ist und versorgt werden muss. Man darf der Natur nicht etwas wegnehmen, um es dann keines Blickes mehr zu würdigen. Gleich, wenn ich die Schrauben gelöst habe, werde ich belohnt. Ein Tag, ein Ort werden zurückkehren. Mir wird wieder einfallen, wie das Wetter war, als ich eine bestimmte Blume gepflückt habe. Selbst wenn sie nicht mehr duftet, wenn der Geruch sich verflüchtigt oder völlig verändert hat, wird sie mir einen Strauß Erinnerungen präsentieren. Echte, authentische Erinnerungen, frisch von damals, nicht solche, die unter Jod- und Quecksilberdämpfen in der Dunkelkammer präpariert wurden. Manchmal denke ich, dass ich zu viel aufbewahre. Dass die Artikel, die ich aus der Zeitung ausschneide, meine eigenen Erfahrungen verdrängen. Es bedarf so vieler Kunstgriffe, um Dinge zu erfahren, die uns nichts angehen, so vieler Codes, um Ereignisse, die uns nicht zugestoßen sind, zu verschlüsseln und wieder zu entschlüsseln ... Ob das, was man nicht selbst erfahren hat, wohl anstrengender ist als das, was man wirklich erlebt? Vielleicht sollte ich die Zeitungen eine Weile ruhen lassen.

Während ich das Mahagonigrab auf den Tisch stelle, wird mir bewusst, dass es auch schiefgehen kann. So oft schon hatte ich hochgespannte Erwartungen, und dann kam etwas Abscheuliches aus der Presse, ein plattgedrücktes Stück Unkraut, nicht wert, aufgehoben zu werden, oder ein zerknitterter Stängel ohne Blüte. Ich schraube die Muttern auf, puste den Staub weg und hebe den Deckel an. Da knallt es plötzlich. Vor Schreck lasse ich die Presse los, was dumm von mir ist, weil sich das Seidenpapier verschieben und die Blume brechen kann. Aber jetzt ist es ohnehin zu spät. Es war die Tür. Jemand ist hereingekommen.

»Hallo?«

Ein Mann in meinem Gewächshaus, einfach so! Hinter der Abessinischen Banane sehe ich seinen Unterkörper in optimistischem Sommerstoff. Es ist Herr Dingsda, nicht der verschwommene von den Fotos oder aus meinem Traum, sondern das Original, mit einer großen Kiste in den Armen. Als er sich bückt, um sie auf den Boden zu stellen, sieht er mich. Ich bringe mein Haar in Ordnung, er lüftet den Hut. Ich gehe auf ihn zu, bevor er auf die Idee kommt, noch tiefer in mein Territorium zu dringen. Hier im Grünen strahlt er eindeutig etwas Einheimisches aus, etwas Primitives und Ausgestorbenes. Indianer oder nicht, er wirkt wie ein Mann, der sich schon viel länger auf dieser Erdkugel herumtreibt, als man auf den ersten Blick denkt, und zwar leichtfüßiger als in seinen *wingtip brogues*. Manches ist mir nicht aufgefallen, als ich ihn das erste Mal sah (in Alvas Beisein bin ich die Ehefrau mit gesenktem Blick), sein tadellos gepflegter Backenbart zum Beispiel, der noch schwärzer ist als sein Haar, und eine seltsame feine Falte, die diagonal über seine Stirn verläuft. Da ist die Melancholie wieder. Weiß er von meinem Traum? Wenn er Gedanken lesen kann wie sein Chef, ist es zu spät. Vergessen geht nicht auf Kommando.

Hier stehe ich in einem warmen, feuchten Raum mit einem Mann, der, zumindest körperlich betrachtet, an die zehn Jahre jünger ist als ich, und wir haben noch kein Wort gesagt. Zusammen hören wir, dass es hinten im Gewächshaus anfängt zu tropfen.

»Pawpaw«, sagt er schließlich. Weiter nichts, wie ein Wilder. Dann nickt er in Richtung der *Asimina triloba* hinter mir: »Schöne Blüten, aber sie stinken.«

Natürlich, das ist es. Ich habe diese Asimina noch nicht lange, es ist die einzige Pflanze, die ich der Früchte wegen züchte, sogenannte Indianerbananen. Ich weiß nicht einmal, ob sie dieses Jahr schon tragen kann. Eigentlich bauen seriöse Botaniker kein Obst an.

»In den Flussauen des Delaware sieht man sie überall«, sagt er. »Wir haben uns früher daran überessen.«

Seine Augen reflektieren den Rahmen des Gewächshauses, sie haben ein sonderbares Blau. Er merkt, dass ich durch ihn hindurchschaue, und lächelt. Ist es Einbildung, oder werfen mir diese jungen Männer, die Laufburschen meines Mannes, neuerdings mitfühlende Blicke zu? Als ob sie sehen, dass ich meinem vierzigsten Geburtstag, der pfeifend und zischend auf mich zurast, nicht mehr davonziehen kann? Derselbe Blick, mit dem sie Anna Karenina bedacht haben.

»Madame, ich habe mir sagen lassen, dass ich Sie hier antreffen würde.«

»Wie Sie sehen.«

»Ich möchte Sie nicht lange aufhalten, aber ich hoffe, Sie können mir helfen.«

Er beugt sich vor, um die Kiste zu öffnen. Eine kleinere Kiste kommt zum Vorschein, ein Haufen Schnüre und etwas, das aussieht wie ein Uhrwerk.

»Mit dieser Kamera«, sagt er und klopft aufs Holz, »kann man die Entwicklung von Pflanzen und Blumen minutiös festhalten, ohne selbst anwesend zu sein.«

»Was für eine fantastische Idee«, sage ich aufrichtig. »Hat mein Mann sich das ausgedacht?«

Lächelnd schüttelt er den Kopf, berührt für den Bruchteil einer Sekunde meine Hand. »Haben Sie je von Marc Roussin gehört, Madame? Ein berühmter französischer Physiologe ... Der Prototyp war von ihm, lange bevor die Deutschen sich das Prinzip abgeguckt haben. Diese Uhr, sehen Sie, ist mit dem Auslöser verbunden. Das ist nichts Neues. Aber ich habe noch eine Lampe angeschlossen, so dass man nicht mehr von Tageslicht abhängig ist.«

»Und dieser Roussin hat Ihnen seinen Prototypen einfach überlassen?«

»Sicher. Er war ein Freund meines Vaters.«

Etwas passiert mit seinem Gesichtsausdruck, wie bei einem Bild, das hin- und herspringt, wenn man abwechselnd das eine und das andere Auge zukneift. Es muss eine schmerzliche Erinnerung sein, die ihn da verstört.

»Ich hatte gehofft, dass Sie mir eine Pflanze zur Verfügung stellen. Eine, die sich in einem entscheidenden Stadium ihrer Entwicklung befindet. Oder besser gesagt an einem spektakulären Punkt ihrer Entwicklung.«

Die *Ocotillos* könnten geeignet sein. Ihre Blüten wachsen langsam und schön, so wie eine Karawane durch die Wüste zieht. Aber die will er nicht.

»Die *Fouquieria*? Nein, die haben die anderen schon oft dokumentiert.«

Die anderen. Dabei dachte ich für einen Moment, dass ich es mit einem Captain Nelson zu tun habe, der Latein kann und Geduld hat mit Blumen, aber nein, es geht um die anderen. Immer wieder diese Anderen, die man einholen muss, bevor sie einen einholen. Er wiegt sich nervös hin und her, schmeckt seine Worte ab, als wären sie ein Mittel, das genau dosiert werden muss.

Mich führt man nicht so leicht hinters Licht, dessen ist er sich bewusst.

»Die Mondblume. *Selenicereus grandiflorus.* Ich weiß, dass Sie ein Exemplar besitzen. Niemand hat sie je erwischt.«

Es klingt wie ein unsittlicher Antrag. Obwohl ich die Königin der Nacht seit Jahren versorge, habe ich sie noch nie blühen sehen und schon gar nicht in voller Blüte fotografiert. Sie blüht nämlich jedes Jahr nur wenige Stunden, mitten in der

Nacht. Ich weiß nicht, was ich sagen soll. Auf die Aufnahme wäre ich gespannt, aber ich vertraue ihm nicht.

»Sie muss hierbleiben«, sage ich. »Einen Umzug würde sie nicht verkraften.«

»Überhaupt kein Problem«, sagt er eifrig, »ich könnte meine Kamera hier aufbauen, ich brauche nicht mehr als einen Quadratmeter für die Apparatur, und eine Batterie, die Ihr Mann mir sicher gern zur Verfügung stellt. Ich käme Sie höchstens zweimal am Tag stören, um den Film zu wechseln.«

Sein Arm vollführt eine seltsame Geste, als wollte er mich zum Tanz auffordern. »Zweimal am Tag, höchstens eine halbe Stunde!«

»Das muss ich mit meinem Mann besprechen.«

»Er weiß Bescheid! Sagen wir ... morgen Nachmittag? Um zwei Uhr?«

»Dann bekommen Sie meine Antwort.«

Die Kiste lässt er zurück. Mit langsamen Schritten, in diesen Schuhen, die nicht zu ihm passen, geht er über den Rasen davon, seine Silhouette flackert vor dem unruhigen Himmel. Woher weiß er, dass die Selenicereus kurz vor der Blüte steht?

Ich habe die Blumenpresse nicht vergessen. Keineswegs. Darin hat etwas geduldig auf das Licht gewartet, nur um durch mein Ungeschick zerknittert zu werden. Ich fasse mir ein Herz, nehme den Deckel kräftig in beide Hände, hebe ihn hoch. Entferne das Seidenpapier, einen Bogen und dann noch einen. Es ist nichts dazwischen.

5

Ich wollte Alva beim Frühstück fragen, doch er liest die *Science*, und das ist heikel. Sogar die Kinder wissen, dass sie aufpassen müssen, wenn die neueste Ausgabe auf dem Tisch liegt, dass es genügt, wenn ein Messer herunterfällt, um ihren Vater, diesen Vulkan, zum Ausbruch zu bringen. Er zerrt an den Seiten, als stünden sie in Flammen. Die Empfehlungen für den Walfischfang kann er getrost überspringen, ebenso die Erkenntnisse der Anatomen am Wistar-Institut. Bei einem fünf Tage vor der Katastrophe veröffentlichten Artikel über den Ursprung von Zyklonen und Tornados macht er ein Eselsohr, blättert eine Seite weiter, noch eine, und ich bekomme keinen Bissen mehr herunter, denn jetzt ist er bei der gefährlichsten Rubrik, den neuesten Meldungen. Wenn ein Kollege einen genialen Einfall hatte, erfährt er es hier zuerst. Schlimmer noch: Wenn ein Kollege den Einfall hatte, eine Idee patentieren zu lassen, mit der auch er gespielt hat.

»Und?«

Er hört mich nicht. Etwas fängt an zu beben, der Tisch, glaube ich, diese Stütze aus Eichenholz, an die er sich klammert, weil andere einen Siegeszug erleben. Die Anderen. Charles und Madeleine blicken starr auf ihren Teller, Baba nicht, doch einen Schrecken bekommen sie alle drei, als ihr Vater loswiehert: »Er ist tot! Der Idiot. Der Idiot ist tot!«

Gute Neuigkeiten, offenbar, hurra, ein Konkurrent ist gestorben, wir können weiteressen.

»Dieser Idiot vom Antiphon! Jung, noch dazu. Der hat sich garantiert umgebracht.«

Nicht im Beisein der Kinder, sage ich, doch er hat sich schon in einen Redeschwall über den toten Schwindler gestürzt, der, egal, wie viel auf den Berliner Straßen los war, sein Antiphon – einen Apparat, den man sich ans Ohr hält, um *die unangenehmen Geräusche und nur die* (Quatsch!) zu dämpfen – nicht an den Mann brachte (Wozu auch, die Deutschen waren doch längst taub!), aber aufgeben? Woher denn? Was macht er also (der Scharlatan, der Idiot): noch mehr Lärm.

»Einfach so, mitten in der Nacht mit einer Tuba durch die Straßen! Kein Antiphon? Dann eben das Sousaphon! Auch eine Art, seine schlechte Erfindung loszuschlagen: indem man die Nachfrage selbst schafft! Das sollte ich mal machen! Aber nein, einige von uns haben noch einen gewissen Anstand.«

Er schmiert sich derart triumphierend Marmelade auf seinen Toast, dass der in Stücken vom Teller fliegt, sofort stürmt der Hund herbei.

»Menschen lieben Lärm. Von ganzem Herzen. Das hätte ich ihm im Voraus sagen können.«

Wenn er erst mal angefangen hat zu essen, hört er überhaupt nichts mehr, außer dem Knacken des Toasts zwischen seinen Zähnen, den er sichtlich genießt, vielleicht sogar vor allem das laute, nur für ihn bestimmte Geräusch, trotzdem stelle ich meine Frage. Dann schaut er zumindest auf, bevor er sich den nächsten Bissen in den Mund schiebt.

»Was?«

»Herr Whiteman. Der neue Assistent.«

»Whitley. Was ist mit ihm?«

»Er ist gestern ins Gewächshaus gekommen. Er hat gesagt, du weißt Bescheid.«

»Ach ja, diese Idee mit der Pflanze.«

Er isst einfach weiter, seine Art, mich zum Schweigen zu bringen.

»Es ist mein Gewächshaus!«, protestiere ich.

Er zuckt die Achseln, nimmt die *Science* in die Hand, liest da weiter, wo er stehengeblieben war, und versichert mir, dass Whitley mich nicht weiter stören werde, weil er gar nicht die Geduld dazu habe, sein Apparat arbeite für ihn. Doch mitten im Satz unterbricht er sich. Auf der Seite ist etwas in sein Visier geraten, und er verharrt reglos darüber, wie ein Falke über einer Maus unten auf dem Feld. Etwas Schreckliches steht bevor. Da verharrt er also, über diesen Worten, seine Augen haben aufgehört zu blinzeln, das Einzige, was sich verändert, ist seine Gesichtsfarbe. Der Umschlag der *Science* fängt an zu zittern. Er umklammert ihn so fest, bis seine Finger kalkweiß sind und nicht mehr blutrot. Dann klappt sein Mund auf, und er setzt zu einem Schrei an. Ich fliege auf ihn zu. Wie ein Besessener ächzt er in meinen Armen.

»Dabei dachte ich, dass er tot ist! Er sollte tot sein. Schon über zehn Jahre, tot, weg vom Fenster, aber nein, er hat sich fortgepflanzt, seine Kinder mobilisiert, um mein Patent anzufechten! Warum habe ich nicht solche Kinder? Die für mich in die Bresche springen, mein Werk gegen Freund und Feind verteidigen?«

»Nicht in ihrem Beisein, Alva! Wie kannst du ...«

Snowy schlägt an, Madeleine greift ein, ich zische, dass sie Léon holen, ihre kleinen Brüder mitnehmen solle, es klappt, alle springen auf, bevor ihr Vater sich losreißt und seiner Stimme Luft macht, die sich überschlägt.

»Tot, aber jetzt meldet er sich wieder zu Wort! Auferstanden von den Toten!«

»Es war doch bloß eine belanglose Erfindung?«, werfe ich zaghaft ein, aber er schubst mich grob von sich.

»Belanglos? Mein Herzblut steckt darin!«

»Im Antiphon?«

»Ach was! Wer spricht hier vom Antiphon! Mein Gott! Die Hölle! Die Hölle!«

Worum geht es dann? Wer ist tot oder auch nicht? Als ich um den Artikel bitte, schleudert er die *Science* quer durch den Raum und eilt sofort hinterher, mit zitternden, tiefroten Wangen, um das Blatt zu zerreißen, was nicht gelingt, weil er nicht Snowy ist, und gar nicht mehr nötig ist, weil ich schon das Interesse daran verloren habe.

»Zehn Jahre Arbeit! Sie kriegen mich noch, Mina, verstehst du, sie kriegen mich, kriegen mich, dann kommt es raus, sie werden mit dem Finger auf mich zeigen, sie werden mich einholen und mit dem Finger auf mich zeigen!«

Er lässt sich zu Boden sinken. Ich frage mich, ob er sich selbst noch erkennt, ich erkenne ihn jedenfalls nicht mehr. Wenn er in diesem Zustand ist, fürchte ich immer, dass ich dieses Bild, sein verquollenes Gesicht mit den kugelrunden, vor Wut hervortretenden Augen, die nichts sehen außer Wörtern über Gott weiß wen, nie mehr von meiner Netzhaut bekomme, dass ich ihn in Zukunft, nachdem ich diesen starren, zusammengebrochenen Körper auf dem Boden habe sitzen sehen, mit anderen Augen betrachten werde. Aber es geht jedes Mal vorbei, nach ein paar Tagen überkommt mich wieder Zärtlichkeit.

Er sollte mir dankbar sein, dass seine Kinder ihn nicht in diesem Zustand gesehen haben. Eine solche Raserei, wegen des Nichts eines anderen, inmitten des Vielen, das er besitzt. Soll doch einer sein Patent anfechten! Er hätte noch an die achthundert andere übrig, außerdem hat er noch nie einen Prozess verloren.

»Ich brauche Ferdinand! Hol Ferdinand her!«

Welchen Ferdinand? Welcher Fremde soll diesmal unseren Hausfrieden stören? Zum Glück kommt gerade Léon, trotz seiner Eile wie immer die Vernunft selbst, und ich kann mich setzen. Nach Atem ringend, höre ich Alva, der Léons Ermutigungen immer wieder übertönt.

»Ferdinand soll kommen. Sofort. Er sollte mich hiervor bewahren, hat gutes Geld dafür bekommen. Soll er doch das Problem lösen.«

»Ferdinand, gnädiger Herr?«

»Ferdinand Chénier. Er war vor ein paar Tagen zum Mittagessen da, du weißt schon. Der Franzose. Er ist an allem schuld. Er hatte mir versprochen, dass ich nie mehr davon höre. Und jetzt das, Léon.«

Léon, ebenfalls Franzose, geht in die Hocke und legt die Hand auf den Schuh, den er vorhin noch geputzt hat. Das sei nicht nötig, sage ich, er täte besser daran, Dr. Shearman zu holen, ich würde mich um alles Weitere kümmern. Als Léon wieder weg ist, bricht Alva in Schluchzen aus.

»Mache das Licht aus, Mina. Bitte, mache es dunkel …«

Widerwillig trete ich ans Fenster. Da ist er wieder, der Reiher. Kurz versucht er aufzufliegen, lässt es dann aber sein. Er weiß, dass ich hier bin, in meinem grünen Kleid am Fenster meines roten Hauses, er kennt uns, die flugunfähigen Paradiesvögel, und weiß, dass ich ihn von hier aus niemals erreichen könnte. Diese Gleichgültigkeit der Natur uns und unserem Getue gegenüber. Ich ziehe an der Schnur, und es wird dunkel.

»Ich hätte die Finger vom Film lassen sollen«, höre ich hinter mir. »Ich hätte weiter schreiben sollen, das ist wenigstens seriös. Vielleicht sollte ich das Buch wiederaufgreifen. Was meinst du, Mina? Das Buch?«

Ich schweige. Das Buch, *Fortschritt*, ist bisher nichts als ein Bündel Ideen, die sogar für Caveatpatente noch zu vage sind. Zentralheizung durch Sonnenlicht, Wände aus Perlmutt, unendlich große Bibliotheken, die man mit einem Fingerschnippen aufrufen und auf einen Schirm projizieren kann. Eine Art telegrafisches Teleskop, über das man mit anderen Planeten in Verbindung treten kann. Mein Mann meint es gut mit der Menschheit. Wenn es nach ihm ginge, würden Vulkanausbrüche die Sahara fruchtbar machen und der Nordpol komplett schmelzen, damit wir noch mehr Fisch fangen können. Und niemand käme mehr auf die Idee, Krieg zu führen, denn alle wären damit beschäftigt, etwas zu erfinden. Zum Glück muss er das nicht mehr miterleben, eine solche Konkurrenz wäre unerträglich für ihn. Ich nehme seine Hand und setze mich neben ihn auf den Boden. Das Holz fühlt sich genauso trocken an wie seine Haut. Eine automatische Bohnermaschine, das wäre doch mal was.

»Ruh dich lieber ein bisschen aus«, sage ich. »Der Arzt kommt gleich.«

Da ist er schon. Ich höre das nervöse Klappern von Shearmans Pferd, ohne jeden Zweifel, er scheucht es immer über die Terrasse, bis dicht vor unsere Haustür. Unser Arzt, der Cowboy. Er kommt nie in der Kutsche, lässt sich nie fahren, nicht einmal bei Regen. Sein Arztkoffer ist eine Satteltasche, die er sich im Haus über den Arm hängt, sein Pferd ein Hengst, der loswiehert, wenn ihm der Besuch zu lange dauert. Das Klappern, das Wiehern, der Sprung des Reiters auf den Boden, sein kurzes Klopfen an der Tür – es sind alles beruhigende Geräusche. Weil sie uns schon so lange begleiten. Weil sie uns sagen, dass alles bleibt, wie es jahrhundertelang war. Ich weiß, dass jetzt eine kurze Stille folgt, während Shearman sein Monokel aus dem Samtfutteral holt, es zwischen Jochbein und Augenbraue klemmt und blinzelt, um sich an sein Adlerauge zu gewöhnen. Man sagt, das Gehör sei das letzte Sinnesorgan, das den Menschen verlässt. Nicht unser Sehvermögen, sondern das Gehör leiste uns beim Sterben Gesellschaft. Blind kommen wir zur Welt, blind verlassen wir sie wieder, aber wenn wir im Schlamm zurückbleiben, spitzen wir die Ohren, um zu hören, wie es dem Rest ergeht, wie die Herde weiterzieht. Vielleicht haben seine Ohren ja Mitleid mit Alva. Vielleicht bessern sie sich kurz vor dem Tod wieder, öffnen sich und lassen das Misstrauen heraus und den Glauben hinein.

»Da ist er schon«, sagt er. »Shearman.«

6

Als ich kurz vor Sonnenuntergang ins Gewächshaus komme, packt Herr Whitley bereits seine Kisten aus. Er pfeift eine Melodie, die ich gern höre, denn sie vertreibt das Brüllen meines Mannes aus meinem Kopf. Jetzt noch das Bild, wie er im Bett die Laken von sich strampelt wie ein bockiges Kind, Shearman wie eine ratlose Mutter neben ihm. Genau als ich wegging, tauchte Mary wieder auf. Sie trat im Flur exakt in meine Fußspur. Kaum hob ich die Ferse vom Boden, waren ihre Zehen schon dort, ich spürte ihren Bauch in meinem Rücken, ihr kaltes Lachen in meinem Nacken. Sie braucht mir nicht zu sagen, dass ich eine schlechte Ehefrau bin. Ich musste weg, habe es einfach nicht mehr ausgehalten.

Herr Whitley hat ein schönes Lächeln. Er verspricht sich eindeutig sehr viel von seiner Ausrüstung, diesem Sammelsurium, das er ernst beklopft und liebkost, damit es tut, was er sagt. Die Uhr will zuerst nicht, er schraubt sie los und wieder fest, bis ihr Herzschlag erklingt, wie ein leiser Regenguss zwischen den Pflanzen. Ich war immer schon der Meinung, dass Apparate, weil sie unsere Wünsche erfüllen, vor allem aber, weil sie sich plötzlich und ohne ersichtlichen Grund weigern, genau das zu tun, ein Herz haben müssen. Und das Herz von Männern wie Whitley gehört ihnen.

»Ich habe Ihnen eine Rose mitgebracht«, sagt er unvermittelt. Er verzieht das Gesicht, als passte ihm etwas nicht. Als hätte er sich heute Morgen beim Aufstehen noch auf unsere

Zusammenarbeit gefreut, fände jetzt aber, er sei mit dieser Rose zu weit gegangen.

»Sie liegt auf Ihrem Schreibtisch.«

Auf meinem Schreibtisch liegt nur ein toter kleiner Strauch, ein braunes, ausgetrocknetes Knäuel. Es riecht nach Schaf.

»Man nennt sie die Rose von Jericho«, sagt er entschuldigend. »Eigentlich ist es ein Wüstenfarn. Jetzt ist sie tot ...«

Er kommt zu mir, nimmt mir das Knäuel aus der Hand und legt es in eine Porzellanschale. Dann greift er nach dem Teekessel und begießt es. Das Knäuel dreht sich unter dem Wasserstrahl im Kreis. Der Tiergeruch wird durchdringender.

»... aber dank des Wassers wird sie innerhalb weniger Stunden wiederauferstehen. Auch wenn sie ein halbes Jahrhundert durch die Wüste gerollt ist, wird sie wieder grün und entfaltet sich. Sie werden sehen. Es ist eine ewige Rose, Mina. Man kann sie sterben lassen, wieder zum Leben erwecken, erneut sterben lassen und erneut zum Leben erwecken. Als ob man einen Film immer wieder von Neuem rückwärtslaufen lässt.«

Er bekommt einen Hustenanfall, wendet sich ab, zwinkert mir zu und widmet sich wieder seiner Aufgabe. Nun steht die Kamera mit ihrer großen Linse auf einem niedrigen Stativ, in drohender Erwartung vor der zarten Selenicereus. Ich nehme mir vor, mich nicht für meine Pflanzen zu entschuldigen. Tiere kann man dressieren, Pflanzen nicht, die sind dickköpfig. Ihr fehlendes Interesse an uns deuten wir als Bescheidenheit. Doch Pflanzen sind nicht umgänglich, schon gar nicht untereinander. Je üppiger die Natur, desto mehr wird um etwas Sonnenlicht gedrängelt, geschubst, erstickt. Blühen tun sie zu ihrem eigenen Vorteil. Untereinander sind sie wie falsche Weiber, tun oberhalb des Tischs charmant, aber dicht über dem

Boden teilen sie Fußtritte aus. Bei näherer Betrachtung ist die *Selenicereus grandiflorus* überhaupt nicht zart. Ihre raupenartigen Kakteenärmchen sind grüner als sonst, und die haarigen Knoten stehen etwas hoch, wie neugierige Schnauzen. Sie lebt vom Tod der anderen. Sie führt etwas im Schilde.

Als ich mich an einen Brief setze, um ihn hier zu Ende zu schreiben, quakt draußen der Enterich wieder los, derselbe, der mich am Morgen mit seinem durchdringenden, anhaltenden Schrei geweckt hat, er stößt ihn aus, wenn ein Rivale ihn erfolgreich bei einem Weibchen vertrieben hat und er eine Runde ums Haus fliegt. Ich kann mich nicht entsinnen, dass es im letzten Frühling hier Enten gab. Vor ein paar Monaten hockten sie plötzlich mit ihren misstrauischen Köpfen an unserem Teich. Ich fülle meinen Federhalter, doch Herr Whitley (William, der mich unaufgefordert beim Vornamen nennt) stößt immer tiefere Seufzer aus bei seinen Bemühungen, er hofft wohl, dass ich ihn frage, ob es klappt. Ich will Tee aufsetzen, doch der Wasserkessel ist leer. Bei der Rose von Jericho hat sich noch nicht viel getan. Ich verspüre eine Abneigung gegen dieses düstere Ding, das da im Wasser gärt. Schöner wird es bestimmt nicht, dazu kenne ich Trockenpflanzen zu gut. Dass ein gewöhnlicher Farn nach fünfzig Jahren auf seinem Wüstenfriedhof vom Tod wiederaufersteht, ist beinahe Gotteslästerung, mal ehrlich, weder Jesus noch Moses hätte das gekonnt. Ich besitze viele schönere Schläferinnen, bei denen ich gern hätte, dass sie von ihrer Totenbahre aufstehen. Eine Spinne krabbelt in rasend schnellem Stakkato über den Rand der Schale, vielleicht ist sie endlich aus dem monströsen Fossil entkommen und flieht jetzt vor uns, dem trägen Rest der Welt. Nur noch wenige Minuten, dann geht draußen die Sonne unter, und eine schwarze Nacht bricht an, denn es ist bewölkt und Neumond. Das ist William auch aufgefallen, er schaut immer wieder auf seine Taschenuhr, als machte sich die Selenicereus etwas aus seiner Zeit. Ein paarmal schnalzt er ungeduldig mit der Zunge. Als ich den Kessel draußen beim Wasserhahn fülle, sieht er mich an, und das vertraute Traumgefühl stellt sich wieder ein. Dieses Erkennen scheint es nur zu geben, wenn ich mich in der Dämmerung befinde, sei es beim Sonnenuntergang oder im Schlaf, und er im Licht ist, im Gewächshaus oder im Traum, als wäre er eine Projektion an der Wand, die verschwindet, wenn ich zu nahe komme.

Beware of the Raven Mocker ... when a bird from the sky becomes a shadow in your house ...

Als ich den Petroleumkocher anzünde, rückt er einen Stuhl näher. Im Schein der kleinen Flamme sieht er wieder aus wie ein Indianer.

»Tee, eine gute Idee.«

»Kekse habe ich leider nicht zu bieten«, sage ich. »Hat es geklappt?«

»Hoffentlich. Jetzt liegt alles in den Händen dieser Dame. Ihrer Königin der Nacht.«

Wir schweigen, bis der Kessel anfängt zu fiepen.

»Die Technik des Zeitraffens«, sagt er mit Schicksalsstimme. Ich glaube, dass er vom Teetrinken spricht, vom Pusten aufs heiße Getränk, während man Gesprächsstoff in Worte fasst, doch er meint sein Experiment.

»Ein Freund meines Vaters hat sie mir beigebracht. Ein Franzose. Erst später haben wir erfahren, dass Wilhelm Pfeffer, ein deutscher Botaniker, sich auch damit befasst hat. In Europa geht so etwas schnell. Die Zeit raffen, so hat er es genannt: Man nimmt über einen langen Zeitraum Bilder auf und spielt sie in erhöhtem Tempo ab. Bei Dingen, die sich nicht hetzen lassen, ist der Effekt am schönsten. Zum Beispiel habe ich die Rose von Jericho mit dieser Kamera eingefangen. Sie müssen mich für einen schrecklichen Romantiker halten. Später will ich im Freien Aufnahmen der großen Naturphänomene machen. Ebbe und Flut. Das Untergehen der Sonne.«

»Ein Küken, das aus dem Ei schlüpft«, sage ich.

Er nickt. »Das wäre schön, ja. Das hat noch keiner gemacht.«

Er beugt sich wieder über die Teetasse, lässt seinen Blick aber über meinen unaufgeräumten Schreibtisch schweifen, über den Garderobenständer mit der großen Stola, meinen Samtdiwan in der Ecke, auf den ich mich sicher gelegt hätte, wäre er nicht da gewesen.

»Was ist in der Blumenpresse?«

Ich lüge. »Ich habe es vergessen. Es ist zu lange her.«

»Was für ein herrliches Gewächshaus Sie haben. Eine kostspielige Liebhaberei. Spektakulär. Meine Mutter hat die Blümchen auch so gern, wissen Sie? So wie Sie. Nehmen Sie es mir nicht übel, Mina, meine Mutter ist natürlich viel älter. Sie wird jetzt wirklich alt. Das ist mir erst aufgefallen, nachdem ich sie eine Weile nicht gesehen hatte. Als ich aus Europa zurückkam. In Europa habe ich viele Frauen wie meine Mutter gesehen, genauso verwirrt und zerbrechlich, ein Zustand, den man hier nicht so häufig antrifft. Sie zum Beispiel sind eine selbstbewusste, starke Frau, in Amerika geboren und aufgewachsen, Sie fürchten sich nicht vor der Zukunft, die Ihnen zu Füßen liegt. Aber die Frauen dort, die Zurückgebliebenen, die zurückgebliebenen Schwestern meiner Mutter, schleichen durch ihr Leben, als wäre es etwas, das man tunlichst meiden sollte. Europäische Frauen sind immer mit den Gedanken woanders, sitzen sehnsüchtig herum, ja, das ist es, sie sehnen sich, als ginge es um ihr Leben. Ich weiß nicht, ob das bei meiner Mutter immer so war oder ob es daran liegt, dass mein Vater ihr fehlt. Erst als ich zurück in Amerika war, habe ich meinen Irrtum bemerkt. Das Bild stimmte nicht. Meine Mutter war mindestens eine Generation älter als all die Frauen, die ich mit dem alten Foto von ihr in meinem Reisealbum verglichen hatte. Verzeihen Sie, ich höre gar nicht mehr auf zu reden.«

»Gar nicht, es ist sehr interessant, was Sie da sagen.«

Er trinkt einen Schluck Tee. Der ist eindeutig noch zu heiß, sein Lächeln weicht einer schmerzlichen Grimasse.

»Sehen Sie, das Seltsame an meiner Mutter ist, man kann sich nicht an sie erinnern. Es ist nicht ihre Schuld. Aber sobald sie außer Sicht ist, weiß niemand mehr, wie sie aussieht. Man kann sie nicht beschreiben, es klappt einfach nicht. Sie lebt dank der Fotografie, sonst würde sie verschwinden, das weiß sie selber. Aber wegen der Dinge, mit denen sich mein Vater befasste, hat sie im Lauf der Jahre eine solche Abneigung dagegen entwickelt, dass sie ihre Vergänglichkeit auf andere Weise bekämpft: Sie versucht, möglichst minutiös zu sein. Details, sagt sie, seien entscheidend für eine Zivilisation. ›Wer will schon zurück zu den Steinbrocken von Stonehenge?‹ Amerika, sagt sie, fehle es an Details, die Leute hätten es zu eilig. Es sei kein Land, sondern eine Landmasse. Gesichtslos, wie Stonehenge. Und deshalb verliert sie sich in Details. Alle Details von früher – einschließlich unserer, der Kinder, ihrer besten Erinnerungen an die Alte Welt – werden endlos lange geputzt, gestopft, geflickt, um alles Vage zu vermeiden, das Gesicht nicht zu verlieren. Zu allem Überfluss sind es alles belanglose Kleinigkeiten, die sie längst weggeworfen hätte, wenn sie in Europa geblieben wäre. Tatsächlich ist Europa ein sehr minutiöser Kontinent, finden Sie nicht? Es treibt mich in den Wahnsinn!«

Ich schenke nach. Was weiß er schon davon? Garantiert hat er nie mit dem berühmten Komponisten Gounod oben auf dem Eiffelturm Champagner getrunken und Chansons gesungen, wie ich, vor zwölf Jahren. Details in Hülle und Fülle, wenn er nur danach gefragt hätte. Aber nein, er will etwas loswerden.

»Ich habe mich zu ihr zurückgesehnt«, sagt er, »aber nicht die Frau vom Foto hat mir die Tür aufgemacht, sondern eine vergilbte Version, in einem veralteten Kleid. Wie so viele Auswanderer umgibt sich meine Mutter mit alten Fetzen aus ihren Koffern, endlos geflickten Lumpen. Sie sollen sie zusammenhalten wie eine Mumie. Bei ihr bleiben die Fenster geschlossen, sonst käme ja amerikanische Luft herein! Als wäre sie ein Schiffswrack auf dem Meeresgrund, das zu Staub zerfällt, sobald es an die Oberfläche kommt.«

Ein Lichtstreifen schiebt sich über den Rasen, plustert sich im Dunkeln auf wie eine wütende Katze, und ich weiß, was das bedeutet: dass im Salon das Licht angeknipst wurde, dass Alva heruntergekommen ist. In Pantoffeln. Bleistift hinterm Ohr. Sein Hausmantel schleift königsblau hinter ihm her. So sieht er manchmal aus, mein Mann, wenn er nicht schlafen kann: wie ein gequälter Graf aus einem Märchen, in dem eine böse Stiefmutter vorkommt. So ein verschlagenes Weib, das sich unter dem eigenen Dach mit anderen anlegt.

»Mein Mann ist völlig außer sich ... Seine Arbeit treibt ihn in den Abgrund.«

William stellt seine Tasse ab und strafft den Rücken. Ein nervöses Lächeln spielt um seine Lippen. »In den Abgrund«, wiederholt er. Sicher findet er es ungehörig, dass ich mich ihm anvertraue. Alle jungen Erfinder, die zu uns kommen, himmeln Alva an. Wenn die wüssten.

»Wenn Sie so alt und berühmt wären wie er, würden Sie dann noch arbeiten? Würden Sie sich nicht lieber auf Ihren Lorbeeren ausruhen, statt sich von Ihren Kollegen um den Schlaf bringen zu lassen?«

»Tut er das denn?«

»Schrecklich! Er hat den Ehrgeiz eines Jugendlichen. Jetzt soll sein Freund kommen, der Franzose. Damit er ihm hilft, angeblich, aber er sollte sich lieber einfach ausruhen.«

William dreht sich zum Licht um, mit angespannten Zügen. Ich habe mich auf verbotenes Terrain begeben. Er reagiert seltsam: steht auf, greift über mich hinweg und rupft Unkraut aus einem Topf. Ich rieche seinen Schweiß. Ich kann nicht ausweichen.

»Teufelszwirn«, sagt er. »*Cuscuta*. Sehen Sie, wie schön er ist? Wie Fadengold. Aber es ist ein Parasit, da gibt es kein Vertun. Er stellt es schlau an. Zuerst zärtlich: Er liebkost die Pflanze, flüstert ihr Komplimente zu …«

Um nicht das Gleichgewicht zu verlieren, packt er mich bei der Schulter, der Schmarotzer lässt sich nicht leicht auszureißen. Jetzt ist William mir so nah, dass ich bei den Koteletten die einzelnen schwarzen Barthaare aus der Haut wachsen sehe wie Insektenbeine. Alva hat so gut wie keinen Bartwuchs. Der liegt im Bett und strampelt die Laken von sich, stampft in Pantoffeln durchs Haus, weil er seinen Willen nicht bekommt.

»Cuscuta, Teufelszwirn, Filzkraut, Wrangekraut, es hat so viele Namen«, fährt William fort, während er mich fester packt. »Ein Parasit, der die Fantasie anregt, eindeutig. Er packt die Mutterpflanze und schlingt sich drum herum, bis sie unter ihm verschwunden ist, erstickt sie, saugt alles aus, was er gebrauchen kann, und während sie stirbt, wächst er. Breiter, weiter, endlos, genial, übermächtig. Und er kann nie genug bekommen. So ist das bei Parasiten. Man darf ihnen keine Chance geben. So, erledigt.«

Er lässt mich los und zerdrückt die Pflanze in der Faust. »Aber wie kommt dieser Teufelszwirn eigentlich hierher? Wenn ich mich nicht täusche, ist die Cuscuta eine europäische Pflanze. Eurasisch.«

In weiter Ferne höre ich es im Salon zehn Uhr schlagen. Ich stelle mir vor, wie Alva in seinem viel zu glänzenden Hausmantel im Salon sitzt, wie sein hellwacher Kopf aus dem Satinkragen ragt und seine Hand, die anfängt zu klopfen, sobald sein Kopf einen Einfall hat, aus der Manschette. So macht er das. Ich nehme meine Stola und lege mich auf den Diwan. Ich bin überhaupt keine starke Frau, die sich nicht »vor der Zukunft fürchtet, die ihr zu Füßen liegt«, mein spektakuläres Leben verdanke ich den Männern, die es in die Hand genommen haben. Das Haus meines Vaters war noch schöner als Glenmont, die Architektur war weniger streng, und in seinem Inneren wucherte ein Urwald aus Büchern, Noten und Briefmarkensammlungen, der sich dank der unterschiedlichen Interessen seiner Bewohner von selbst kompostierte und vermehrte. Auch dort trieben sich Hausgeister herum, aber die führten ihr eigenes Leben, schraubten in der Speisekammer Deckel auf oder verschoben Gläser; nichts Bösartiges, wie Mary es im Sinn hat. In diesem Haus war niemand böse. Niemand beneidete meinen Vater, schon gar nicht seine Kinder, wie Alvas ältester Sohn seinen Vater beneidet. Die Erfindungen meines Vaters waren unschuldig. Er dachte sich Landbaugeräte aus, mit denen sich sogar die Mennoniten anfreunden konnten. Doch Alva erfindet nicht bloß praktische Werkzeuge, die ein hartes Leben leichter machen. Nein, seine Erfindungen stellen dieses Leben auf den Kopf. Eines Tages wird man ihn zur Rechenschaft ziehen für das, was er in die Welt gesetzt hat.

»Sie sollten sich keine Gedanken darüber machen«, höre ich. Ich bin zu müde, um die Augen zu öffnen. Außerdem ist es dunkel. Und wir, der fremde Mann und ich, sind nur noch Stimmen zwischen den Pflanzen. »Sie können ganz beruhigt sein, es sind zwar seine Patente, aber trotzdem gehören ihm die Erfindungen nicht«, höre ich. »Gedanken entstehen nie im Kopf eines Einzelnen, und auch den Missbrauch einer Idee kann man nicht einem Einzelnen zuschreiben.«

Er hat recht. Schon die Chinesen haben Schießkraut verwendet, bevor dieser Mönch, wie hieß er noch gleich, das Schwarzpulver zum Explodieren brachte. Wer ist also schuld am Blutvergießen in den Jahrhunderten darauf? Ist Alva schuld an den Schmerzen Kemmlers, der sich in seinem elektrischen Stuhl in Rauch aufgelöst hat? Ich höre Geknister, eine Reihe leiser Explosionen, es klingt, als entfalte sich seelenruhig etwas Grandioses. Schlafe ich? Nein. Aber ich träume. Ich träume einen bis ins Detail beschriebenen Film.

DIE GROSSE KANINCHENJAGD

Shooting script - Copyright 1902

1. IM LANDHAUS

Drei Herren betreten den Salon. Ein Dienstmädchen serviert Tee und geht ab. Verstohlen zieht der Gastgeber einen Flachmann heraus und schenkt ein. Die Herren reiben sich die Hände. Schließlich nehmen sie ihre Gewehre und verschwinden guter Dinge aus dem Bild.

2. AUF DER VERANDA

Die Herren können sich nicht mehr auf den Beinen halten. Einer fällt zu Boden, der zweite hilft ihm auf, fällt anschließend selbst zu Boden, der dritte hilft ihm auf, der anschließend ebenfalls zu Boden fällt, und der erste hilft ihm auf [Dauer drei Minuten].

3. IM KANINCHENSTALL

Nahaufnahme eines großen weißen Kaninchens in Lebensgröße in seinem Stall. Auf die Schnurrhaare scharf stellen.

4. IM GARTEN

Die beiden Gäste sehen auf die Uhr und zeigen zur Sonne, machen Anstalten aufzubrechen. Der Gastgeber bedeutet ihnen zu warten und rennt davon.

[ZWISCHENTITEL: *Ehrlich, hier wimmelt es von Kaninchen!*]

5. IN DER NÄHE DES KANINCHENSTALLS
Der Gastgeber lässt das Kaninchen frei. Hilft ein bisschen nach und jagt es ein Stück in den Garten. Schaut dann auf die Uhr und grinst in die Kamera.

6. IN DER KÜCHE
Ein kleines Mädchen bittet die Küchenhilfe um Möhren. Nach langem Betteln gibt diese ihr schließlich ein Bund. Das Mädchen gibt der Küchenhilfe einen Kuss, hüpft fröhlich hinaus.

7. PERSPEKTIVE DES KANINCHENS
Durch eine Schnurrhaar-Schablone gefilmt, zeigt diese spannende Szene die torkelnden Jäger aus der Sicht des Kaninchens.

8. BEIM KANINCHENSTALL
Das Mädchen kommt zum Stall und bemerkt, dass sein Lieblingskaninchen verschwunden ist. Auf dem Boden findet es die Schnur. Weinend macht es sich auf die Suche.

9. PERSPEKTIVE DES KANINCHENS
Das Kaninchen sieht seine Herrin in der Ferne umhergehen, doch dann, Nahaufnahme, den Gewehrlauf. [Realismus! Dieser Effekt wird durch Montage erreicht. Beim Publikum wird die Szene für große Aufregung sorgen!]

10. IM GARTEN
Das Mädchen fragt die beiden Gäste, wo sein Vater – der Gastgeber – ist. Sie wissen es nicht, es rennt weiter. Dann kracht ein Schuss, und die Herren schrecken zusammen.

[ZWISCHENTITEL: *Peng!*]

11. DAS KANINCHEN HAT ALLES GESEHEN

Die komplette Szene spiegelt sich im Kaninchenauge wider. In seiner bildfüllenden Iris sieht man, wie das Mädchen auf seinen Vater zurennt. Ein Schuss geht in die Luft, eine Rauchfahne kommt aus dem Gewehrlauf. Nahaufnahme des weinenden Kindergesichts. Auch über das Kaninchenauge kullert eine große Träne. Man muss sich gut überlegen, ob diese Szene nicht zu ergreifend für die Zuschauer ist.

7

»Wir haben verschlafen.«

Es ist Nacht, ich liege immer noch auf dem Diwan. Ich taste nach meinen Haaren, sie sind noch hochgesteckt. Mein Kleid, mein Korsett, meine Schnürsenkel. Alles noch fest. Trotzdem stimmt etwas nicht. Wenn ich den Kopf nach rechts drehe, sehe ich zwischen den Pflanzen ein Licht, das auf mich zukommt.

»Wir haben verschlafen, Mina.«

Das Gesicht über der Laterne erkenne ich nicht sofort. Mein Herz schlägt schneller, also muss es etwas geben, vor dem ich mich fürchte. Ich habe mich verspätet, daran wird es liegen, es ist viel zu spät geworden, und ich bin nicht in unserem Haus. Im Gewächshaus bin ich, mit einem fremden Mann, da steht er, ein Stück weiter und mit gesenktem Blick, aber ich erinnere mich, dass er näher war und mich angesehen hat wie ein Liebhaber. Er stellt die Lampe auf den Tisch und setzt sich ans Fußende des Diwans. Meine Füße berühren seinen Oberschenkel. Das belasse ich so.

»Wir sind zu spät.« Er öffnet die Hand und zeigt mir, wieso: Eine verblühte Knospe liegt darin, welk und fransig wie ein kaputter Sonnenschirm nach einer Festprozession.

»Unglaublich. Wir sind eingeschlafen, und die Selenicereus hat uns überlistet.«

»Und die Kamera?«

Er schüttelt den Kopf. »Etwas ist schiefgegangen. Der Auslöser steht noch in derselben Einstellung wie am Anfang, und die Uhr ist stehengeblieben. Vermutlich ist auf dem Film nichts zu sehen. Der Fluch der Mondblume.«

Wie er da jetzt bei mir sitzt, sieht er jünger aus, als er ist, vielleicht weil sein Anzug zerknittert und ein bisschen zu groß ist oder weil er noch ein bisschen verschlafen ist und schmollt.

»Was ist das nur?«, fragt er leise. »In Gedanken kann eine Idee noch so schön sein, aber in dem Moment, wo man sie umsetzen möchte, werden Kräfte frei, auf die man keinen Einfluss hat und die sie plattmachen. Ich habe viele Ideen, die ich gar nicht weiterverfolge: Ehrfurcht gebietende, makellose Gedanken, gut genug, zur rechten Zeit belächelt zu werden. Ansonsten muss man sie in Ruhe lassen.«

Rasch werfe ich einen Blick nach draußen. Der Lichtstreifen auf dem Rasen ist verschwunden. Das Haus schläft. Dann tippe ich spielerisch mit meiner Schuhspitze gegen Williams Oberschenkel. Ich muss eine Meise haben.

»Ich habe von Kaninchen geträumt«, sage ich. »Oder noch verrückter: Es war ein Film über Kaninchen. Sogar ein guter! Vielleicht sollten Sie den mal machen.«

Er kann nicht darüber lachen, legt mir die Hand auf den straff geschnürten Spann und sieht mich angestrengt an. Ich schaudere, entziehe ihm meinen Fuß aber nicht. Ich, die starke amerikanische Frau, schwankend auf ihren kleinen Füßen. Wenn Pfarrer Grins, der alte Schotte, das sehen könnte, würde er, vor lauter Schreck über so ein heimtückisches, unzuverlässiges Weibsstück kein Wort mehr zu Papier bringen.

Misstrauen Sie der Frau, die nicht fürsorglich ist, die verärgert an Ihrem Krankenbett sitzt, so wie Sie auch keinen Tee ohne Zucker nehmen. Eine Frau, die nicht für Sie sorgen möchte, ist so sinnlos wie ein zerbrochener Kachelofen. Eine solche Frau bringt nur Dunkel statt Licht, wie eine Glühlampe mit zerbrochenem Faden. Eine Frau, die sich von Hilfsbedürftigen abwendet, ist kaputt und kann getrost mit dem Altschrott entsorgt werden.

»Ich muss nach Hause«, sage ich gehetzt. »Mein Mann macht sich bestimmt furchtbare Sorgen.«

Doch da nimmt er auch meinen anderen Fuß in die Hand und lacht künstlich.

»Er wird es schon nicht so schwernehmen.«

»Sie kennen ihn nicht.«

»O doch. Ich kenne ihn, aber er kennt mich nicht. Wenn er erfährt, wer ich wirklich bin, wird er es nicht schwernehmen. Glauben Sie mir.«

Er steht auf und wandert auf und ab wie ein Theaterheld, ins Rampenlicht und wieder heraus, ich schmiege mich wohlig an den Plüsch.

»Er wird es nicht schwernehmen, weil er bei mir in der Kreide steht. Bei meiner ganzen Familie. Wenn ich ihm meinen richtigen Namen nenne statt den meiner Mutter, den ich jetzt verwende, wird er sofort den Mund halten.«

Ich bin enttäuscht. Schade, noch einer, der etwas von uns will. Ein Bewunderer, der uns hasst. Die meisten kommen nur bis zum Eingangstor, wo es ihnen aber doch gelingt, Léon oder Charlie einen Umschlag mit hochfliegenden Plänen oder freundlichen Bitten an den »klügsten Kopf von Amerika« zuzustecken, andere, wie dieses charmante Exemplar, dringen bis ins Labor vor. Alle wollen sie etwas von uns, eine kleine, zarte Scheibe Erfolg kosten, doch sie haben kein Zahlungsmittel außer ihrer Dreistigkeit. Ich will kein schlechter Mensch sein, beantworte ihren Brief, aber das genügt ihnen nicht, ihr Groll kommt näher wie die leere Hand eines Bettlers, und plötzlich kehren sich die Rollen um: Wir stehen bei ihnen in der Kreide. Und wider Erwarten macht uns der demütigste Bewunderer einen Vorwurf, präsentiert der Schmeichler eine Rechnung, denn schließlich haben nicht sie zu wenig Aufmerksamkeit bekommen, sondern wir, die einsamen Glückspilze.

»Mein Mann steht bei niemandem in der Kreide. Er bezahlt alle seine Arbeitnehmer ausreichend und pünktlich.«

»Wer hat denn von Geld gesprochen?«

William stehen nicht viele Ausdrücke zur Verfügung, aber jetzt kann man ihm die Verachtung deutlich vom Gesicht ablesen.

»Ihr Herzblatt, Ihre bessere Hälfte, das Genie des Lichts, hat meinen Vater verschwinden lassen. Weg, futsch, von seinem Schreibtisch in den Papierkorb, vom Rampenlicht in die Vergessenheit.«

Das Bild von Alva als Zauberer bringt mich zum Lachen, doch diesem Sohn da ist es bitterernst.

»Mein Vater hat einen Namen«, sagt er, »den heute keiner mehr kennt: Valéry Barre. Va-lé-ry Bar-re. Merken Sie sich auch meinen: Guillaume Barre.«

»Nie gehört«, sage ich boshaft. Er verpasst der Pflanze neben ihm einen Mühlenflügelschlag, armer Ficus.

»Valéry Barre, der Erfinder des Films. Mein Vater hat den ersten Film aller Zeiten gedreht. Ihr Mann war auf diese Ehre aus und hat sie schließlich bekommen.«

»Mein Mann kann viel verdunkeln, aber keine Menschen.«

»Doch! Genau das. Meinen Vater zum Beispiel.«

Und dann setzt er sich in den dunklen Gang zwischen den Pflanzen, fängt an zu erzählen. Gehetzt, aber in herrischem Ton. Er erzählt von seinem Vater, der 1890 in Frankreich, im Landesinneren, einen Zug nahm und spurlos verschwand, von Hunderten Fremden, die im Hafen von New York an ihm, seiner Mutter und seiner Schwester vorbeigingen, und wie seltsam es war, diese vielen Gesichter, und doch war kein einziges das seines Vaters. Keine Spur von ihm, all die Jahre nicht. Seine Mutter zog sich zurück, mied die Städte voller Menschen. In Williams Träumen kam sein Vater durchaus vor, lebendig und ihm sehr ähnlich, nicht wie auf den Fotos, die ihm immer fremder wurden, je öfter er sie betrachtete. Dieser Mann war für ihn schließlich nur noch einer von etwa zwei Dutzend Männern auf den Fotos. Vielleicht wäre der Zauber länger bewahrt geblieben, wenn Valéry Barre sich als bewegtes Bild im Film eingefangen hätte, oder seine Worte auf einem fonografischen Band, doch es war noch nichts erfunden, um Wärme, Duft, Berührung und Atem festzuhalten. Bei Guillaumes Eintritt ins Erwachsenenleben hatte er wenig Halt. Seine Schwester hatte andere Interessen. Weil seine Mutter nicht mehr aus dem Haus ging, erstarrte auch sie zu einem Porträt mit ewiggleichem Gesichtsausdruck (Vorwurf, Schwermut) und Hintergrund (Lieblingssessel, Wintergarten, Plaid), während der Rest der Familie, alle Onkel und Tanten, zusammen mit den Ideen und Plänen seines Vaters in der Alten Welt zurückgeblieben waren. Das Archiv in Delanco war nicht der Rede wert. Er fand einige Filmstreifen, darauf Bilder von sich selbst. Ein flegelhafter, störender Junge, der ihm den Weg verstellte, denn nie drehte sich die Kamera zum Mann hinter ihr um. Erinnerungen, ja, die hatte er. Vage Erinnerungen an Leeds. 1887 machte die Familie vor dem Sommer die Überfahrt, Mutter und Tochter kehrten später nach Amerika zurück, doch er blieb bei seinem Vater. Fast zwei Jahre arbeiteten sie zusammen an einer Kamera mit sechzehn Linsen, US Patent No. 376,247, und später an einer Variante mit einer einzigen Linse.

»Eine Variante mit einer einzigen Linse«, wiederholt er. »Kamera und Projektor in einem, so war es gedacht. Und zur Abwechslung, zum Spaß, tüftelten wir an einem elektrischen Dreirad. Wir drehten ein paar Filme in unserem englischen Landhaus. Ein Familienporträt im Garten, mit mir, Oma, Opa ... Und kurz vor meiner Abreise haben wir noch ein paar Bilder auf der Brücke in Leeds gemacht. Danach haben wir uns gestritten. Wie so oft.«

»Alva und Charles kriegen sich auch immer öfter in die Wolle«, sage ich beiläufig, um die Stimmung aufzulockern. »Charles will immer recht behalten, er ist noch zu jung, um zu verstehen, dass sein Vater ...«

Er unterbricht mich.

»Mein Vater ist sanftmütig, ganz anders als Ihr Mann. Trotzdem ein Charmeur. Es war empörend, wie er mit Opas Pflegerin anbändelte. Ich konnte Miss Richards nicht ausstehen, und sie tat, als gäbe es mich nicht, aber trotzdem hätte ich mich heraushalten sollen. Es ist alles meine Schuld. In unseren letzten gemeinsamen Tagen musste ich immer alles besser wissen. Ich konnte meine große Klappe nicht halten und griff Miss Richards an, die englischen Assistenten und zum Schluss auch meinen Vater.«

Ich weiß nicht, was ich sagen soll, wage nicht mehr, ihn zu unterbrechen. Lange dachte ich, dass Erwachsene sich beherrschen können, dass nur Mädchen, die alle Zeit der Welt haben, einander ihr Herz ausschütten, aber in den vergangenen Wochen haben sich mir zwei Männer anvertraut. Zuerst Tom, über seine Mutter, und jetzt William, über seinen Vater. Aber im Gegensatz zu Tom bedauert William sein Verhalten, was ich noch bei keinem Mann erlebt habe. Das macht ihn mir sympathisch, wie er da auf dem Boden zwischen den Pflanzen sitzt.

»Jetzt erst erkenne ich, wie er mich gesehen hat«, fährt er fort. »Jetzt erst verstehe ich den Blick meines Vaters. Enttäuschung, die Gleichgültigkeit weicht. Warum habe ich nicht besser aufgepasst? Voller Selbstüberschätzung, wie jeder Sechzehnjährige, habe ich mir keine Mühe gemacht, mir meinen Vater einzuprägen. Wenn ich gewusst hätte, wie lange ich ihn vermissen werde, hätte ich besser aufgepasst, dann könnte ich ihn jetzt lebendiger wachrufen.«

Am präsentesten sind ihm noch die peinlichen Erinnerungen, die wachsen wie ein Magengeschwür. Er erinnert sich, wie die Aufnahme auf der Brücke in Leeds um ein Haar ins Wasser gefallen wäre, buchstäblich, weil er, der Rotzlöffel, es interessanter fand, die Boote zu filmen, als die Kutschen. Wie sie sich heftig über den Dopplereffekt gestritten hatten und er zwar im Unrecht war, es aber nicht zugeben wollte und stattdessen vor lauter Frust ein Glasnegativ zertrümmerte. Kein Wunder, dass sein Vater verschwunden war, dachte er später. Der hatte vorläufig die Nase voll von seinem Sohn. Gerüchte gingen um, dass er sich freiwillig in Luft aufgelöst habe. Dass er mit einem anderen *sweetheart* einen Neuanfang gemacht habe, einer Französin namens Pélagie Sans-Culotte. Und dass er fünf Kinder habe. Bestimmt alles Söhne, bessere Söhne, als er es je gewesen war. Das Bedürfnis, den letzten Eindruck, den er auf seinen Vater gemacht hatte, zu berichtigen, wurde immer drängender. Um seinen Vater aus dem Nichts zurückzuholen, in dem er verschwunden war, legte er eine Sammlung an. Fotos fand er weniger interessant als Gegenstände. Er stellte ein ganzes Arsenal zusammen. Bleistiftstummel, Radiergummis, das Taschentuch, mit dem sich Valéry die markante, laute Nase geschnäuzt hatte, seine Zigarrenschere, hirschlederne Gamaschen, abgegriffene Pokerkarten. Sie sahen aus, als hätte sein Vater sie am Vortag noch in der Hand gehabt. Als keine neuen Gegenstände mehr auftauchten, stürzte er sich auf die Gedanken seines Vaters. Die Skizzenbücher, seine Rechenhefte. Seine Briefe. Im Jahr nach seinem Verschwinden hatten Assistenten, Freunde und schließlich ein angeheuerter Detektiv nach der Tasche gefahndet, die Barre bei sich gehabt hatte und in der sich die bis ins Detail ausgearbeitete Erfindung befand, wie sie zum Patent angemeldet werden sollte. Vergeblich. In England gab es noch einen Prototyp, doch der war längst nicht ausgereift. Valérys Sohn kam nicht weiter. Da saß er also, der Sohn, mit diesem schweigsamen Plunder. Die Briefe hatte er zerlesen. Die Zugstrecke von Dijon nach Paris war er hundert Mal mit dem Finger nachgefahren, hatte Ausflüge in die Umgebung gemacht, zu den Orten, die er verdächtigte und ihrer scheinheiligen, erzkatholischen Namen wegen hasste. Doch eines Tages, nach einem Jahr, in dem er seiner Sammlung nichts, nicht den kleinsten Knopf hinzufügen konnte, in dem die Erinnerungen an seinen Vater drohten so nichtssagend zu werden wie die Fotos, hatte es Neuigkeiten gegeben.

»Die Kamera hat sich sozusagen umgedreht.« William, Guillaume, wie auch immer er genannt werden möchte, nimmt eine Haltung ein, die kein gutes Ende verspricht. »Endlich drehte sich die verfluchte Kamera um. Doch anstelle meines Vaters kam ein kugelrundes Gesicht ins Bild. Glänzend wie im Puppentheater, mit dicken roten Lippen, starren Augen und einem Seitenscheitel. Ihr Mann, der mit den Worten meines Vaters sprach. Sehen Sie sich das an, sehen Sie sich das an!«

»Hören Sie auf. Mein Mann hat Ihnen nichts getan.«

»*Diese Erfindung macht dasselbe fürs Auge, was der Fonograf fürs Ohr macht*. Sagt Ihnen das etwas, Mina? Diese vage Beschreibung war das Einzige, was Alva 1888 hatte. Diese Erfindung macht dasselbe fürs Auge ... Was war damit gemeint? Ja, seinen Fonografen kennen wir mittlerweile, zum Glück ist das Unding ja vom Grammophon ersetzt worden. Aber ›diese Erfindung‹, was sollte ›diese Erfindung‹ denn sein? Davon hatte Alva im Jahr 1888 keine Ahnung. Das ist das Gemeine bei einem Caveat. Man hat noch keine Ahnung, wirft aber ein paar Scheine auf den Tisch und nimmt so der Konkurrenz den Wind aus den Segeln. Hoppla! Sehen Sie sich das an!«

Sein Ton ist unangenehm geworden, nicht laut, aber monoton. Ich wünschte, ich könnte ihn ausschalten, mit einem Schlag auf den Kopf, wie man eine läutende Glocke zum Schweigen bringt.

»Zwei Jahre hat er sich ruhig verhalten, Ihr Alva. In der Zwischenzeit hat er Erkundigungen eingezogen. Ist nach Europa gereist. Hat auf der Weltausstellung ein Spektakel veranstaltet, den Kollegen Honig ums Maul geschmiert. Ach, und womit befassen Sie sich zurzeit, zeigen Sie doch mal? Aber selber ist er nie mit der Sprache herausgerückt, o nein, er war ja nicht verrückt. Im Dunkeln kann man andere gut belauern.«

Der Gedanke, dass ich ihn ausschalten muss, will mir nicht mehr aus dem Kopf. Stecker raus, Schalter umlegen. Diesen quasselnden Mund schließen. Und dann? Wörter kann man leicht verballhornen, zerknüllen, unschädlich machen. Die wahre Gefahr lauert in seinen Augen. Die haben vor langer Zeit ein paar Sachen gesehen, nicht viel, aber doch genug, um mich jetzt so anzublicken. Dieser bis zu den Zähnen bewaffnete Kopf lässt sich nichts ausreden. Sein Hass wird nur immer größer werden. Mit zunehmendem Alter werden seine Jugenderinnerungen sich zusammenballen, und wir werden vor seinen Augen schärfer denn je erscheinen. So weit darf es nicht kommen.

»Zwei Jahre später ist mein Vater verschwunden«, sagt er.

Er lacht, schüttelt sich vor Lachen, bekommt Schluckauf. Die Nervosität des Verleumders.

»Welch ein Glück! Im Nachhinein betrachtet hatte Ihr Mann es ziemlich eilig, seine Ideen voranzutreiben. Ich war nur zu jung, sie zu erkennen. Wo hatte er sie her? Das weiß Gott allein! Oder der Heilige Geist. Feuerzungen, so muss es gewesen sein, verdammt! Alles, was mein Vater auf dem Weg nach Amerika im Gepäck hatte, ist ohne ihn weitergereist. Ein Wort nach dem anderen hat Ihr Mann sich in seinen eigenen Mund gelegt.«

Der Verdunkler. Das erste Mal habe ich dieses Wort von unserem Pfarrer gehört. Der fragte sich nämlich, woher Alva all diese irrsinnigen Ideen habe. Gerüchteweise heiße es, es seien nicht seine eigenen. Er habe sie anderen entwendet. Oder noch schlimmer: der Teufel entwende sie für ihn, bringe sie vor der Übertragung aber kurz durcheinander. Der Verdunkler, so nenne man ihn, sagte unser Pfarrer. Und ob ich nicht Alva ins Gewissen reden könne, weil er vielleicht mit all diesen sonderbaren Apparaten dunkle Mächte ins Leben rufe, die sich später nicht mehr aufhalten ließen?

Angespannt, mit geballten Fäusten schaue ich durch das Glasdach zu dem Kleinen Bären hoch, der heute Nacht besonders deutlich zu sehen ist. Das Blut pulsiert in meinen Armen, ich kann schon nicht mehr durch die Nase atmen. Plötzlich sehe ich ganz deutlich vor mir, wie ich William eine Faust ins Gesicht ramme. Und dass es gar nichts ändern würde.

»Warum erzählen Sie mir das alles?«, frage ich. »Sind Sie gekommen, um eine Rechnung zu begleichen? Was glauben Sie eigentlich, wer Sie sind?«

»Das habe ich Ihnen doch schon gesagt«, sagt er. »Guillaume Barre.«

Da ist er wieder, dieser lächerliche Name. Täglich stranden neue Namen in unserem Land, und sie werden immer komplizierter. Als dächten die Neuankömmlinge sie sich eigens dafür aus. Als sollte man sich noch vor dem Kennenlernen die Zunge daran zerbrechen, als wollten sie einem den Mund verbieten, bevor man ihre Absichten errät. Wir dagegen haben nichts zu verbergen. Unseren Namen, die Summe aus drei Vokalen und drei Konsonanten, kann jeder auf der Welt aussprechen. Meine Kinder wird man nach einem halben Wort erkennen, während der Name Barre vom Aussterben bedroht ist. Dieser Gedanke erschreckt mich, so logisch er sein mag. So ist das, geht mir auf, wir müssen uns wappnen.

»Glauben Sie ja nicht, dass Sie der Erste sind, der Ansprüche stellt«, sage ich. »Allmählich sind wir es gewohnt, dass irgendwelche Leute meinen Mann vom Thron stoßen wollen.«

Aber immer nutzen sie vorher seine Gastfreundschaft aus. Sie brauchen sein Wissen und sein Geld, um ihre vagen Ideen zu perfektionieren. Alva ist freigebig, sie dürfen sein Labor verwenden. Immer sind es hübsche junge Männer, die ihm an den Kragen wollen. Tesla, um nur einen zu nennen. McCarren. Man könnte sogar sagen, sein eigener Sohn Tom gönne ihm nicht die Butter auf dem Brot. Dickson. Dickson lief türenknallend davon und zog die Presse hinzu. Aus der Zeitung erfuhren wir dann, er wäre der eigentliche Kopf hinter unserem Filmstudio gewesen. Er hätte die ganze Umsetzung auf sich genommen, während Alva in Europa war. Und nun drängelt sich auch noch Williams Vater vor Dickson. Bitte, reihen Sie sich doch ein! Barre senior, wo immer er sich herumtreibt, sollte froh sein, dass er solch einen liebenden Sohn hat, der um seinen Namen besorgt ist. Was tut der Name schon zur Sache? Das Phänomen Film, die Aufnahme und Projektion bewegter Bilder, hat sich als Erfolg erwiesen. Soll er sich doch glücklich schätzen, dass die Idee nicht mit ihm untergegangen ist.

Ich stehe vom Diwan auf, zupfe meine Bluse zurecht und stecke eine Strähne in die Haarklammer. Der Eindringling verfolgt mein Tun, wird etwas verlegen.

»Jeder hat sagenhafte Ideen«, beginne ich tapfer, »aber dann bedarf es der technischen Umsetzung. Wahrscheinlich wäre ohne Alvas Verbesserungen nie etwas aus der Erfindung Ihres Vaters geworden. Das war schon oft so.«

Er sieht mich fassungslos an.

»Sie haben wirklich ungeheures Vertrauen in das Talent Ihres Mannes.«

Unsinn, wenn der wüsste. Aber bildet er sich etwa ein, dass ich wegen seiner Geschichte alles aufgebe? Wie war das noch mit der Selbstüberschätzung? Was glaubt er hier zu erreichen? Er setzt sich wieder auf die Fersen, wagt nicht, mich anzusehen. Vielleicht bedauert er seine Offenheit. Vielleicht hat er sich etwas eingebildet, als er sich über mich gebeugt hat, um die Winde auszurupfen, denkt, dass zwischen uns mehr in der Luft liegt als nur Schweißgeruch.

»Letztlich haben wir alles dem lieben Gott zu verdanken«, sage ich, »und der hat noch nie einen Artikel in *Science* veröffentlicht. Herr Whitley, Barre, Guillaume, Guy, William, wer immer Sie sind, könnten Sie jetzt bitte mein Gewächshaus verlassen? Die heutige Nacht dürfen Sie noch im Gästetrakt verbringen, aber danach sollten Sie lieber Ihrer Wege gehen.«

Als ich die Lampe hochdrehe, sehe ich, dass er seine Sachen schon gepackt hat. Er braucht nur noch den Mantel anzuziehen, und das tut er, sehr langsam. Bei seinem Anblick überkommen mich Zweifel. Wir sind eben geneigt, schönen Menschen aufs Wort zu glauben. Er nickt immerfort, während er mit seinen schlanken Fingern über die Knöpfe fährt. Dann klappt er den Kragen hoch und sagt, den Ausgang finde er allein.

»Es kommt noch raus, Mina. So etwas geht nicht einfach unter. Die Menschen erzählen sich Geschichten, und Geschichten ziehen Kreise. Menschen kann man begraben, verbrennen, ertränken, aber Ideen tauchen wieder auf. Sicher tauchen noch Augenzeugen auf, solche, denen sich die Wahrheit auf die Netzhaut gebrannt hat.«

Hinter meinem Rücken schiebt er die Kisten hinaus. Von mir aus dürfe er sie unters Vordach stellen, sage ich, es habe keinen Sinn, sie jetzt noch zum Gästetrakt zu schleppen. Die Nacht ist kühl. So viele Sterne, und trotzdem strahlen sie keinerlei Wärme aus, schauen nur mit ihren stechenden Äuglein auf uns hinab. Ich wünsche William eine gute Nacht und will mich abwenden, doch er hält mich zurück, bringt meinen Kragen in Ordnung. Zwei warme Finger an meinem Hals.

Dann zieht er einen Umschlag hervor und legt ihn mir an die Brust.

»Sehen Sie sich das gut an. Der Junge, das bin ich.«

1888, Roundhay, Garden Scene lese ich. Und auf der Rückseite: *Kopie.*

Warum er sich nicht auf die Suche nach seinem Vater macht, frage ich. Das habe ich schon getan, antwortet er. Passt bloß auf, ihr werdet noch von uns hören. Ich zucke erst zusammen, als ich wieder allein bin, als fielen seine Worte aus der Nacht zurück, in die er sie abgefeuert hat.

8

Ruth kämmt seit fünf Minuten meine Schläfen. Sie seufzt, schiebt sich die Haarklammer zwischen die Lippen und steckt mein Haar am Hinterkopf fest. Ich bin nur noch Frisur. Bei der Abendtoilette habe ich ihr gefehlt und heute früh hat sie mich ausschlafen lassen. Alva ist bestimmt schon seit Stunden an der Arbeit, schwitzt in seiner Weste, kaut sich die Lippen wund und treibt seine Verbesserungen und Aufholmanöver voran. Hoffentlich hat er nicht gemerkt, wie spät ich gestern zurückgekommen bin.

»So ist es gut, Ruth.«

Plötzlich sehne ich mich nach ihrer merkwürdigen Devise meiner Morgentoilette, sie soll sagen, dass ich »wieder da« bin. Ich will wieder da sein, den Tag beginnen, ohne von gestern zu wissen. Alles soll beim Alten bleiben. Charles und Madeleine sind alt genug, die kommen zurecht, aber Babas wegen darf unser Ansehen keinen Schaden nehmen. Ruth schweigt. Vielleicht hat sie beim Kämmen den Plan gespürt, der sich in meinen Kopf einnistet. Er ist noch nicht ausgereift, ich muss mir noch überlegen, wie ich ihn umsetze. Aber erst soll sie sagen, dass ich wieder da bin.

»Sie bekommen graue Haare, gnädige Frau.«

Triumphierend zaubert sie ein fünfzig Zentimeter langes graues Haar zum Vorschein. Genauso schnell ist es wieder verschwunden, versenkt in einer tiefen Tasche. Als sie meinen Kragen hochschlägt, murmelt sie, graues Haar müsse man mit einer Paste aus Indischer Stachelbeere und Hühnerfuß bestreichen. Sie ist gesprächig heute. Nein, sie ist durcheinander. Auf dem Weg zum Flur lässt sie die Bettwäsche fallen, dann kommt sie mit den Augen eines Koboldmakis zurückgerannt.

»Wissen Sie, der Besucher, der heute früh beim gnädigen Herrn war …« Ihr Arm kreist durch die Luft, sie schüttelt den Kopf. »Er ist schlecht.«

»Welcher Besucher?«

Sie spricht von dem alten Franzosen. Ferdinand Chénier, den Gedankendieb. Heute früh, sagt sie, gegen sieben, sei er plötzlich da gewesen, habe sich wie ein Basilisk in einer Ecke des Flurs versteckt, den Hut in der Hand, an der er drei Ringe trug, drei! Auf einem Siegel hatte Ruth sehr deutlich das Symbol Luzifers gesehen. Sie deutet mit den Fingern zwei V an und schiebt sie ineinander. Vermutlich ist Chénier Freimaurer, wie Alva.

»Es ist alles in Ordnung, Ruth, vielen Dank.«

Sie teilt meine Meinung nicht, das sehe ich, aber ich bin ja schon froh, dass nicht William durch unser Haus gegeistert ist. Ob er schon abgereist ist? Ich traue mich nicht zu fragen. Jetzt, da Ruth endlich den Mund aufgemacht und tief in meine Augen geschaut hat und nicht nur in die meines Spiegelbildes, wird mir bewusst, dass ich mich seit Jahren von einer Fremden ankleiden lasse. Ihre Finger sind das Einzige an ihr, was ich gut kenne. Sie haben die Farbe von Zimtstangen und sind genauso trocken, krabbeln aber behände über meinen noch nachträumenden Kopf. Ob sie mich besser kennt? Ihrem mütterlichen Blick nach zu urteilen, ja, dabei ist sie wahrscheinlich kaum älter als ich. Wir haben beide noch eine Reihe von Jahren vor uns. Wir stehen einander auf einem Teppich aus längst vergangenen Zeiten gegenüber, umgeben von Möbeln aus der Alten Welt, sind uns aber bewusst, dass sich da draußen alles ändert. Da werden Kleider ganz ohne Schneiderinnen gemacht. Frauen wie Ruth, die Frauen wie mich fürsorglich beschatten, werden nach draußen treten und ein Gesicht bekommen. Ob wir davon glücklicher werden? Dann muss jeder sich allein durchschlagen, sie genauso gut wie ich. Es hat schon angefangen. Die Kutscher haben das Nachsehen, weil die Kutschen jetzt ohne sie fahren. In den Fabriken wird ein einziger Mann genügen, um die Maschinen an- und auszustellen. Bauern werden ihre Knechte entlassen und auf dem Feld Selbstgespräche führen. Wie einsam werden wir dann alle zusammen sein.

Als ich hinter Ruth die Treppe hinuntersteige, sind die Rollen vertauscht, nicht sie ist mein Schatten, sondern ich der ihre. Hinter mir geht ein weiterer Schatten, doch der verflüchtigt sich, sobald wir unten sind.

»Schau mal, Mama!«

Baba hält sich an meinem Rücken fest, klammert sich an mich. Ich beuge mich über seine kleine Schulter und sehe auf dem Küchenfußboden nicht ein Kaninchen, sondern zwei. Star, wie wir ihn kennen, mit einem weiteren Star. Zum Verwechseln ähnlich. Ich verstehe nicht, wie das möglich ist. In gleichbleibendem Tempo hoppeln sie dicht hintereinander her, drehen sich im Kreis.

»Ich habe einen Freund für Star bekommen!«, ruft Baba. »Aber jetzt machen sie das. Die ganze Zeit. Wenn ich sie hochnehme und wieder auf den Boden setze, fangen sie einfach wieder von vorne an.«

Er vertauscht die Kaninchen und tatsächlich, sie drehen sich erneut, diesmal in die Gegenrichtung. Die Ohren nach vorne geklappt, bleiben sie dicht hintereinander, erreichen aber nichts. Es wirkt nicht komisch, sondern besessen. Gerade, als ich Baba mit Fragen überschütten möchte, geht die Tür zum Garten auf, und Ferdinand Chénier tritt ein. Er ist noch kleiner als in meiner Erinnerung, trägt einen zerknitterten Jägerhut und streicht wahrhaftig meinem Kind über den Kopf.

»Ein Perpetuum mobile«, sagt er. »Zum Schießen. Ich dachte, dass ich ein Tier vor dem Kochtopf rette und dem Jungen eine Freude mache, aber das passiert also, wenn man zwei Männchen zusammensteckt: ein Kaninchenkarussell in ewiger Bewegung. Sie sind beide auf dasselbe aus, sehen Sie. Einander zu besteigen oder zu übersteigen ... Das Spiel der Dominanz.«

Verstört sehen wir, zwei Erwachsene und ein Kind, den Tieren zu, die alle Zeit der Welt haben. Ich finde, Baba sollte sie voneinander trennen. Ich sage ihm, dass es ihnen überhaupt keinen Spaß macht, sondern sie ermüdet und ihnen schwindlig davon wird. Natürlich fragt er, warum sie es dann tun, also schicke ich ihn, ohne zu antworten, mit den Kaninchen aus der Küche. Chénier bleibt. Er kommt ein paar Schritte näher, öffnet den Mund und verdreht kurz die Augen, auf der Suche nach Worten. Meinen Worten, bestimmt. Meinen Gedanken, die kein Tageslicht vertragen.

»Herr Chénier, mein Mann ist heute nicht ganz auf dem Damm. Kommen Sie doch lieber morgen wieder.«

Er lächelt verwirrt. »Aber ich habe ihn doch schon gesehen. Gestern und heute. Wissen Sie denn nicht, dass er sich viel besser fühlt?«

Ein Knall, plötzlich leuchtet die Lampe wieder. Gegrüßet sei Mary, voll der Vergeltung. Diesmal gelingt es Chénier, ihr einen Handkuss zu geben, irgendwo in der Luft zwischen Hackblock und Spüle. Und da er nun einmal mitten in der Küche steht, sucht er sich etwas aus, einen Kupfertopf, und nimmt ihn vom Haken. Natürlich ist ihm unser Hausrat vollkommen gleichgültig. Er will mir nur deutlich machen, dass er hier zu Hause ist. Dass er mit seinen Geschenken, dem ganzen Hokuspokus und seinem charmanten Assistenten mein Haus übernimmt, samt Mann, Sohn und *spiritus familiaris*. Er hängt den Topf zurück und folgt der Frau, die ich jetzt nicht mehr sehen kann. Zusammen haben sie, Mary und er, gute Karten. Ich lege den Lichtschalter um, doch die Lampe bleibt an. Das Haus hört nicht mehr auf mich.

»Seit der Übertragung«, sagt Chénier, »fühlt Ihr Mann sich viel besser. Er ist zufrieden zu Bett gegangen und mit einem luminösen Einfall wieder aufgewacht. Das stimmt einen Mann wie ihn sehr glücklich. Ach, sehen Sie mich doch nicht so an. Eines Tages werden Sie mir dankbar sein. Es ist eine prachtvolle Idee, die ich ihm geschenkt habe.«

»Eine Übertragung? Was haben Sie getan?«

Und wo ist Alva, wo William? Haben sie miteinander gesprochen? Ich muss mich setzen.

»Nun ja«, sagt er ruhig, »ganz umsonst war er natürlich nicht. Der luminöse Einfall. Aber er hat Rabatt bekommen, weil es eine einfache Séance war. Das hätte ich nicht gedacht. Ich war nicht sicher, ob der Einfall so freundlich wäre, meinen Kopf zu verlassen. Ich habe mich schon eine ganze Weile mit ihm getragen, verstehen Sie. Eine schwere Last. Durch diesen Gedanken bin ich kaum noch zu etwas anderem gekommen. Zwölf Jahre lang, verstehen Sie ...«

»Nein, ich verstehe überhaupt nichts. Ich kenne Sie nicht und verstehe Sie nicht.«

»Mein Kopf, sehen Sie, ist ein Koffer«, erklärt er allen Ernstes. »Ich denke mir die Ideen nicht aus, ich transportiere sie nur. Bei manchen Ideen geht das leicht, die steckt man in die Ecke und hat noch genügend Platz für den Rest. Aber diese Idee war zu groß für mich, ich konnte sie kaum tragen. Sie hatte einen großen Geist verdient, nicht meinen dummen Kopf. Perlen vor die Säue!«

Chénier, der Gedankenheiler, so hatte er es doch ausgedrückt? Aber von wem stammt die Idee, die er jetzt meinem Mann verkauft hat? Wo ist dieser Mensch geblieben? Alva zufolge war Madame Blavatsky der Meinung, dass Ideen niemandem gehören, sie seien Leihgaben der Entitäten, die über uns wachen. Ich habe nie verstanden, warum Alva diese Frau so ernst nimmt. Das Foto von ihr erinnert mich an Mary. Auch so ein Dickerchen mit einem halsstarrigen Kopf voller Wahnsinn, den sie seitenweise in Krakelschrift zu Papier gebracht hat, damit mein Mann ihn entziffern kann, etwas, wofür er sich tatsächlich alle Zeit der Welt nahm. Ich will es nicht verstehen. Mein Vater hat immer gesagt: Es gibt nichts zwischen Himmel und Erde. Es gibt den Himmel, da ist der Vater, und es gibt die Erde, da ist der Sohn. Nur der Teufel versucht, sich zwischen beide zu drängen.

»Erzählen Sie mir, um welche Idee es geht«, sage ich.

»Ja«, setzt er an, »wie erklärt man einer Frau so etwas ... Es ist wie Telegrafieren ohne Masten und Leitungen, verstehen Sie?«

»Radiowellen.«

»Diese Idee geht weit über ein paar Radiowellen hinaus! Stellen Sie sich ein künstliches Sternensystem vor. Einen Himmel, den wir dicht über der Erde aufspannen, mit Sternen, die dazu da sind, dass wir miteinander sprechen. Ein Weltall, in dem wir einander sehen und hören, Zeit und Raum überwinden können. Stellen Sie sich vor, wir könnten in einem Augenaufschlag, in demselben Moment, in jeden Winkel unserer schönen Welt sehen. Wäre das nicht wunderbar?«

»Nein«, sage ich. »Das wäre das Werk des Teufels. Lukas 4:5, wo der Teufel Jesus die ganze Welt anbietet, um ihn in Versuchung zu führen.«

Chénier lacht. »Dabei habe ich die Idee bei den Nonnen in Frankreich aufgestöbert! Na ja, ehrlich gesagt in einem Irrenhaus, aber wenigstens einem frommen Irrenhaus. Ach, lassen Sie sich doch von mir nicht aus dem Konzept bringen. Ich drücke mich ziemlich unbeholfen aus, Ihr Mann kann das bestimmt besser. Gehen Sie doch zu ihm, ich bin mir sicher, dass er es Ihnen liebend gern erklärt.«

Ohne mich zu verabschieden, sause ich zur Tür hinaus. Wenn es sein muss, kann ich gut rennen.

Sie hat Tempo, die Frau des 20. Jahrhunderts, dank des verstellbaren Radkorsetts von Dr. Bartenstein! Soll es ein Rädchen schneller sein oder wollen Sie sie lieber ausbremsen? Kein Problem! Mithilfe der rostfreien Strumpfbänder sorgen Sie dafür, dass Ihre Gattin sich in der Geschwindigkeit bewegt, die Ihnen passt.

Ich sehe alles: rechts den Kirschbaum, der in den Windböen seine Blüten verliert, links am Fenster Dorothy, die sich über mich wundert. Hinter mir höre ich Baba kreischen vor Lachen, umzingelt von den rasenden Kaninchen, ich weiß, dass Charles einen Hammer fallen lässt, aber den Daumen in den Mund steckt, um nicht zu schreien, dass Madeleine weint, weil sie ihr Tagebuch liest. Das ist mein Haus. Gegenüber, im Dunkeln, arbeitet mein Mann. Auf den Garten folgt die Straße, die überquere ich, betrete das Labor, ohne anzuklopfen. Ich war seit Ewigkeiten nicht mehr hier. Als ich die Tür des Saals öffne, bleibt der Staub still in der Luft stehen und die Skizzen rascheln an der Wand. Auf frischer Tat ertappt.

»Mary?«

Ihr Geist spricht nie vernehmlich. Sie flüstert einem Dinge ein. Jetzt bringt sie mich zum Beispiel dazu, ein Foto zu betrachten. Unsere Familie. Alva hat sich in einem gewissen Abstand von uns ablichten lassen, die Hände in den Taschen, den Blick in die Ferne. Ich mag das Foto nicht, deshalb hängt es hier. Charles und Madeleine posieren ordentlich, das Baby Baba auf meinem Schoß ist verschwommen. Wir müssen unsere Kinder vorziehen, selbst wenn die der anderen mehr Talent haben. Das tut jedes Lebewesen, darum dreht es sich in der Welt. Nicht wahr, Mary? Ich wische den Staub vom Glas. Wie sehr wir uns seither verändert haben. Die Kinder haben beim Wachsen ihren Speck verloren, die Eltern sind ermattet wie Pflanzen, die nicht genügend Wasser bekommen, die Großeltern vermodern unter der Erde. Jetzt fällt mir wieder die Cuscuta ein, die Winde in meinem Gewächshaus. William hatte recht, sie ist eurasisch, sie gehört nicht hierher. In Glenmont herrscht ein Kommen und Gehen von Pflanzen, Tieren, Menschen. Manche gehen nicht. Mary zum Beispiel, obwohl sie in ihrem Leben nie hier gewohnt hat. Vielleicht lässt sie mich ja in Ruhe, wenn ihr Sohn zurückdarf? So leichtsinnig Tom gehandelt hat, er hat es verdient, hier zu sein, mehr als die Fremden, die sein Vater ins Haus holt. Die anderen. Wozu braucht er eigentlich Assistenten? Tom mag nicht so schlau sein wie sie, aber ich vertraue ihm. Er kennt die Welt, mitsamt Ungeziefer und Unkraut. Wenn es sein muss, geht er für uns durchs Feuer. Tom hat es verdient, seinen Namen zurückzubekommen.

»Du hast recht, Mary. Gute Idee. Für ihn wäre das eine Chance.«

Ich gehe weiter nach hinten und treffe meinen Mann schlafend in seinem Büro an, sein schwermütiges Gesicht auf das Kinn gestützt, die Füße auf der Tischplatte, einen Schuh hat er ausgezogen. Daneben der geöffnete Umschlag von William, ich hätte ihn besser verstecken sollen: *Roundhay, Garden Scene*. Es ist kein Film darin, sondern ein Stapel Kontaktabzüge. Der Garten sieht aus wie unserer. Auch dieser Erker mit der kleinen Treppe könnte unserer sein. Wer sind diese Menschen? Ich kenne sie nicht. Sie sehen aus wie tot, ihre Gesichter vom Sonnenlicht ausgelöscht, ihre Kleidung wie leer. Im Nu habe ich die Abzüge in den Papierkorb gefegt.

»Alva, wach auf …«

Er schnarcht weiter, nimmt aber meine Hand und gibt eine Antwort hinein.

»-.— —- ..- / …. . .-. . ..—..«

»Liebling, du musst auf dich aufpassen …«

».. .——. — / .- - / .— —- .-. -.-«

»Du verkaufst deine Seele an den Teufel.«

Ein paar Mal tippt er kräftig, im Wechsel mit kleinen Schüben, ein Nagel bohrt sich in meinen Daumenballen.

»Du wirst bestohlen. Deine ganze harte Arbeit, die uns gehört, der Film, uns droht Gefahr …«

Ich kann mich nicht klar ausdrücken, nun liegt seine Hand schlaff in meiner. Vielleicht habe ich mir diese Unterhaltung nur eingebildet.

»Wir müssen jemanden wegschneiden, Alva.«

Ich zwicke ihn, doch es kommt nichts mehr. Vielleicht ist

ihm alles zu viel geworden. Ich knie mich hin und lausche seinem schlafenden Kopf. Mein zerbrechlicher Mann, ich muss ihn in Schutz nehmen. Die Gedanken in ihm und die Gedanken an ihn.

III

NACHBILD

1

Ein Jahr zuvor, am 4. April 1901, war Guillaume von einem ergreifenden Geruch geweckt worden, der verflog, sobald er zum Bullauge schaute. Der Blick auf eine graue, schwappende Weite und die Goldbrokatausstattung der Lorraine machten es nicht gerade besser. Er befand sich also tatsächlich noch auf demselben verfluchten Dampfer und demselben verfluchten Ozean wie die vergangenen sechs Tage, doch das Ende war in Sicht, wenn nicht aus diesem Fenster, dann aus dem nächsten. Das Ende lag in Le Havre. Er drehte sich zur anderen Wand, schnäuzte sich den Schlaf aus der Nase. Nein, der Geruch war weg. Es war kein Essen gewesen, auch kein Gestank, sondern etwas Vertrautes und Inniges. Der Duft einer Umarmung. Er stand auf und sah hinaus, auf die Trennlinie zwischen dem einen Grau und dem anderen. Trat schnuppernd in die andere Richtung, zu der auf Hochglanz polierten Tür mit ihrem Messingknauf, dem Waschbecken mit seiner Porzellan-Armatur, dem Schreibtisch, auf dem Briefpapier lag, doch das Einzige, was in ihm hochkam, war der säuerliche Nachgeschmack des Hauptgerichts von gestern. *Poularde à la quo vadis,* das Huhn hatte sich offenbar noch nicht entschieden, welche Richtung es einschlagen sollte, nach unten oder wieder hinauf und über Bord, zusammen mit den Portionen der anderen Passagiere. Und dann gab es da noch diese andere Ausdünstung, das Parfum Genet d'Or, *Ultra Persistant*; überall an Bord wollten sie es einem andrehen, und leider machte es seinem Namen alle Ehre, man wurde es nicht mehr los, auch jetzt drang es unter der Tür hindurch in seine Kabine. So stand er da, mit dem Rücken zum Meer, und angelte krampfhaft nach einem Duft, einem Duft, einem Duft –

Er hatte gedacht, eine Woche auf dem Schiff würde ihm vollkommen genügen, um sich zu sortieren. Doch wenige Stunden vor der Ankunft hatte er schon Heimweh und war sich nicht sicher, was ihn erwartete. Und dann war da noch die Frage seines Namens. Auf dem eindeutig französischen Schiff mit seinen pompösen Menüs, dem täglich ausgerufenen *Journal de l'Atlantique* und dem Orchester, das »Ah! Les p'tits pois!« spielte, hatte er Guillaume für passend gehalten. Der italienischen Schönen, mit der er am liebsten jeden Nachmittag auf dem Promenadendeck spazieren gegangen wäre, stellte er sich trotzdem als William vor. Als William Whitley sogar. Eine unerhörte Lüge, wie er sofort merkte. Noch ehe die Suche nach seinem Vater angefangen hatte, verriet er ihn schon, indem er den Mädchennamen seiner Mutter verwendete. Doch er alliterierte so schön mit seinem Vornamen, klang so kraftvoll angelsächsisch, das mochten solche Frauen. Sein Vater würde ihm verzeihen. Namen, erst recht Vornamen, waren in ihrer Familie nicht mehr als eine Montur, mit der man sich an die Umgebung anpasste, sei es eine komplett neue Heimat oder ein einzelner ausländischer Gast, zum Beispiel Hortense, die flämische Großtante, die sie in Amerika besucht hatte. Ihretwegen wurde aus Mary-Jane wieder Marie-Jeanne, und er durfte nicht mehr William heißen, und schon gar nicht Bill, weil das in ihrer Sprache lächerlich klang. Fast schon ein Mann, musste er plötzlich wieder seinen niedlichen französischen Namen tragen – er engte ihn ein wie ein Mantel, der ein halbes Leben im Schrank gehangen hatte.

Ganze acht Monate, denn so lange war Tante Hortense in Delanco geblieben.

Guillaume. Gar nicht so schlecht. Letzte Woche, kurz vor der Abreise, hatte seine Mutter ebenfalls wieder angefangen, Französisch zu sprechen, und es klang gut, hoffnungsvoll, denn das letzte Mal, dass er als Guillaume gereist war, hatte er seinen Vater auch gefunden. 1889 hatten die Assistenten in Leeds keine Ahnung, wie man Guillaume buchstabierte, aber eine Sache war klar: Dass er Valéry Barres rechte Hand war. Vor seiner Abreise schien alles ganz einfach. Seine Mutter zog ein Kleid an, von dessen Existenz er nichts wusste. Sie stand aus ihrem Sessel auf und blieb den ganzen Tag auf den Beinen, hin und wieder trällerte sie sogar ein Lied. In ihn, ihren Guillaume, hatte sie vollstes Vertrauen. Er würde sich kümmern, würde alles in Ordnung bringen. Und dank dieser Hoffnung drehte ihr Gesicht schon mal die Zeit zurück, sah wieder viel jünger aus. Europäisch. Sie tranken ein paar Gläser Portwein. Knabberten Cracker mit Stilton. Während er die Käsekristalle zwischen den Zähnen zermalmte, stellte er sich das Händeschütteln vor. Wie sein Vater ihn ansehen würde. Sein erleichterter Blick, weil doch noch etwas aus seinem Jungen geworden war. Er konnte es nicht erwarten. Alles würde glattgehen. Mit derselben Leichtigkeit, in der man einen anderen Namen annahm, konnte man die Geschichte aufbrechen und einen neuen Weg einschlagen, auf dem nicht nur der Vater wiedergefunden wurde, sondern auch der Sohn.

Meine Damen und Herren, ich bitte um Ihre Aufmerksamkeit. Der kleine Eugène möchte bei den Fundsachen auf Deck 11 abgeholt werden.

War der nicht gestern schon abhandengekommen? In den letzten Tagen hatte ein hörbar ermatteter Schiffsangestellter mindestens hundert Namen ausgerufen, obwohl er dazu ausgebildet war, sich um anderer Leute Sachen zu kümmern und nicht um kleine Eugènes, Isabellas, Harriets, Albericos, Gijsjes, Ivans und sonstige verirrte Kinder aus aller Herren Länder. Elf Jahre war sein Vater schon verschwunden. Wie lange waren elf Jahre? Ein Kinderleben. Zwei Kriege. Die Gefängnisstrafe für einen Zugüberfall. In elf Jahren konnte man eine Generation in die Welt setzen, seine Muttersprache vergessen, den Verstand verlieren und ihn nie mehr wiedererlangen. Oder zu einem Mann in der Blüte seines Lebens heranreifen, ohne eine Sorgenfalte, ohne graues Haar oder ein anderes Anzeichen der Weisheit. Er sah in den Spiegel, spritzte sich kaltes Wasser auf die Lider, die noch die nächste Stunde verquollen bleiben würden. Sein Vater würde ihn bestimmt erkennen, und sei es nur, weil Guy ihm jetzt ähnlicher sah als sich selbst mit sechzehn Jahren. In dieser Zeit hatten sich sein Kiefer, seine Nase, seine Ohren nach dem Ebenbild seines Vaters geformt, als wären sie ihm vorausgereist. Gut möglich, dass das Gesicht seines Vaters unterdessen weniger prononciert war, seine Haut erschlafft oder im Gegenteil prall vom vielen guten Essen, so war das in diesem Alter. Wie auch immer, ein Augenaufschlag wäre genug. Sie würden sich die Hand geben und die Puzzlestücke würden sich ineinanderfügen. Vorläufig lag sein einziger Halt in einer Mappe, in der sich Korrespondenz mit seinem Onkel in Lyon befand, ein wirrer Brief von Marc Roussin, Boulevard Delessert in Paris, sowie das Telegramm, in dem dieser zusagte, ihn vom Zug abzuholen, und die Karte von Beth Richards aus Leeds. Die Existenz dieser Frau war ihm, aus blinder Solidarität mit seiner Mutter oder weil er sie damals einfach nicht mochte, vorübergehend gänzlich entfallen. Nun, auf seine Fragen hin, hatte sie ihm eine enttäuschende Antwort gegeben. Sie könne ihm nicht helfen, denn sie habe, wie er, im September 1890 vergeblich auf Valéry gewartet, und danach zwei weitere Jahre, doch schließlich sei das Leben weitergegangen, ein bisschen holprig zwar, aber sie sei heute glücklicher denn je.

Dieser Duft, dieser Duft. Er schnupperte noch ein paarmal, als er sich unter dem dünnen Rinnsal rasierte, das die Lorraine noch für ihre Passagiere bereithielt, und als er seine Fliege band. Er schnupperte an seinem Kamm, an seinem Koffer, doch sein Traum blieb weg. Schließlich klappte er den Ankleidespiegel aus und sah sich so, wie er hoffte, dass die Italienerin ihn sehen würde, falls er Glück hatte und ihr erneut über den Weg lief: ein mysteriöser Mann mit einer Mission. Obwohl diese Mission keinen Raum ließ für amouröse Eskapaden. Er fegte den Tabak vom Nachttisch in einen Umschlag, den er aus einem Zeitungsausschnitt gefaltet hatte. Keinem beliebigen Ausschnitt, sondern einem Artikel mit einem Foto von Mina Edison. Ja, Alvas Frau – aber von dieser hässlichen Fratze hatte er sie fein abgerissen. Jeden Morgen, wenn er seinen Tabak einsteckte, betrachtete er kurz ihr schönes Gesicht. Dem Artikel zufolge lächelte sie so strahlend, weil ihr Göttergatte endlich aufgehört hatte zu »erfinden«. Als hätte er je etwas erfunden, der Lump! Jeder, der einigermaßen im Bilde war, wusste, dass die Genialität des »Genies des Lichts« vorwiegend darin bestand, seine Widersacher an der Front des Patentkrieges in juristische Fallen zu locken. Edison wolle sich nur noch ein wenig mit Film beschäftigen, hieß es. Ein Steckenpferd, nur zum Vergnügen, so sprach er davon, aber immerhin hatte es ihm Hunderttausende Dollar eingebracht.

Kein Wort über den Franzosen, der zehn Jahre vor ihm, als er selbst noch an Guckkästen herumbastelte, bewegte Bilder festgehalten *und* abgespielt hatte. Ein verleumderischer Artikel. Dass seine französischen und englischen Kollegen früher dran waren als er, räumte Edison zwar ein, aber ihre Bilder seien »völlig verwackelt« gewesen, hätten »nicht den gewünschten Effekt erzielt, die Illusion«. Der Schuft! Am liebsten hätte William den Artikel auf der Stelle, samt der triumphierenden Visage, zerknüllt und ins Feuer geworfen, doch Minas Bild hielt ihn davon ab. Ihr Lächeln im Sfumato der Gravur. Klasse. Wie war es möglich, dass eine so schöne Frau an der Seite dieses elenden Lügners lebte? Ob sie noch genauso strahlen würde, wenn sie von seinen Machenschaften erfuhr? Bliebe sie bei ihm, wenn Guillaume die Wahrheit über seinen Vater aufdeckte? Dann würden andere Artikel erscheinen. Vielleicht würde sie für ihn Partei ergreifen. Oder Edison selbst käme auf ihn zu: ein gerechter Tausch, meine Frau gegen das Geheimnis deines Vaters, und Schwamm drüber. Dass Minas Miniaturikone nach zehn Monaten in seiner Innentasche weder zerknittert noch vergilbt war, fasste er als Zustimmung auf. Diese Suche brächte alles ans Licht. Ob er seinen Vater fand oder nicht.

Es war ein nebliger Morgen. Vom Vorderdeck aus sollte das Land eigentlich zu erkennen sein, doch man konnte nicht die Hand vor Augen sehen, deshalb aßen die wenigen Menschen, die Wind und Wetter trotzten, mit dem Rücken zum Meer, das ihnen dieselbe Geruchspalette servierte wie das Frühstück.

Plankton, Sand, Algen, toter Fisch. Nesseltiere,
Seescheiden. Gut ausschwenken. Eine Prise Salz.

William zuckte zusammen. Beim Anblick der Wellen hatte er einen guten Einfall gehabt. Ein Apparat, mit dem man Gerüche, *alle* Gerüche, nicht nur die der Blumen, wirklich bewahren konnte. Schneller als Enfleurage, praktischer als Destillation. Auf Knopfdruck den Geruch seiner Umgebung festhalten, auf Reisen, bei einem Diner, in einer schwülen Nacht, und ihn danach genauso einfach reproduzieren. Dieses Duftandenken müsste handlich sein, klein, aber lebensecht. Eine solche Erfindung könnte man in vielfältigster Form vermarkten! Ein Weltatlas zum Beschnuppern. Speisekarten mit Riechproben. Ein Medaillon mit dem Duft des Geliebten. Ein Museum verlorener Aromen. Das könnte sein erstes Patent werden. Er hatte es nicht eilig damit. Es wäre doch ganz erstaunlich, wenn jemand anders auf dieselbe Idee käme. Dann müsste dieser andere Erfinder, rein zufällig, ebenfalls auf der Suche nach besseren Erinnerungen sein, weil er sich an Fotografien sattgesehen hatte. Er müsste ebenfalls auf dem Weg zu einem Vater sein, der sich nur noch in ergreifend duftenden Träumen manifestierte. Vielleicht war der Geruch im Traum aber gar nicht der seines Vaters. Immer öfter fragte er sich, ob seine Erinnerungen echt waren oder nur Erinnerungen an Erinnerungen, so falsch und verzerrt wie alte Durchschläge auf Karbonpapier, auf denen man Striche für Wörter hielt.

Damals, als er seinen Vater noch in Reichweite hatte, beschränkte er den Kontakt auf ein Minimum, wie Jugendliche es eben tun. Er lauschte seinen Worten nur mit halbem Ohr und mied jeden Blickkontakt. Er hätte seine Mutter fragen können, ob dieser Krempel, die Bleistiftstummel, Skizzenbücher, Handschuhe, wirklich nach ihm rochen, fürchtete sich aber vor ihrer Antwort. Wenn es um seinen Vater ging, tat sie seine Erinnerungen jedes Mal höhnisch als Jungenfantasien ab. Dabei war das hier eine Sache unter Männern.

Die olfaktorische Lupe, sagt Ihnen das noch etwas? Dieses neue Modell hat nichts mit dem verspielten Kleinod aus dem vergangenen Jahrhundert gemein. In die letzte Version wurde ein fortschrittlicher Geruchskompass eingebaut, der die Spurensuche zu einem Kinderspiel macht. Ihr Ehemann auf Abwegen? Sein Strumpf bringt ihn zurück! ($ 44,99, Ratenzahlung möglich.)

Die Passagiere an Deck unterhielten sich. In einiger Entfernung von ihm standen sie unter einem Dach, zum Schutz vor dem Wind, der ihre Worte in seine Richtung trug: »Kein Seemannsgrab ... Seine Frau ... Einwände ... Seit drei Tagen.« Ein Mann ereiferte sich, stampfte laut auf den Boden und wies gestikulierend hinter sich: »Eine Schande! Die Hygiene, die Hygiene!«

Von der Italienerin keine Spur. Vielleicht sollte er doch etwas essen, dann könnte er sie im Restaurant treffen, wenn nicht gerade ihr Mann mit am Tisch saß. Oder war es ihr Bruder? Sie hatten eine gewisse Ähnlichkeit miteinander, wobei er etwas jünger wirkte als sie. Und verflixt, da war er schon. Mit dem Hut in der Hand kam er geradewegs auf ihn zu. Dicht vor ihm blieb er stehen, murmelte seinen Namen, den reinsten Zungenbrecher. »Sind Sie zufällig auch Italiener?«, fügte er hinzu.

»Nein. Guillaume Barre, angenehm.«

»Die Leute können sich gar nicht beruhigen, nicht wahr? Bei der heiligen Jungfrau Maria, was für eine Anstellerei.«

Sein Englisch war besser als das der jungen Dame, sein Akzent aber stärker. Diese Generation italienischer Einwanderer trug dick auf. Sie übertrieben, überschrien ihre Eltern, die sich vor lauter Heimweh zurückhielten. Umständlich kramte der Mann in seinen Taschen, holte eine goldene Uhr mit passendem Zigarettenetui und dazugehöriger Streichholzschachtel hervor, klappte das Etui fluchend auf und zu und bot Barre schließlich eine Zigarette an.

»Echte Makaroffs«, sagte er. »Was für ein Theater, man hält es nicht für möglich. Ein Toter an Bord, na und? Draufgehen tun wir alle. Oder etwa nicht? Doch, doch. Ein ziemlicher Koloss noch dazu, ein toter, dicker Deutscher. Seine Frau macht ein Riesen-Tamtam, er darf nicht über Bord, weil er nicht schwimmen konnte, also meint sie, dass seine Seele auch nicht über Wasser bleibt, oder umgekehrt, keine Ahnung, kurzum: Sie hat Angst, dass sein Geist auf diesem verdammten Ozean umherirren könnte.«

Er zog an seiner Zigarette, blies zusammen mit dem Rauch seine Schlussfolgerung heraus: »… Hat natürlich nicht ganz unrecht, nicht wahr? Diese Deutschen haben ja kein ordentliches Meer, nie gehabt, woher sollen sie also schwimmen können? Eigentlich hätte man sie gar nicht an Bord lassen dürfen, man sieht ja, was dabei herauskommt, eine Woche ohne festen Boden unter den Füßen, dafür sind sie nicht gemacht, jetzt ist er tot, jetzt ist es zu spät.«

»Und jetzt?«

»Und jetzt! Und jetzt! Jetzt hängt er da unten über den Kartoffeln! Woher soll ich das wissen? Solange ich nichts rieche, ist es mir egal.«

Zusammen starrten sie eine Weile in den Nebel und auf die Ferne dahinter, zum Horizont, an dem die Küste Frankreichs auftauchen sollte. Jetzt roch man tatsächlich etwas, keinen Geruch nach Leiche, sondern nach etwas Irdischem – Salzwiesen und Qualmwasser. Hier war einmal Land gewesen, gar nicht mal so lange her. Dann hatte sich, vor ein paar tausend Jahren, eine Faust aus Kalkstein geöffnet und einen Handteller voller Wellen geformt, die beiden Länder wurden immer weiter auseinandergedrängt, so dass sie sich jahrhundertelang Seeschlachten liefern konnten. Doch nun wurde in der Presse der Ruf nach einem neuen Bündnis laut, einer ökonomischen Entente. Ein schlaffer Händedruck von einer Seite des Wassers zur anderen.

»England«, sagte der Italiener prompt und zeigte über die Schulter. »Mein Onkel hat früher für Lavalley gearbeitet, sagt Ihnen das was? Die Sache mit dem Tunnel. Ist eine ganze Weile her. Zehn, fünfzehn Jahre? Von Sangatte waren sie schon fast zwei Kilometer entfernt. Die Engländer waren auf ihrer Seite sogar noch weiter gekommen, kriegten aber plötzlich kalte Füße. Ihre Queenie ließ sie nicht weitermachen. Ihr, die Franzosen, hättet ja weitergemacht. Nicht wahr? Schade um die viele Arbeit.«

Na bitte, dachte Guillaume, jetzt bin ich also wieder ein Franzose. Zwanzig Meilen, dreißig Kilometer bestimmen hier, was man ist. Er fing an, schwarzzusehen für sein Vorhaben. In Amerika hatte er einen Monat für die Suche nach seinem Vater eingeplant. In seiner Vorstellung war Europa eine ruhige Welt voller Städte, in denen jeder jeden kannte und alles seit Jahrhunderten unverrückbar feststand, einschließlich der Menschen, die schwatzend und schlendernd für ihren Lebensunterhalt sorgten. Jetzt ging ihm auf, dass man in einer solchen Umgebung umso leichter verschwinden konnte. Die Leute tauchten in Mexiko unter, weil es zu heiß war, um sie oder irgendetwas anderes zu suchen. Und die Deutsche mit ihrem Abscheu vor der endlosen Weite des Ozeans begriff nicht, dass es auch in Europa genügend Orte gab, wo man einsam sterben konnte. Wo ein Mensch nie mehr auftauchte, ob mit oder ohne Wasser, mit oder ohne Begräbnis. Aber daran wollte er nicht denken. Er wollte sich die Albträume vom Leibe halten. Jene Träume, aus denen er schweißnass erwachte und in denen sein Vater verzweifelt und hilflos in Sterbebetten, Gefängnissen, Kerkern zurückblieb.

»Schauen Sie«, rief der Italiener, und da sah er es auch: Frankreich. Der alte Riese, endlich unter den wolligen Wolken zum Vorschein gekommen, streckte sich blässlich aus, mittlerweile etwas steifer als auf Monets Bildern. Ein grauer Reiher kreuzte gegen den Wind.

»Freuen Sie sich, zurück zu sein?«, fragte der Italiener. »Es ist eine Weile her, nicht wahr? Ja. Dachte ich es mir doch.«

2

Der Nebel, in den seine Ankunft gehüllt war, wollte sich nicht lichten. An Land verirrte er sich auf der Suche nach der Pension, die man ihm empfohlen hatte, denn er traute sich nicht, die schemenhaften Passanten nach dem Weg zu fragen. Nach einer Weile begann er, an seinen Augen zu zweifeln. Er vertrat sich den Fuß an einer nicht vorhandenen Straßenecke, griff ins Leere, als er eine Gasse mit einer Tür verwechselte. Stundenlang irrte er durch die impressionistische Hafenstadt, verlor auch das Vertrauen in seine Ohren, die noch keinen normalen Satz vernommen hatten, und verhaspelte sich, als er um ein Zimmer bitten wollte. Die Wirtin seufzte. Aus ihrem Füller fiel ein Tropfen Tinte auf ein Buch voller Namen.

»Guillaume Barre«, brachte er schließlich heraus.

Sie kritzelte nur die Hälfte auf, augenscheinlich konnte er sich auf dieser Reise keinen Halt von seiner französischen Abstammung versprechen. Allen war es völlig gleichgültig, wer er war. In einer Ecke saßen vier Männer und löffelten Suppe, dort hatten sie schon gesessen, als er hereingekommen war, und hatten ihr Schlürfen keine Sekunde unterbrochen, ihn keines Blickes gewürdigt. Zu Hause wäre es ihm unangenehm gewesen, wenn sie sich auf knarrenden Stühlen zu ihm umgedreht hätten, doch hier sehnte er sich nach ihren Blicken, und seien sie noch so misstrauisch. Alles ging so lautlos an ihm vorüber.

Nomen nescio? Graue Maus? Fühlen Sie sich minderwertig und fehl am Platz? Mit dem Charismator werden Sie endlich wahrgenommen! Dank unserer international patentierten kumulonimbischen Technik können Sie sich in eine Wolke von Ansehen hüllen. Füllen Sie das Bestellformular aus, und Sie bekommen Ihre Gratis-Auraprobe umgehend per Post zugesandt.

Am nächsten Tag nahm er den ersten Zug nach Paris, raste der vergangenen Nacht davon und dem Traum, der ihn heimgesucht hatte. Zuerst hatte sich ein Geist, eine Frau, auf sein Bett gesetzt. Er hatte nach den Streichhölzern gegriffen, Licht angezündet, doch sie blieb da, auf dem kleinen Pensionsbett. Sie zeigte auf die Wand, wo ihre Worte in Schönschrift erschienen: *Ganz ruhig bleiben. Sie leben noch.* Ihre Augen waren so riesig wie die eines kranken Kindes. Sie streckte ihm die rechte Hand hin, nickte und zeigte wieder zur Wand: *Sie dürfen bleiben, wenn Sie sich anständig vorstellen.* Doch sosehr er sich mühte, sein Name wollte ihm partout nicht einfallen. Dann legte sie sich mit ihrem ganzen Gewicht auf seinen Brustkorb und drückte zu, er bekam keine Luft mehr – *Ihr Name, mein Herr, ohne Namen kommen Sie hier nicht weiter!* Und mitten durchs Kissen hindurch fiel er in den Schlaf, tiefer und tiefer und tiefer. Er fiel langsam, als schwebte er über einem fremden Planeten, so dass er alle Zeit hatte, sich ein paar Grad hin- und herzuneigen, vor und zurück, um in aufrechter Haltung zu fallen. Da erst sah er, dass ein Haus ihn beobachtete, ein stattliches Stahlskelett neben ihm, Stockwerk um Stockwerk grinste es ihn mit seinen schmiedeeisernen Fenstergittern an. Es war nicht fertiggestellt, überragte ihn aber mindestens um dreißig Meter – etwa derselbe Abstand, der ihn noch vom Boden trennte. Nachdem er es einmal bemerkt hatte, ließ es ihn nicht mehr los, sondern bremste seinen Fall, bis er auf der Höhe des dritten, gemauerten Stockwerks zum Stillstand kam. Mühsam wie ein Bleikegel wandte er sich dem Fenster zu, weg von dem Verkehr, der unter ihm hindurchsauste. Vielleicht hätte er sich am flatternden Vorhang näher heranziehen können, doch da sah er plötzlich seinen Vater. Er saß in einem gemütlichen Lehnstuhl, solche hatten sie auch in Leeds gehabt. Sein Vater bemerkte ihn ebenfalls, lächelte. Doch als er den Mund öffnete, um etwas zu ihm zu sagen, wurde Guy im Nacken gepackt und nach oben gezogen, an der Fassade entlang, in die Luft, aus dem Schlaf, zurück zum hohläugigen Geist auf seinem Bett. Sie hatte ihm die Hand gegeben und an die Wand geschrieben: *Herr Barre. Sohn von Valéry Barre. Angenehm.* Er hatte gemacht, dass er wegkam.

Im Zugabteil saß er eine halbe Stunde allein mitten in der abweisenden Landschaft der Basse-Seine. Danach gesellte sich ein Mann zu ihm, der ihn zur Begrüßung anhustete. Weitere Geräusche kamen hinzu. Der Schlag, mit dem der Mann seinen Koffer auf den Tisch warf. Sein undeutliches Fluchen, Geklapper am Schloss, der Knall, mit dem der Deckel aufsprang und eine Hammond-Schreibmaschine auf einem Bett aus lilafarbenem Samt präsentierte. Mit dem Habitus eines Konzertpianisten hämmerte sein Mitreisender Seite um Seite in sein Blechjuwel, bis zum Bahnhof Saint-Lazare. Dort packte er die ganze Chose wieder ein, alle mussten aussteigen.

Das Klappern dröhnte Guillaume noch lange in den Ohren. Ein Zug nach dem anderen fuhr pfeifend ab, Wiedersehensszenen lösten sich in tiefhängenden Dampfwolken auf, weinende Freunde und Verwandte blieben zurück, und immer noch hörte er das Hämmern der Wörter, die nicht für ihn bestimmt waren. Ihm gegenüber lehnte eine Frau an einem schmiedeeisernen Gitter und las. Ihr verwuschelter Zopf fiel auf den schlafenden Hund in ihrem Schoß. Bestimmt eine halbe Stunde blieb sie in ihr Buch vertieft, sah kein einziges Mal auf, er musste hin, sie ansprechen, und sei es, um sie nach der Uhrzeit zu fragen, die einen halben Meter hoch direkt über ihren Köpfen hing. Von Nahem sah er, dass auf ihrem Schoß ein Schal lag und kein Hund, und dass sie die Bibel las und keine Poesie. Enttäuscht kehrte er zu seinem Koffer zurück. Natürlich, alles hatte sich verändert. Was hatte er denn gedacht? Man schrieb das Jahr 1901, auch in Europa. Monets diffuses Violett und Cadmiumgelb waren verschwunden, jetzt war die Welt tiefschwarz und weiß, bleischwer und gestochen scharf wie die Eisenkonstruktion dieses Bahnhofs. In einem kurzen Moment der Stille hörte er die Zeiger weiterrücken. Sie blieben hängen, schleppten sich widerwillig zur nächsten Stunde. Aus der Ferne, über das Haupt der hysterischen Stadt hinweg, drangen vier Glockenschläge zu ihm. Niemand war gekommen, um ihn abzuholen.

Er hob seinen Koffer hoch, nahm ihn auf die Knie. Vielleicht hatte der Alte sich geirrt? Es hieß, dass er trank. Oder eine französische Verabredung war etwas anderes als eine amerikanische, und er hätte draußen vor dem Bahnhof warten sollen oder im Bahnhofslokal. Das war nicht weiter schlimm. Die Adresse hatte er, das Wetter war schön, ein Spaziergang durch Paris, hatte er sich sagen lassen, war das Beste, was einem jungen Amerikaner widerfahren konnte. Den Koffer in der Hand, zog er los, in Richtung Boulevard Delessert. Boulevard The Desert, murmelte er, als ihm eine Stunde später der Schweiß aus dem Schnurrbart rann. Er ruhte sich vor dem x-ten seltsamen Lädchen aus, das in Amerika niemals überleben würde:

Das Schaufenster war leer und dunkel, in der Werkstatt dahinter beugte sich ein Mann über ein Mikroskop. Augenblicklich richtete er sich auf, als fühlte er sich beobachtet, und hob leutselig die Hand. Zögerlich winkte Guillaume zurück, trat einen Schritt näher, aber nein, er kannte ihn nicht. Es war einfach nur ein freundlicher Mann mit dem Schnurrbart eines Zauberers. Dann geschah etwas Merkwürdiges. Als Guillaume weitergehen wollte, hörte er, wie sich hinter ihm etwas verschob. Er drehte sich wieder zum Schaufenster um und erblickte sein Spiegelbild. Aber nicht in seiner jetzigen Erscheinung, sondern so, wie er eben dagestanden hatte: vornübergebeugt und winkend. Dann wurde alles wieder schwarz. Was hatte das zu bedeuten? Rasch ging er weiter, überquerte mit klopfendem Herzen die Champs-Elysées. Er irrte umher, fragte sich, wo die vielgerühmte Pariser Nonchalance geblieben war und weshalb er anstelle schöner Frauen, die Wein tranken, nur hässliche Männer sah, die arbeiteten, in Straßen, die nach diesen hässlichen Männern und ihrem Werk benannt waren, wie die Rue Auguste Vacquerie oder diese hier, die Rue Dumont d'Urville, in der immer noch viele Wissenschaftler lebten, unter anderem Henri Becquerel, der die Radioaktivität entdeckt hatte, aber nicht, weil er so genial war, sondern rein zufällig, in seiner Unordnung und Vergesslichkeit. Und siehe da, etwas, das wie eine anheimelnde Kneipe aussah, entpuppte sich als »Labor für Gerontologie«. Langsam hatte er die Nase voll. Das war keine Stadt, sondern ein finsterer Bau, in dem Maulwurfmännchen nach Funden gruben, die das Leben verändern sollten, in welcher Form auch immer. Für die Konsequenzen stünde keiner gerade. Wenn sie in zehn, fünfzehn Jahren wieder herauskämen, würden sie ihre alte Welt nicht wiedererkennen. Aber vielleicht wurde auf Befehl von oben eingegriffen, brach ein Krieg über sie herein und schlug alles in tausend Stücke. Vielleicht war es ja höchste Zeit für die britisch-französische Entente.

Er war da. Bei dem großen grauen Haus, in dem der Freund seines Vaters wohnte. Die Klingel war abgebrochen, er musste gegen die Tür hämmern. Nach einer Weile öffnete ihm eine alte Frau, deren Kleidung wirkte, als ob sie in einem anderen Jahrhundert oder auf einem anderen Kontinent lebte, ihre krummen Schultern waren mit grell bestickten Stofffetzen bedeckt, an den kurzen Beinchen trug sie eine Pumphose. An ihren Füßen ein Paar goldene Pantoffeln. Dieser Aufzug lenkte von ihrem Alter ab, ihrem runzligen Kopf, der in einem fort nickte. Ein Tremor, ging ihm auf, und er stellte sich mit lauterer Stimme vor als nötig. Ja, ja, sagte sie, sie sei nicht taub, sie wisse, wer er sei und was ihn hierherbringe. Sie sei Madame Loubet. Sie geleitete ihn durch einen langen Gang. Schrecklich, was der Herr sich alles erlaube, sagte sie, er trinke eben, weiß der Kuckuck weshalb, denn kaum habe er einen Schluck genommen, könne er sich schon nicht mehr daran erinnern. Wozu brauche ein Mann ohne Gedächtnis noch einen Rausch? Vor der letzten Tür brachte sie ihr Gesicht, das so dunkel und zerfurcht war wie das eines Navajos, dicht vor seines.

»Aber manchmal hat er klare Momente! Heute Vormittag nicht, so viel steht fest. Sonst hätte er Sie nicht umsonst warten lassen.«

Sie führte ihn in einen großen, hellen Raum, in dem mehr Dinge herumstanden, als sein Blick erfassen konnte, doch er begriff sofort, dass es das Hauslabor war, denn das seines Vaters hatte genauso ausgesehen. Dieser Schreibtisch, gefährlich beladen mit Büchern und Papierkram, das Mikroskop von Schieck, wie es sein Vater ebenfalls besaß, der Staub in der Luft über dem Stuhl, als hätte eben noch jemand da gesessen und angestrengt nachgedacht. Madame Loubet merkte, wie schwermütig er wurde, und riss die Terrassentüren weit auf.

»Warten Sie doch hier, Herr Barre. Ich gehe Marc Roussin holen.«

Im Innenhof spielte der Pariser Frühling mit den letzten verschrumpelten Herbstblättern. Als Guillaume hinaustrat, kamen ihm ein Paar Hühnervögel entgegen, als gehörte er zur Familie. Hinter ihnen ein Kaninchen mit einem krummen Hinterleib, das trotz seines hohen Alters ein erstaunliches Tempo vorlegte, als es eines der Hühner bestieg.

»Seid ihr schon wieder zugange?«, fragte Madame Loubet, als sie zurückkam, und trieb die Tiere mit einem Besen auseinander. Diese entfernten sich jedoch nur ein Stück und setzten ihren wirren Akt mit doppelt so viel Elan fort.

»Kein Wunder, bei dem Herrn«, sagte die Alte. »Ich habe es versucht. Marc Roussin will nicht aufstehen. Sie haben die Wahl: Entweder Sie kommen später wieder oder Sie begeben sich in seinen Bau. Ich schäme mich ja so.«

»In seinen Bau?«

»Sein Schlafzimmer. Da liegt er schon die ganze Woche. Schwer zu sagen, ob er wirklich krank ist oder nur betrunken.«

Roussins Vergesslichkeit hatte sich zu einer chronischen Amnesie ausgewachsen, bei der der unberechenbare Patient zusammen mit seinen Erinnerungen auch die Ausflüchte vergisst, mit denen sich ein zerstreuter Mensch noch plagt. Im letzten Jahr hatte sich sein Zustand stark verschlechtert. Ihm war der Abschied vom neunzehnten Jahrhundert, das ihm alles gegeben hatte, was ihm lieb und teuer war, schwergefallen. Aber er musste ins neue Jahrhundert mit, der Zug raste nun mal weiter. Er wunderte sich nur, dass er noch an Bord war, als sie wieder aus dem Tunnel auftauchten. Alle erleichtert, nur er nicht. Ein Jahr war es schon her, für ihn eins zu viel. Also machte er sich schon mal auf den Rückweg. Im Schritttempo, leicht betrunken, warf er den Ballast seines Kurzzeitgedächtnisses ab. Guillaume traf ihn aufrecht gegen die Kissen gelehnt an. Er konnte ihn nicht verstehen, denn Roussin sprach schnell, schwafelte wie ein Prophet in Trance. Doch wenn er nur auf seine Augen schaute und nicht auf den Rest des Gesichts, nicht auf die hochgezogenen Augenbrauen und das spöttische Lächeln, nicht einmal auf die Augenlider, sondern nur auf diesen Blick, sah er den Mann, wie er einmal gewesen war.

»Da bist du ja endlich«, sagte Roussin schließlich. »Ich dachte schon …«

Na bitte, dachte Guillaume, er weiß noch, wer ich bin. Beim letzten Mal war ich noch ein Kind, aber er erkennt mich noch, dabei ist er mindestens zehn Jahre älter als mein Vater. Man stelle sich das nur vor.

»Valéry, du Schuft, bleib doch nicht stehen«, dröhnte Roussin. »Du hast mich auf dem Bahnhof ganz schön warten lassen. Erst habe ich eine Kleinigkeit gegessen, dann bin ich nach einer Stunde wieder gegangen, was für ein Schuft, dachte ich, aber jetzt bist du da. Du hast sicher den Zug verpasst? Komm, lass uns darauf anstoßen.«

Er hob den Hintern, ließ einen Wind fahren. Madame Loubet warf Guillaume einen unsicheren Blick zu, aber nur, weil er ihn mit dem falschen Namen angesprochen hatte, nicht wegen des Furzes.

»Valéry«, sagte Guillaume, »ist mein Vater. Auf welchem Bahnhof haben Sie denn gewartet? Es tut mir furchtbar leid, ich dachte, wir ...«

Bei Madame Loubet hatte sich Ärger angestaut, sie zerrte an den Kissen des Alten, schnupperte am Glas auf seinem Nachttisch.

»Sie täuschen sich, Marc«, sagte sie. »Das hier ist sein Sohn. Seither sind mindestens zehn Jahre vergangen. Und nicht Sie, alter Narr, haben umsonst auf dem Bahnhof gewartet, sondern er. Der arme Junge!«

Sie bedeutete Guillaume, sich zu setzen.

»Vielleicht bekommen Sie noch etwas heraus, manchmal ist er nicht mehr zu stoppen. Ich koche inzwischen Tee.«

Bei der Tür blieb sie noch einmal stehen.

»Ihr Vater war zu Besuch in meinem Salon, wissen Sie.«

Guillaume konnte seinen Ohren kaum trauen, brachte vor Aufregung die einfachsten französischen Wörter nicht über die Lippen, sie blieben zwischen Gaumen und Zunge stecken und er stammelte. Sein Vater, hier in der Stadt! Bei ihr im Salon! Wann?

»Ach, das ist lange her«, sagte Madame Loubet. »Da gab es Richard noch, wann mag das gewesen sein? Ich hatte Gratteron eingeladen, wissen Sie noch, Marc? Grat-te-ron?«

Irgendwo tief unter seinem Haarschopf, der graugelb war wie ein Getreideacker nach einem strengen Winter, kramte Roussin nach seinen Erinnerungen. Er reagierte erst nach einer Weile: »Ich bin doch nicht taub, Weib. Gratteron, ja, Ferdinand Chénier hieß er, der Scharlatan. Den haben wir noch losgeschickt, kurz nach Valérys Verschwinden. Nie mehr was von ihm gehört. Weder vom einen noch vom anderen. Es hing zusammen, aber ich weiß bei Gott nicht mehr, wie.«

Fassungslos schüttelte er den Kopf. Plötzlich wurde ihm bewusst, dass sein Gedächtnis ihn im Stich ließ und er die Erinnerungen, seien sie falsch oder richtig, pflücken musste, bevor alles wieder weg war. Madame Loubet versuchte, ihm zu helfen. So war Guillaume zwei alten Köpfen ausgeliefert, die nickend und schüttelnd versuchten, die Vergangenheit auszugraben.

»Gab es da nicht auch einen Pfarrer?«, fragte Madame Loubet. »Ich weiß noch, wir saßen zusammen beim Tee, Sie haben mir etwas vorgelesen, einen hochinteressanten Brief. Warum glauben Sie, dass das etwas mit seinem Vater zu tun hat? Gratteron und er ...«

»Ich weiß es nicht, *noch* nicht, geben Sie mir fünf Minuten«, sagte Roussin. »Lagarde, nein, Alard, ja, Pater Alard hieß er, ja, Teufelsaustreibung, ja, Exorzismus, wissen Sie noch, Loubet, diese Irrenanstalt, Sainte-Philomène, ja, Gratteron, ja, irgendwas mit Film, Cinéma so und so, ja ...«

In diesem Telegrammstil, mit Jas und Neins wie Leerzeichen zwischen den Wörtern, fuhr er noch eine Weile fort. Die Assoziationen schossen ihm schneller durch den Kopf, als er sie, zusehends hilfloser, aussprechen konnte. Schließlich packte er ein Kissen und schleuderte es auf die Alte an der Tür.

»Holen Sie doch den Brief, in Gottes Namen! Alles liegt nach Datum sortiert in meiner Werkstatt.«

»Aber den haben wir doch Gratteron mitgegeben!«, rief Madame Loubet.

Roussin hustete. »Gratteron ... Der Gedankendieb.«

»Darüber braucht er sich mit seinem leeren Kopf keine Gedanken mehr zu machen«, murmelte Madame Loubet, »Dieser Gratteron, Ferdinand Chénier hieß er, hat mit den Allergrößten zusammengearbeitet. Dem Ehepaar Curie, Henri

Poincaré und, nicht zu vergessen, dem großen Edison. Angeblich hat der ihn sehr gut bezahlt.«

»Der Verdunklerrrr«, röhrte Roussin aus seinem Bett, den Blick zur Decke gerichtet. »Ich habe so was nicht nötig, nee, ich nicht. Ich habe eigene Ideen, mehr als genug, wer will, kann sie sich schnappen, drei für den Preis von zwei, schnapp dir, was du kriegen kannst, nimm eine weg und zwei andere kommen nach, nicht wahr, gute Frau!«

Madame Loubet stieß einen tiefen Seufzer aus und lotste Guillaume aus dem Zimmer. »Hier kommen wir nicht mehr weiter. Tee?«

Er folgte ihr in die Küche, die erste französische Küche, die er in seinem Erwachsenenleben sah. Alles funkelte und strahlte ihm entgegen. Auf dem Herd stand ein Topf, in dem es dampfte, sicher waren geschmorte Zwiebeln darin, zusammen mit einem Gewürz, das er schon lange nicht mehr gerochen hatte. Die Küchenfenster in Amerika ließen sich nicht so weit öffnen. Auch die Spülbürste und die runde Seife am Halter an der Wand fielen Guillaume auf. Falls er sie irgendwoher kannte, war die Begegnung flüchtig gewesen, in einem lang vergangenen und vergessenen Leben. Nicht verdrängt, wie es neuerdings Mode war zu sagen, sondern schlicht vergessen, weil die Sprache fehlte, weil wir in den ersten Lebensjahren keine Worte haben, um Dinge festzuhalten. Er zweifelte nicht daran, dass er schon als Kleinkind sprachlos auf diese beiden Gegenstände gestarrt und sich seinen Teil gedacht hatte.

»Gar keine schlechte Idee, sich auf die Suche nach Chénier zu machen, wissen Sie?«, sagte Madame Loubet und blätterte in einem Adressbuch. »In seinem Fach war er der Beste. Jetzt brauchen wir nur noch seine Adresse ... Hier, Loulou Laurent, sie ist auch gut, verfällt allerdings in sinnlose Visionen, das ist ermüdend! Jeno Czerny, dieser Po-Grabscher, hat schon viele Rätsel gelöst, aber nein, wir wollen Chénier, nicht wahr? Chénier, Chénier ... Ihr Vater wollte übrigens nichts mit ihm zu tun haben. Ich habe einmal eine Soiree mit Gratteron organisiert und Marc hat Ihren Vater mitgebracht, aber der war nervös wie ein Hund.«

Der Teekessel pfiff die ganze Nachbarschaft zusammen, sie drehte die Flamme kleiner und versuchte, den Tee aufzugießen, doch ihr Tremor hinderte sie daran. Guillaume nahm ihr den Kessel ab.

Sie legte ihm eine zittrige Hand auf die Schulter. »Ihr Vater hat seine Ideen lieber für sich behalten«, sagte sie, »sicher nicht zu Unrecht. Hat er nie mehr etwas von sich hören lassen?«

Guillaume wäre es lieb gewesen, wenn sie ihn nicht so besorgt angesehen hätte.

»Gratteron, also Chénier, wird Ihnen auf jeden Fall sagen können, ob er noch lebt.«

»Er lebt noch«, sagte Guillaume.

»Natürlich! Ich wollte nichts unterstellen! Da gibt es so viele Möglichkeiten. Nachdem Gratteron verschwunden war, machten auch über ihn wilde Gerüchte die Runde. Die einen sagten, er sei mit Schaum vor dem Mund wie ein tollwütiger Hund in den Weingärten gefunden worden, andere erzählten, er habe eine Festanstellung bei Edison in Amerika. Wem soll man glauben? Heutzutage denken sich die Leute alles Mögliche aus.«

»Edison hat das alles jedenfalls verdammt gut in den Kram gepasst«, murmelte Guillaume.

»Ihr Vater lebt«, sagte Madame Loubet, »wenn Sie das wollen. Schließlich ist nichts unwiderruflich. Haben Sie schon einmal von Retro-Psychokinese gehört?«

Guillaume schüttelte den Kopf. Er wollte nicht mehr darüber reden, sie sollte nicht versuchen, ihn zu trösten, als wäre sie eine alte Bekannte. Eigentlich wollte er so schnell wie möglich zurück, wieder in Amerika sein, in seinem normalen, gesunden Amerika. Mit etwas Pech trank er hier gerade mit einer achthundertjährigen Hexe Tee, in Europa war das nicht ausgeschlossen.

»Retro-Psychokinese bedeutet, dass man ein vergangenes Ereignis im Hier und Jetzt beeinflussen kann«, sagte sie. »Das geht aber nur, solange man die Folge des Ereignisses nicht kennt. Angenommen also, Ihr Vater wäre wirklich gestorben, Sie wüssten es aber noch nicht, dann wäre es möglich, diese Tatsache ungeschehen zu machen. Allerdings muss man üben, klein anfangen, mit einem Streichholz oder so oder einem Blatt Papier. Fragen Sie Chénier, wenn Sie ihn sehen. Und richten Sie ihm herzliche Grüße aus. Sagen Sie ihm, dass er uns fehlt.«

Zu guter Letzt fand sie immerhin die Adresse des Sainte-Philomène-Spitals, der Irrenanstalt, die Pater Alard in seinem Brief erwähnt hatte. Falls der noch lebte. Anschließend lud sie Guillaume herzlich ein, auf dem Rückweg vorbeizukommen, weil alle natürlich darauf brannten zu erfahren, was er herausgefunden hatte. Als sie sich im Eingang verabschiedeten, machte der Alte sich noch einmal bemerkbar. »Valéry!«, brüllte er aus dem Schlafzimmer. »Komm her, Valéry, du gemeiner Schuft, ich dachte, du bringst uns etwas zu trinken!«

3

Guillaume reiste erst am nächsten Tag aus Paris ab. Am Abend war es spät geworden. Dabei war er nur ein bisschen durch die Gegend geschlendert, doch zurück in seinem Hotelzimmer, war er beim Anblick seines Spiegelbilds erschrocken. Sein Gesicht war ausgehöhlt wie das eines allzu schweigsamen Mannes. Aber der nächste Tag begann anders, »Whoopee Ti Yi Yo« singend, trug er den Kopf hoch, darauf ein neuer Hut aus dem Hause Berteil. Er verließ die Hauptstadt über eine Straße, die an abgeernteten Feldern vorbeiführte, was ihn daran erinnerte, dass sein Vater hier irgendwo, irgendwann, zusammen mit hunderttausend Mann den Rückzug angetreten hatte. Er bedauerte, nie mit ihm darüber gesprochen zu haben. Kummer und Verlust hatten wohl nicht in das Gepäck gepasst, das seine Eltern nach Amerika mitgenommen hatten. Und er selbst war in Nordamerika aufgewachsen, dem Land, das nie eine Niederlage gekannt hatte, und würde mit vollen Händen zurückkehren.

Er blieb guten Mutes, bis er nach einer vierstündigen Reise im Sainte-Philomène ankam. Irgendetwas war mit diesem Gebäude los. Verfallen konnte man es nicht nennen, doch an den seltsamsten Stellen fehlten Steine, als hätte jemand sie entfernt, um den Eindruck von Ordnung und Ebenmäßigkeit zu zerstören. Der Frühling hielt sich zurück. Guillaume fing an zu zweifeln, er bekam Angst, dass ihn hinter dem Tor schlechte Neuigkeiten erwarteten. War er bereit, seine lebenslange gute

Hoffnung gegen ein bündiges *non* einzutauschen, das ihn treffen würde wie ein Fallbeil? Doch gerade als er kehrtmachen wollte, spürte er eine Hand auf seiner Schulter. Ein zaghaftes Tippen. Ein Lächeln unter dem Himmel eines Nonnengewandes. Als er sagte, er suche jemanden, führte sie ihn ins Kühle, und er erzählte ihr, er komme aus Amerika. Das imponierte ihr kein bisschen. Er suche einen alten Freund (sie nickte. Mitleidig? Gleichgültig? Nicht zu erkennen. Ihre Gedanken verbargen sich im Schatten unter der Haube), der früher einmal hier gewesen sei. Sie fragte nach dem Namen, er nannte den Gratterons, und schlagartig erlosch ihr Lächeln.

»Herr Chénier, ja, er war hier. Ist er aber nicht mehr. Sie sind nicht der Erste, der nach ihm fragt. Sie haben hier nichts zu suchen, gehen Sie zurück nach Hause.«

Was hatte ihn in Gottes Namen geritten, Gratteron als Freund zu bezeichnen? Er musste es richtigstellen, sie dazu bringen, ihn wieder anzusehen.

»Verzeihen Sie, ich habe mich falsch ausgedrückt. Mein Französisch lässt sehr zu wünschen übrig. Ich kenne Herrn Chénier gar nicht persönlich, er könnte mir nur vielleicht behilflich sein.«

Sie blickte immer noch zu Boden, mit fest verschränkten Händen, doch ein kleiner Anstoß genügte und sie erzählte ihm die Geschichte.

»Kurz nachdem ich hier angefangen habe, fanden wir ihn auf dem Feld, er aß rohe Kartoffeln, frisch aus der Erde. Er verschlang sogar die Blätter, die giftig sein sollen. Sein Mund blutete. Wir waren ja einiges gewohnt, in den letzten Jahren des Jahrhunderts hatten wir viel mit dem Teufel zu schaffen, aber meistens suchte der sich Frauen als Opfer, und denen konnte man mit Gottes Wort und Wechselbädern helfen. Ferdinand

Chénier nicht, er hielt sich für etwas Besseres. Etwas sei in ihn gefahren, sagte er, eine gewaltige, große Idee. Mehr wollte er uns nicht verraten, denn sie war angeblich sehr viel Geld wert. Zehn Jahre lang hielt er sie geheim, stellen Sie sich vor, zehn Jahre, und wir haben die ganze Zeit für ihn gesorgt. Er hatte fürchterliche Kopfschmerzen. Ich habe gehört, dass er früher, in einem anderen Leben, in Paris Hellseher war. Dass er Gedanken lesen konnte wie der Prophet Bileam. Doch in Wirklichkeit war der arme Tropf nur fallsüchtig. Manchmal bekam er einen Anfall, dann schien er Tausende von Kilometern entfernt. Andere Male benahm er sich einigermaßen normal, man konnte mit ihm über die Tagesnachrichten reden oder sogar über die Bibel, die er gut kannte. Aber seine kostbaren Gedanken, die wollte er uns nicht verraten, egal, wie sehr sie ihn quälten. Das kommt öfter vor: je intelligenter, desto misstrauischer. Unter unseren Patienten gab es eine Reihe Genies, Männer, die in hohem Ansehen standen, ihre Ideen aber plötzlich nicht mehr in Worte fassen konnten oder sie hinunterschluckten und für später aufbewahrten, doch für solche Männer gibt es kein Später, ihr Zustand bessert sich nie, sie sterben alle hier.«

Zufrieden verschränkte sie die Arme. Bitte sehr! Es ist dem Menschen eben nicht bestimmt, seiner Zeit weit voraus zu sein. Lieber sollte man im Klostergarten werkeln, ein paar Feldfrüchte ernten und Gott die Sorge um die Zukunft überlassen.

»Aber für Herrn Chénier kam ein Brief aus Amerika. Nach all den Jahren. Vom berühmten Herrn Edison, dem Erfinder des Telefons.«

Herrgott, dachte Guillaume, jetzt soll auch noch die Erfindung des Telefons auf das Konto dieses Mistkerls gehen! Um diesen Knochen hatten sich mehr als zwei Hunde gestritten, Alexander Bell hatte ihn bekommen – ebenfalls zu Unrecht. Als ihm das Patent erteilt wurde, hatte Bell kaum etwas in der Hand. Elisha Gray war schon weiter gediehen, doch er kam zwei Stunden nach Bell ins Patentamt geschlittert, auf glatten Sohlen, im Frack, zu spät! Zwei Stunden nur! Augenzeugen sahen, wie er sich vor Verzweiflung auf den Marmorboden warf, mit den Beinen strampelte wie ein hilfloser Käfer. Wie war das möglich? Für Bell sprach immerhin der Name. Der klang gut. Außerdem war er ein Brite, nicht ein Kauderwelsch murmelnder Italiener wie sein größter Konkurrent Antonio Meucci, der pleite war und außerdem todkrank. Die Wahrheit stand also schon mit einem Fuß im Grab. Die Gerüchte über Meucci hatte Guillaume noch von seinem Vater gehört. Auch ihm habe man Knüppel zwischen die Beine geworfen. Meuccis Patentanfragen, genau wie seine, seien aus denselben unverständlichen Gründen abgelehnt worden; die Anfrage für das *telettroffono* sei auf mysteriöse Weise verlorengegangen, man habe seine Ideen heimlich an Bell weiterverkauft, die Mitarbeiter des *patent office* hätten müde lächelnd abgewinkt, als der alte Italiener sich beschwerte, so lange, bis er den Geist aufgab. Bei Gray waren es zwei Stunden gewesen, bei Meucci hatte es von kümmerlichen zehn Dollar abgehangen, die ihm für die Verlängerung seines Patents fehlten. Kein Wunder, dass die Irrenanstalten voller Genies waren, voller Männer, die danebengegriffen hatten, die auf Unverständnis gestoßen waren und daraufhin selbst den Verstand verloren.

»Herr Edison hat ihm die Überfahrt nach Amerika bezahlt«, sagte die Nonne und rupfte mit plötzlicher Boshaftigkeit etwas Efeu von der Mauer. »Erster Klasse. Wir haben ihn jahrelang umsorgt wie ein Kind und nichts bekommen, gar nichts. Und dabei ... Sehen Sie nur, wie es hier aussieht. Sprünge in den Scheiben, Risse in den Mauern. Ein Gebäude leidet sehr unter der Schwachsinnigkeit der Bewohner, sehen Sie. Nicht einmal ein Wort des Dankes. Sie können also getrost in Ihr schönes Amerika zurückkehren, von dem Mann brauchen Sie keine Hilfe zu erwarten.«

Sie blieb mit dem Rücken zu ihm stehen, verheddert in dem Efeu, der sich an ihrem Rosenkranz verhakt hatte. Warum versteifte sie sich darauf, diese Arbeit zu erledigen? Sie war wirklich nicht dafür gemacht. Er musste an seine Mutter denken, daran, wie es ihr wohl erging, ob sie immer noch Lieder trällerte oder wieder mit einem Plaid auf dem Schoß blind aus dem Fenster starrte. Bei seiner Suche war er vorerst bei einer Frau mit einer strahlend weißen, gestärkten Haube gestrandet, die ihren Kopf fest im Griff hielt. Plötzlich fiel ihm etwas ein.

»Ach ja, ich suche auch Hochwürden Alard.«

Sie drehte sich zu ihm um, in ihren Augen der Mädchenblick, den Nonnen Kirchenmännern gern gönnen.

»Pater Alard ... Das trifft sich gut! Wir haben eine Sendung, die dringend zu ihm muss. Hier hat sich ein ganzer Stapel Post für ihn angehäuft, darunter eine Flasche Cognac und ein bisschen Käse vom Bauern. Wir sind noch nicht dazu gekommen. Könnten Sie die Sachen mitnehmen? Sie sollten nicht länger hier liegenbleiben.«

Und so kam es, dass der Fremde aus Amerika das Pferd des Sainte-Philomène geliehen bekam, ein normannisches Zugpferd *à deux fins*, wie man sagt, das beim Satteln dennoch protestierte. Der Stallknecht, der sich sehr um Guillaume bemühte, das Pferd für ihn striegelte, seinen Koffer in Aufbewahrung nahm und ihm die Route auf einem Stück Zeitung zeichnete, fragte, wie man »gute Reise« auf Englisch sage.

»Whoopee Ti Yi Yo«, sagte Guillaume. »Whoopee ti yi yo, git along.«

4

Mit zehn Jahren hatte Guillaume das Gefühl, dass die Tage in Amerika kürzer waren als in Europa. Im ersten Sommer nach der Überfahrt erkundete er am allerliebsten allein den Fluss, doch jedes Mal wurde er von der Dunkelheit überrascht, dem Blauschwarz des Wassers und dem des Himmels und allen Geräuschen zwischen beiden. Egal, wie früh er sich auf den Nachhauseweg machte. Fast schien es, als versteckte sich die Zeit tagsüber wie ein Nachttier, um sich bei Sonnenuntergang in höherem Tempo in Bewegung zu setzen, wie der Waschbär, der quer durchs Feld auf ihn zukam und ihn misstrauisch vom Ufer aus beäugte, mit vorgestrecktem Bauch und in die Seite gestemmten Pfoten. Das sei Azeban, erklärte ihm der Gärtner in Delanco, Azeban der Waschbär, aus dem Reich der Dämmerung der Wobanakik. Azeban spiele kleinen Jungen und blinden Männern Streiche; eigentlich allen wehrlosen und ängstlichen Menschen. Der Gärtner hatte ein Gesicht wie ein Baum, und seine Hände sahen aus wie die Wurzeln, die er aus der Erde grub, deshalb fürchtete sich Guillaume auch vor ihm ein wenig. Dennoch lauschte er seinen Geschichten über die Plagetiere der Indianer gern. Später, als der Herr des Hauses fernblieb, war er derjenige, der Guillaume versicherte, dass sein Vater noch lebte, dass der Moment käme, wo er ihn suchte und fand, in der Zeit zwischen Wasser und Himmel, und dass er sich nicht zu beeilen brauchte.

Der Fluss, an dem er jetzt entlangritt, war längst nicht so

breit wie der Delaware, grau, aber elegant, wie viele Französinnen in gesetztem Alter, doch hier warteten die Tiere nicht auf die Dunkelheit. Sie starrten einem unverfroren in die Augen. Mümmelnde Kaninchen. Ein Reiher oben auf einem Baum. Auch sein Pferd, am losen Zügel, drehte dann und wann den Kopf zur Seite und sah ihn aus einem großen Auge an. Es hatte ihn immer erstaunt, dass Tiere, vom kleinsten Sittich bis zum größten Walfisch, die Menschen wirklich ansahen, unabhängig davon, ob die Menschenaugen so groß waren wie ihr Kopf oder so klein wie ihr Nasenloch. Und nicht nur das: Sie sahen den Menschen auch hinterher. Das fiel ihm auf, als er sich umdrehte. Es stimmte also nicht, dass nur Menschen die Wirklichkeit festhalten wollten, um sich später mit ihr zu beschäftigen. Alle Tiere waren Spurensucher, rochen Artgenossen lieber, wenn sie vorbei waren, als das Original. Sie wussten genau, was in ihm vorging. Er selbst hinterließ keine Spur, dafür war es zu trocken. Der Flugsand hinter ihm legte sich, sobald das Pferd die Hufe wieder gehoben hatte. Und wenn es einen Pferdeapfel fallen ließ, stürzten sich die Vögel darauf und verschlangen ihn bis auf den letzten Krümel. Er sah keinen Menschen, nicht einmal ein Haus, außer einem, das aus der Ferne freundlich wirkte, von Nahem aber vernagelt war. In der blauen Tür zählte er mindestens zehn Einschüsse. Der Schütze musste ein paarmal nachgeladen haben. Diese sauberen Löcher waren das einzige Überbleibsel des Blutbads, aber die Kugeln hatten ihren Weg bis zum Tod mindestens eines Mannes fortgesetzt. Das Pferd trat heftig auf der Stelle, es reagierte wohl auf sein schneller klopfendes Herz. Wer würde ihn suchen, wenn er verschwand? Etwa die Alten in Paris? Seine unglückliche Mutter? Nein, für ihn sah es finster aus. Er würde nichts zurücklassen, hatte nichts erreicht. Bei diesem beunruhigenden Gedanken zog sich der Himmel zu. Innerhalb weniger Minuten wurde die Landschaft vollkommen farblos, das Gras, der Sand und der Pferdehals unter ihm lagen im Schatten. Schon als Kind hatte er verstanden: Wenn man Angst bekam, verschwand die Sonne, dann kamen die Plagetiere, und es war aus. Und wie damals stimmte er ein Lied an.

O bury me not on the lone prairie
Where coyotes howl and the wind blows free
It matters not, I've been told,
Where the body lies when the heart grows cold
Yet grant, o grant, this wish to me
O bury me not on the lone prairie

Sieh an, die bewohnte Welt. Als Erstes ein Hund, so fing es immer an. Dann eine alte Frau mit einem Korb im Gebüsch. Ein Landstreicher, der auf ihn zukam oder sich von ihm entfernte. Als Guillaume an ihm vorbeiritt, sah er, dass sich seine Rückseite nicht erheblich von der Vorderseite unterschied. Besser gesagt: Die Vorderseite war nicht vorhanden. Sein Gesicht war wie ausradiert von einem rätselhaften Übermaß an Licht. Guillaume drehte sich noch einmal im Sattel um, doch trotz der Wolken am Himmel blieb der Mann merkwürdig überbelichtet. Er spuckte aus. Das alles hatte nichts damit zu tun, wie er sich den Weg zu seinem Vater vorgestellt hatte. Er ließ sich einfach irgendwohin schicken, in seltsame Dörfer und zu Männern, von denen sein Vater nichts hatte wissen wollen. Dieser Gratteron da: Was der konnte, konnte sie zu Hause besser. Ihr Gärtner Jeff zum Beispiel las Gedanken, ohne zu stocken, wie ein Ansager auf der Rennbahn. Was brachte einem das? Seine Gedanken kannte er selbst, die waren wertlos. In Gedanken war er nie weiter gekommen als bis zur ersten Umarmung. Was hatte er seinem Vater sonst noch zu sagen? Was war für jemanden von Bedeutung, der seit elf Jahren wie vom Erdboden verschluckt war?

Da war die Kirche, Gott sei Dank, die Kirche. Der Anblick des Glockenturms aus Sandsteinen beruhigte ihn. Kirchen und Kühe, auf sie konnte sich ein Fremder verlassen. Die hatten immer dasselbe im Sinn, Menschen die Zeit zu rauben, die sonst womöglich etwas im Schilde führen könnten. Er ließ sein Pferd beim Tor zurück und ging zum Pfarrhaus. »Sie müssen sich das Rosentor ansehen«, hatte die Nonne gesagt, »ich denke, dass sie jetzt in voller Blüte stehen, und so einen Duft haben Sie noch nie gerochen«, und sie hatte recht. Dafür roch es im Haus nach dem Rest Suppe, der auf dem Feuer verdampfte. Der Pfarrer hing schnarchend über dem Tisch, in Gesellschaft einer leeren Flasche. Als der Fußboden knarrte, richtete er sich auf, wollte einen Schluck trinken, zog aber überrascht die Hand zurück. Sie war groß und gerötet, die Pranke eines Bauern. Keine Hand, in der man eine Hostie erwarten würde.

»Na so was«, sagte er. »Besuch.«

Er musterte Guillaume amüsiert, etwas zu lange, so dass dieser den Verdacht bekam, dass er blind war, dass seine Augen ihn zwar freundlich willkommen hießen, aber nichts sahen.

»Es tut mir leid, ich habe geklopft ...«

Er war sich nicht sicher. Die Augen blieben einfach, wo sie hingehörten, zwischen lauter Lachfalten. Das nannte man also »steinalt«. Zum Glück hatte der Pfarrer eine kräftige Nase, die seine durchscheinende Gesichtshaut wie eine Zeltstange aufrecht hielt, doch der Mund war eingefallen, hielt die Worte zurück.

»Das macht nichts, setzen Sie sich doch. Können Sie mir sagen, wie spät es ist?«

Guillaume holte seine Uhr hervor, der Pfarrer nickte – er hatte noch Zeit – und nahm eine Zigarette an, rauchte sie mit zusammengekniffenen Lidern, weil seine Augen nichts mehr sahen, aber immer noch etwas spürten. Am Verlust seines Sehvermögens sei er selbst schuld, sagte er. Ende des vergangenen Jahrhunderts habe er sich vom Feuer des Fortschritts anstecken lassen, in das damals alle Männer starrten, habe den Wissenschaftler herauskehren wollen. In *La Science illustrée* stand, dass die Netzhaut die Echos wahrgenommener Bilder bewahre wie eine empfindliche Platte. Trotzdem hatte noch niemand die minimale Belichtungsdauer berechnet. Einen ganzen Sommer lang sah der Pfarrer von der Sonne zur Wand und wieder zurück. Zuerst durch Brillen, Fernrohre und Schablonen, danach mit dem bloßen Auge, ohne zu blinzeln, bis er schließlich in einer Nacht erwachte, die nicht mehr zum Tag werden wollte.

»Der Herr hat mich gehörig in meine Schranken gewiesen«, sagte er munter. »Es ist aber nicht so schlimm, wie Sie denken. Ich habe genug gesehen in meinem Leben, um mich noch nachträglich daran zu erfreuen. Jetzt spule ich mein Leben zurück und sehe es mir noch einmal an. Hier, in aller Ruhe.«

Er tippte sich auf die geschlossenen Lider.

»Ohne Dunkel kann es kein Licht geben. Als ich noch etwas sehen konnte, habe ich die Bilder nie lange festgehalten. Auf unsere Netzhaut ist kein Verlass. Eine Viertelsekunde für ein Farbbild, eine Viertelminute, höchstens, für die Umrisse. Sie wissen schon, was ich meine, das, was man mit geschlossenen Lidern sieht, nachdem man ins Licht geschaut hat. Die Bilder sind weg, aber wir halten an diesen dunklen Flecken fest wie Jäger an Kaninchenköteln. Da lobe ich mir doch das Gedächtnis! Das bewahrt mit aller Geduld der Welt einen ganzen Wissensschatz. Aber das habe ich erst erkannt, als ich blind wurde.«

Er entkorkte den Cognac, und Guillaume musste ihm die Post vorlesen. Ein solcher Haufen Klagen und Schimpfereien, dass man dafür in der Tat ordentlich gebechert haben musste. Ganz unten lag eine Ankündigung für das Straßenfest in V., wo einem »phänomenale« und »erschreckend echte« Vorführungen auf der größten Leinwand Europas versprochen wurden. Wie passend, dachte er, das kann kein Zufall sein, eines ergibt sich aus dem anderen. Auch dem alten Herrn ihm gegenüber brauchte er nichts zu erzählen. Er brauchte nicht weiterzusuchen, nicht in Archive abzutauchen, keinen französischen Hellseher zu befragen. Diese Augen durchschauten alles.

»Leider habe ich nie ein kinematographisches Bild gesehen«, sagte der Pfarrer, »und jetzt ist es zu spät. Sagen Sie mir ehrlich, ist es ein großer Verlust?«

»Ganz und gar nicht«, antwortete Guillaume wahrheitsgemäß. »Die Bildqualität ist enttäuschend, alles dreht sich nur um die Geschichten. Und die sind lächerlich, man tut besser daran, ins Theater zu gehen.«

»Na bitte«, sagte der Pfarrer zufrieden, »dachte ich es mir doch. Ich habe es schon in meiner Predigt gesagt: Der Mensch von heute schaut sich sogar seine eigene Kacke an, wenn sie nur groß genug gezeigt wird. Wenn er einen Baum auf dem Feld stehen sieht, denkt er nicht an seine Erfahrung von Bäumen, sondern an Bilder von Bäumen. Solange die Dinge nicht von Künstlern oder Fotografen festgelegt wurden, laufen alle einfach daran vorbei. Wenn nicht irgendein Idiot ein Kärtchen daran heftet und es haarfein erklärt, haben die Leute keine Ahnung, was sie sehen. Wo soll das hinführen? Gott wird ausgeschlossen. Sie bauen sich ihren eigenen Himmel unter Seinem, ein Dekor, weil sie das echte Weltall zu langweilig finden.«

Haben Sie sich an der prosaischen Wirklichkeit sattgesehen? Der Orthofonische Poetisierer bringt Ihnen das lyrische Element zurück, das Ihnen abhandengekommen ist. Er sieht aus wie ein gewöhnliches Hörgerät, leistet aber viel mehr. Die Technik des metrischen Doubelns (Patent US 20130107674) versieht einen schlechten Tag mit einem blumigen Vers, erwärmt ein leeres Haus mit einem lustigen Limerick und verwandelt die traurigste Aussicht in Reime. So kommen Sie mit dem Leben ins Reine!

Draußen wieherten die Pferde sich oder ihren betrunkenen Reitern ununterbrochen etwas zu, doch Letztere saßen im abgedunkelten Haus und merkten nicht, dass es draußen trocken war und warm und auch ihre Tiere Durst hatten. Der Pfarrer kippte sein Glas hinunter und klammerte sich so daran fest, als wollte er den Kater vorab schon aus der Flüssigkeit pressen.

»Ich rede zu viel«, sagte er betrübt. »Weil man nämlich so viel mit mir redet. Gleich kommt wieder einer zur Beichte, ich kann mich kaum dazu überwinden. Eigentlich hatte ich gehofft, dass Sie Pater Rouleau sind, der hat auch die Beichtbefugnis. Aber nein, er lässt mich das Süppchen mal wieder allein auslöffeln. Na ja, was soll's. Sie suchen etwas, nicht wahr?

Und Sie haben keine Zeit, wie alle Erfinder. Stimmt es oder stimmt es nicht?«

Sein Gesicht drückte große Selbstzufriedenheit aus.

»Ich suche Ferdinand Chénier«, stammelte Guillaume erstaunt.

»Sagt mir nichts.«

»Gratteron?«

»Unkraut. Überwuchert alles im Garten. Klebriges Zeug.«

»Er muss Sie einmal besucht haben, mit einem Brief von Marc Roussin.«

Ja, Roussin kenne er, aber von einem Brief wisse er nichts. Genauso wenig wollte er zugeben, dass er Roussin geschrieben hatte, und er verzog keine Miene, als Guillaume erzählte, er habe gestern noch mit dem berühmten Wissenschaftler gesprochen. Früher habe er ihn bewundert, ja, räumte er ein, doch jetzt finde er seine Versuche, Bewegung auf einem Foto einzufangen, teuflisch. Erstaunlich, dachte Guillaume, wie bedeutungsvoll Blinde sahen.

»In meiner Gemeinde gab es einmal einen Geldsack«, sagte der Pfarrer. »Der hat seine Frau einbalsamieren lassen. Dabei hat sie mich noch auf ihrem Totenbett angefleht, ihm das auszureden, vor der letzten Ölung. In diesem Zustand wollte sie nicht einbalsamiert werden, alt, auf dem Rücken liegend, mit geschlossenen Augen, eiskalt, geruchlos und vor allem: für immer gleich. Wann ist etwas lebensecht? Sie haben es selbst gesagt, die bewegten Bilder sind von enttäuschend schlechter Qualität. Meinen Sie, es wird besser, wenn Geräusche dazukommen? Etwas aufnehmen und wieder abspielen geht jetzt schon. Haben wir es dann geschafft? Oder brauchen wir noch Gerüche und Farben? Wärme? Müssen die Dinge fühlbar werden, dreidimensional? Ich sage Ihnen: Das wird nie was. Ganz egal, was man sich ausdenkt, es wird nur eine lieblose Persiflage unserer lieben, guten, alten Schöpfung sein. Eine Aufziehpuppe, die immer dasselbe tut.«

Unvermittelt griff er Guillaume mit der rechten Hand ans Kinn und ließ seinen Tabakfingern freien Lauf. Vielleicht wurde er schlau daraus, denn plötzlich legte sich ein Lächeln auf sein Gesicht, er stand auf, ging zum Geschirrschrank, bückte sich und kramte geräuschvoll darin herum. »Eines Tages, wenn alles alphabetisch geordnet in Kästen steckt, haben die Menschen dann genug davon«, rief er über die Schulter zurück, während er Zeitungen, Bücher und alte Stofffetzen hervorholte, »schreiend suchen sie dann nach einem Ausweg, wie die arme Frau dieses reichen Stinkers.«

Als er sich wieder aufrichtete, hielt er eine große Ledertasche in den Armen. Er schnaubte kräftig, als wäre seine Nase ein Kompass, und kam geradewegs auf Guillaume zu.

»Ich weiß nicht, ob ich den Richtigen vor mir habe, aber Gott vergebe einem Blinden«, murmelte er und hielt ihm die Tasche hin.

Auf den ersten Blick hatte das Ding etwas widerlich Menschliches, das ausgetrocknete Leder, der graue Staub in den Falten, der traurige ausgebeulte Bauch und der vom Tragen ausgeleierte Henkel. Doch Guillaume erkannte das Logo. Silas B. Foot, Red Wing, Minnesota. Er holte tief Luft. So einfach melden sich die Dinge also zu Wort, dachte er erschüttert, sie setzen sich zu einem an den Tisch, wie alte Bekannte. Stellen sich mit dem Namen eines Mannes vor, der seinen Bundesstaat nie verlassen hat, dessen Erzeugnisse, Taschen, Sättel, Gürtel jedoch bis nach New York verkauft wurden. An Männer wie Valéry Barre, der mindestens ein Mäppchen von ihm besessen hatte, ein Lieblingsstück seines Sohnes.

Der war ganz überwältigt von der unerwarteten Begegnung. Er schrie sein Erkennen heraus und wollte sofort nach der Tasche greifen, als handelte es sich um seinen Vater persönlich.

»Ich gebe sie Ihnen ja«, sagte der Pfarrer und zog die Tasche wieder weg, »aber Sie müssen mir versprechen, sie erst zu öffnen, nachdem Sie das Dorf verlassen haben. Aberglaube, der kommt mit dem Alter. Vielleicht ist das drin, was Sie suchen. Vielleicht auch nicht. Vielleicht sollten Sie aufhören zu suchen. Manchmal suchen wir nach etwas, was nicht gefunden werden will. Das ist die Pest von heute, dass wir nach etwas suchen, das bleiben sollte, wo es ist.«

Er stellte die Tasche auf den Tisch, ließ sich in den Lehnstuhl fallen, schloss seine blinden Augen und brach prompt unter lautem Röcheln und Schniefen ins Land der Träume auf. Noch nie hatte Guillaume jemanden so schnell einschlafen sehen. Er wollte dem Pfarrer noch viele Fragen stellen, doch sein Schnarchen duldete keinen Widerspruch. Aus der Tasche drang ein muffiger, unbekannter Geruch. Nichts von seinem Vater hatte je so gerochen, da war er sicher, doch er wagte nicht, sich auf seine Erinnerung zu verlassen. Wein auf nüchternen Magen hatte noch nie zu einer vernünftigen Entscheidung geführt, er musste erst etwas essen. Wie ein verirrtes Tier suchte er herum. Die vermeintliche Speisekammer stellte sich als dunkler Gang heraus. »Essen«, sagte er laut, als hoffte er jemanden zu treffen, der ihn bedienen konnte, »ich suche einfach nur etwas zu essen.« Sein Herz klopfte ihm bis in die Ohren. Der Geruch, der ihm im Dunkeln entgegenschlug, schien jahrhundertealt, und er mochte nichts Jahrhundertealtes. Er war Amerikaner, in der Blüte seines Lebens, und sehnte sich nach einem freundlichen Wort und einem

Happen zu essen, einem Keks für unterwegs, einem vollen Magen, um Gut von Schlecht zu unterscheiden, ganz einfach. Aber im Moment war nichts einfach, der Gang machte eine Biegung, es roch immer stärker. Er stolperte ein paar Stufen abwärts und gelangte in die leere Kirche. Auf den Betstühlen saß niemand, nur die Sonne beschien ihre langgestreckten Holzgesichter von oben. Hier hatte die Luft eine andere Beschaffenheit als im Pfarrhaus. Vielleicht war mehr Sauerstoff darin, jedenfalls brannten die Kerzen schnell herunter, und ihm wurde schwindlig, wie früher, als Kind, wenn er zu lange im Freien war. Er kniete nieder, legte die Hand aufs Grab irgendeines französischen Fürsten. Er hatte viel mit ihm gemeinsam: von allen verlassen, kalt ums Herz, ein leerer Magen. Sein Vater schien plötzlich weiter weg denn je, so tot wie in seinen tiefsten Albträumen. Einladend hielt der Beichtstuhl neben ihm die Tür auf, dahinter eine mit goldenem Samt ausgekleidete, von Lavendelduft erfüllte Kabine. Darin landeten die Sünden genauso sachte, wie sie ausgesprochen wurden, doch Guillaume wollte nicht beichten, er wollte schlafen. Im Dunkeln fielen ihm die Worte des Pfarrers wieder ein. *Ohne Dunkel kann es kein Licht geben*. Diesen Satz hörte er nicht zum ersten Mal. Im Sommer 1888, kleine Schlucke mit Wasser verdünnten Bieres, sein Vater in einem knarrenden Korbstuhl neben ihm, wie er über Licht und Dunkel sinnierte. Das Dunkel, sagte sein Vater, das sei der Trick. Man könne noch so viele schöne Bilder aneinanderreihen, wenn es zwischen ihnen nicht dunkel werde, komme das Auge nicht mit. Ohne Dunkelheit bleibe von der abgebildeten Bewegung nichts anderes übrig als ein verschwommener Klumpen.

»Der Verschluss muss zugehen. Auf Etwas muss Nichts folgen.«

»Bild oder Nichtbild, das ist hier die Frage.«

Sein Vater lacht. Die Sonne ist seit Stunden untergegangen. Die nächsten Tage hatten sie mit Berechnungen verbracht. Wie oft sich der Auslöser schließen musste und wie viele Bilder pro Sekunde das Auge brauchte, um zu glauben, dass es nicht eine Reihe von Bildern sah, sondern eine einzige, fließende Bewegung. Zwölf, wie sie sie im Garten von Roundhay aufnahmen, sollte sich als ungenügend herausstellen. Sechzehn waren perfekt. Eine schöne Zahl. Sein Alter, damals.

»Na ja, Sie verstehen schon, ich lasse mir nicht alles gefallen.«

Die Stimme, tief und rund wie eine Kirchenglocke, hatte er wirklich gehört. Guillaume wusste erst nicht, wo er war, seine Augen mussten sich an die Dunkelheit gewöhnen, ehe er die Silhouette eines Mannes hinter dem Trenngitter erkannte. Die Silhouette seufzte tief.

»Sie wissen nicht, wie das ist, Pater, aber für einen Vater, ich meine, einen Vater, wie ich einer bin, ist es sehr wichtig. Ich habe es verpatzt, aber sie, meine Kinder, sollen meinen Namen in Ehren halten. Sagen Sie, was wird aus unserem Namen, wenn wir sterben? Wir haben doch sicher auch im Jenseits einen Namen?«

Guillaume schluckte. Unmöglich, sich einfach aus dem Staub zu machen, zu antworten kam aber auch nicht infrage.

»Na ja, ich habe ihn tatsächlich geschlagen«, fuhr der Mann fort. »Mit dem Gürtel. Aber der Junge hat es wirklich raus ... So läuft es ab: Man gibt ihm seinen verdienten Lohn, und er sieht einen nur an, mit seinen runden Äuglein in dem hübschen Gesicht, und weint nicht mal. Keine Reue, Pater. Es ist ihm egal. Alles ist ihm egal, er wird noch unser Untergang, dieser Junge.«

Plötzlich rückte der Mann näher, so dicht ans Gitter heran, dass Guillaume seine rote Nasenspitze sehen konnte, dann schnüffelte er laut.

»Sie haben wieder getrunken, Pater Alard. Sie sollten damit aufhören. Ich komme zurück, wenn Sie nüchtern sind.«

Der Mann patschte Richtung Ausgang. Der Schlag, mit dem die Tür ins Schloss fiel, wogte von vorn nach hinten durch das Kirchenschiff und wieder zurück, wie eine Bugwelle. Guillaume musste ihm folgen. Weshalb, wusste er draußen dann schon nicht mehr, als er den mageren Beichtenden in Richtung Sonne gehen sah. Er kannte ihn nicht. Er wusste nichts von ihm, außer, dass er wütend war, seinen Sohn schlug, mit geballten Fäusten nach Hause zurückkehrte. Aber er war dem Mann nichts schuldig. Bei dieser Erkenntnis verlangsamte er seine Schritte und ließ sich sanft, zwanglos wie von einer seichten Meeresbrandung in die andere Richtung treiben. Zur Tasche. Die stand noch beim Pfarrer auf dem Tisch. Ihm war nach Fluchen zumute, danach, auszuspucken, doch er schnappte nur mehr Sand aus den Staubwolken auf. Das lag am Hunger. Diesem Quälgeist, der einen jungen Mann schlagartig in einen tattrigen Alten verwandelt, der kein vernünftiges Wort mehr herausbekommt. Wovor hatte er eigentlich solche Angst? Wenn die Tasche wirklich von seinem Vater war, enthielt sie sicher wertvolle Informationen, mit denen sich seine Gedanken nachvollziehen ließen. Wenn nicht, konnte er die Suche einfach fortsetzen. Um den Pfarrer nicht zu wecken, schlich er auf Strümpfen ins Haus. Unter der niedrigen Decke schaute er benommen zum Küchentisch. Da stand die Tasche, prall gefüllt mit Wahrheit. Sie ließ sich nicht leicht anheben. Der Gurt war abgegangen, der Rückweg zu Pferd dürfte schwierig werden. Der Pfarrer schnarchte durch fünf Glockenschläge hindurch. Das Dorf draußen schlief. Das Gemeindepferd ruhte auf drei Beinen im Schatten, nur Guillaumes Pferd war noch wach. Niemand würde es sehen, wenn er das Unding öffnete und den Inhalt in die Satteltasche umpackte. Kaum hatte er sich dazu entschlossen, rutschte ihm der Henkel aus der Hand, die Tasche glitt zur Seite und ein Foto fiel in den Sand. Guillaume wunderte sich nicht, als er das Bild aufhob, er erkannte es sofort: sein Opa im Lehnstuhl und dahinter, hochgewachsen und hübsch trotz des selbstzufriedenen, jugendlichen Lächelns, er selbst. Ein Rotzbengel.

IV

EINE VIERTEL-SEKUNDE

Heute Nacht habe ich das Ei, oder was davon übrig war, auf dem Fußboden gefunden. Die Schalen waren feucht und noch rot von der Farbe, innen rosa statt weiß. Deshalb dachte ich kurz, er habe es geschafft, es sei wirklich ein rotes Küken geschlüpft. Als ich die Schalen einsammelte, blieben sie mir an den Fingern kleben. Ich hoffte, dass Baba das Ei vergessen hatte, Mitleid mit dem eigenen Kind zu haben, ist unerträglich. Heute Nacht fand ich mich nicht lächerlich, als ich das Küken im ganzen Haus suchte, die Ohren spitzte, um sein Piepsen zu hören, hinausschaute, ob ein roter Schwan auf unserem Teich schwamm. Nachts werden wir zum Kind oder Greis, gutgläubig und abergläubisch, wehleidig und misstrauisch. Nachts überkommt uns Reue, morgens verstehen wir nicht mehr, was uns geritten hat. Danach habe ich gut geschlafen. In meinem ausgeruhten Kopf ist der Zweifel verstummt. Wenn man einen Knoten durchschlagen muss, sollte man den Tag normal beginnen. Ich habe ein gewöhnliches Kleid ausgewählt, habe Ruth in Ruhe mein Haar frisieren lassen. Ich habe sogar die Geduld für eine Maniküre aufgebracht, weil ich unterwegs gern meine Hände betrachte, wenn mir ein schwieriges Gespräch bevorsteht. Und dann? Fleisch und Kartoffeln zum Frühstück. Als wäre nichts. Léon hat einen Artikel aus der *North American* vorgelesen, über die Bloomington-Morde. »Achtung, es ist eine gruselige Geschichte.« Oliver Garrard alias »The Eyeball Butcher« gestand, kurz bevor er erhängt wurde, weshalb er seinen Opfern die Augen ausgestochen hatte: Sie hätten ihn sonst post mortem verraten können. Unsere Augen, behauptete er, seien wie ein Fotoapparat. Sie hielten Erinnerungen auf einer empfindlichen Platte fest. Optografen zufolge gilt das allerdings nur für die Augen eines frisch Verstorbenen, weil die Netzhaut zeitlebens alte gegen neue Erfahrungen austauscht. »Eine Viertelsekunde, so viel Zeit hat man«, schloss Léon. »Eine Viertelsekunde, um einen Augenblick zu sezieren.« Nur einem Mann, einem deutschen Physiologen, sei es gelungen, Optogramme von Kaninchenaugen aufzunehmen und mit Alaun zu fixieren. Aber, so schrieb der Journalist, die Aufnahmen seien nicht besonders interessant, denn sie zeigten nur den Draht vor der Öffnung, durch die die Tiere gehofft hatten dem Tod zu entkommen. Léon fand die Meldung traurig.

»Das mit den Kaninchen meine ich«, sagte er.

Wir mussten lachen.

»Hat er nicht gesagt, weshalb er die Frauen umgebracht hat?«

»Bestimmt waren es Prostituierte«, sagte Léon. »Wobei das ja kein Grund ist …«

»Richtig«, sagte ich, »spanne die Kutsche an. Bring mich zum Zug, dem von 9 Uhr nach Burlington.«

Léons nüchterne Reaktion auf die Meldung hat den Ausschlag gegeben. Ich brauche mich nicht zu schämen. Verglichen mit Garrards sinnlosem Gemetzel ist unser Plan, Marys und meiner, vernünftig und vollkommen natürlich. Der Selbsterhaltungstrieb zweier Mütter. Heute Morgen hat sie sich zurückgehalten, doch ihre Erleichterung machte sich durch einen warmen Luftzug an meiner Wange bemerkbar. Wenn das Vorhaben gelingt, wird ihr Geist Ruhe finden, da bin ich sicher. Léon stellt mir keine Fragen. Er freut sich immer, wenn er die Kutsche anspannen darf, um keinen Preis möchte er ein Automobil lenken. Ich gebe ihm recht. Soll Bertha Benz in den Missgeburten ihres Mannes ruhig noch hundert Reisen durch Europa unternehmen, mich wird sie nicht überzeugen, dass es mehr Spaß macht, über einem jaulenden, stinkenden Motor zu sitzen, als in einem Fuhrwerk den Vögeln zu lauschen. In einem Automobil kommt man zu nichts. Einem einsamen Kutscher gleich, rollt man über die Straße, ohne Pferdehintern zum Anspornen, und hat trotzdem nicht genug Hände. Pferde lassen einen nachdenken. Hinter einer geraden Anzahl Hufe im Gleichschritt sind die größten Pläne der Geschichte geschmiedet worden. Wenn es keine Pferde mehr gibt, wird sich auch die Musik ändern. In welchem Takt singt man in einem Automobil? Heute lassen wir uns vom Stampfen der Züge und dem rußigen Gebrüll der Verbrennungsmotoren aufpeitschen. Was kommt da wohl für eine Musik bei heraus.

Come on board, sinner, join the Gospel train
I hear the car wheels moving,
And rumbling thru' the land.

Die Landschaft, die die Pennsy durchquert, kenne ich gut, von meinem Ziel kenne ich bisher nur die Adresse in meiner Hand. In der Kutsche winke ich noch dem Bauern zu, der einen Gaul einen Baumstamm schleppen lässt, dem Mädchen von der Drogerie und einigen Unbekannten, die unsere Kutschen kennen, im Zug lege ich die Hände in den Schoß. Nicht die Hände einer grausamen Frau. Ich wende mich ab von der Kirche und den Menschen, die hineingehen. Sie würden mich verurteilen. Dabei würde die Bäuerin, die kleine Kleider und Hosen an die Wäscheleine hängt, für ihre Kinder das Gleiche tun. Und das Kindermädchen? Sie behält ihre Gedanken für sich, einen Meter von den kalkweißen Kindern im Bollerwagen hinter ihr entfernt. Diese Kleinen haben jetzt schon eine ganz andere Vergangenheit als sie, ganz zu schweigen von ihrer Zukunft. Ich habe eine Menge Kindermädchen kommen und gehen sehen, schwarze und weiße, alle haben Distanz gewahrt, gemein waren sie nicht, aber auch nie aufrichtig besorgt. Ich habe versucht, den Kindern einer anderen keine böse Stiefmutter zu sein. Der Mann, zu dem mich meine Reise führt, war ein sehr liebes Kind. Ich habe Thomas immer Tom genannt, niemals *Dash*. Derzeit heißt er Herr Willard.

Tatsächlich ist Herr Willard eine von Alvas vielen Erfindungen. Eine verbesserte Version des ursprünglichen Entwurfs, damit ja keiner den Vater mit seinem missratenen Sohn verwechselt. Aber sie ähneln sich überhaupt nicht. Selbst früher, als sie noch denselben Namen trugen, hätte der Unterschied zwischen ihnen nicht größer sein können. Tom hat gern gelacht, bevor er alt genug war, um verbittert zu werden. Er war der Einzige, der seine ältere Schwester zum Lachen bringen konnte. Mit meinen Kindern hat er geschmust. Er war sich nicht zu gut, sich an meine Nähmaschine zu setzen und Baba einen großen Plüschhund zu nähen, so platt wie eine Flunder und auf jeder Seite ein Knopf als Auge. Herrn Willard kenne ich nicht. Wenn alles glattgeht, brauche ich ihn aber auch nicht kennenzulernen. Dann wird er einfach wieder der Alte. Die Idee wird ihn interessieren. Früher hat er sich oft vor seinem Vater erniedrigt, allein daran kann man erkennen, dass er nicht mein Sohn ist: Charles wickelt seinen Vater um den Finger, und Baba schert sich sowieso um niemanden. Aber ich verlange von Tom nicht, dass er sich erniedrigt. Im Krieg wäre es sogar eine Heldentat, was ich von ihm will, und ich könnte ihm eine Auszeichnung an die Brust heften. Ich werde mein Anliegen also an diesen Herrn Willard richten. Später, wenn er wieder Thomas Edison jr. ist, brauchen wir kein Wort mehr darüber zu verlieren.

Ich bin die Einzige, die auf dem leuchtend grünen Bahnhof in Burlington aussteigt. Im Metropolitan Inn nehme ich mir eine offene Kutsche, das Wetter ist gut genug und die Reise nicht mehr weit. Ich lasse mich in das weiche Leder sinken und nicke kurz weg; als ich die Augen wieder öffne, sehe ich keine stattlichen Häuser mehr, sondern die Eichen an der Pearl Street, doch es ist so laut, als ob wir über einen Markt fahren.

»Zingaros«, ruft der Kutscher über die Schulter. In einer Staubwolke kommen sie mit sieben Wohnwagen von der Kreuzung her auf uns zu. Die drei Zigeuner an der Spitze würdigen uns keines Blickes, sie zanken sich heftig. Eine Frau springt aus ihrem Wagen, rennt zum jüngsten der drei Anführer und hält ihm eine Standpauke. Sie sieht so sonderbar aus, diese Furie, die barfuß rückwärts durch den Sand stampft, mit schlammverkrustetem schwarzem Haar und einem bis zur Achsel hinuntergerutschten Kittel, dass ich mir gut vorstellen kann, wie die prächtigen Reiter sich vor ihr fürchten. William Barre. Gegen meinen Willen erinnern sie mich an ihn. Lange dachte ich, nur junge Mädchen gäben etwas auf das Aussehen von Männern, doch in meinem Alter fängt es wieder an, und Männer wie William Barre wissen das. Ich habe Alva einmal gefragt, ob er nicht einen Film mit einem schönen Mann in der Hauptrolle drehen könne, es gebe doch auch eine Nachfrage nach Männern mit offenem Kragen und nicht nur nach geschminkten Damen. Er fragte, ob ich verrückt geworden sei. Wenn er mich jetzt sehen könnte, wäre er sich dessen sicher.

Tom Willards Gärtnerei liegt am Ende einer Auffahrt in einem schäbigen Waldstück beim Wärterhaus. Der Kutscher muss die Pferde regelrecht überreden, zwischen den beiden riesigen geschnitzten Märchenfiguren hindurchzugehen. Die eine, Schneewittchen, verweist auf den Namen der Pilze (»die schönsten und schmackhaftesten im ganzen Land«), die andere, ein Röhrling, der im Spiegel seine Warze bewundert, soll wohl die Stiefmutter darstellen. Ich tupfe mir etwas Parfum hinter die Ohren. Als Alva mir von dem Tauschgeschäft erzählt hat, fand ich es fair. Tom wollte mit seinen homöopathischen Mittelchen von unserem Namen profitieren. Die hat er ohne den Zusatz »junior« verkauft, und alle dachten, das »Genie des Lichts« hätte sich auf Quacksalberei verlegt. Und trotzdem gönnte Alva seinem Sohn eine wöchentliche Zuwendung von fünfzig Dollar, ein Pferd mit Pflug, Pilzsporen für eine erste Ernte und Baumaterial, um das Landhaus herzurichten. Das sieht jetzt allerdings viel kleiner aus als in meiner Vorstellung. Das verputzte Gebäude, das zwischen den Pappeln auftaucht, ähnelt eher einer Scheune als einem Bauernhof. Es muss aber das Wohnhaus sein, denn sonst gibt es nur einen gemauerten Schuppen ohne Fenster. Eine Frau kommt heraus. Schwerfällig, aber zielgerichtet kommt sie zur Kutsche. Das Kind auf ihrem Arm starrt mich an, es erweckt nicht gerade Sympathie. Ich sage ihr, ich hätte geschrieben, Tom erwarte mich.

»Tom ist hinterm Haus«, sagt sie tonlos. »Ich gehe mal Teewasser aufsetzen.«

Ich soll im Wohnzimmer warten, auf einem harten Stuhl,

für den sie mir ein Kissen gibt, während sie möglichst geräuschvoll Tee kocht. Sie haben nur ein Bücherbrett, dieselben Bücher, die Tom hatte, als er zu Hause wohnte, glaube ich, und nichts an den Wänden, außer einer stehengebliebenen, schiefhängenden Uhr. Immerhin ist das Geschirr ganz ordentlich, vielleicht haben sie es ja von ihren Eltern bekommen. Und das Tischtuch mit der zarten Stickerei ist sehr reinlich. Tom wirkt gelassen, als er hereinkommt. Er wird sich nicht so gehen lassen wie beim letzten Mal. Soll ich ihm von seiner Mutter erzählen? Dass ihr Geist mir heute Morgen erschienen ist und wir gemeinsam beschlossen haben, ihn wieder zum Sohn seines Vaters zu machen? Ich blicke auf meine Hände, formuliere im Stillen einen ersten Satz. Ich könnte damit anfangen, ihm zu erzählen, dass William Whitley alias Guillaume Barre ganz in der Nähe wohnt, höchstens eine Stunde Fahrt von hier nach Delanco. Doch solange Beatrice da ist, halte ich den Mund. Sie gibt mir unaufgefordert zwei Löffel Zucker.

Ich seufze. »Ach, ich habe die Schokolade zu Hause liegenlassen. Die habt ihr noch von mir gut.«

Draußen ist ein heiserer Schrei zu hören. Wir sehen einander an, das Kind, das, seit ich hier bin, die ganze Zeit den Mund offen hält, wendet sich ab.

»Fasane«, sagt Tom. »Von denen wimmelt es hier. Sie erinnern mich an jemanden, mit ihren roten Hängebacken und dem hochtrabenden Geflatter.«

»Fasane sind meine Lieblingsvögel«, erwidere ich. »Zum Essen.«

»Es sind furchtbar dumme Vögel. Ihr Geltungsdrang verrät sie, laut kreischend tauchen sie auf. Man kann sie mit Leichtigkeit betrunken machen, indem man ihnen in Gin getränkte Rosinen gibt. Was auch gut funktioniert: eine Lampe auf sie richten, zum Beispiel den Scheinwerfer eines Automobils. Dann bleiben sie die ganze Zeit im Lichtkegel stehen, weil sie außerhalb nichts mehr sehen.«

Er erzählt, ein Kumpel habe ihn in den Schießverein mitgenommen, beim Jagen könne man sich wunderbar abreagieren. Er holt ein Gewehr aus dem Eckschrank, lädt es und zielt auf mich. Prima, die Waffe hat er jedenfalls schon. Beatrice gibt ein Geräusch von sich, das man als Lachen auslegen könnte. Sie ist genauso blass wie Toms Mutter Mary. Eine vage Erscheinung in einem alten Kleid.

»Um von entgegenkommendem Licht nicht geblendet zu werden, muss man ein Auge zukneifen«, murmelt Tom und schaut durchs Visier. »Wusstest du das?«

Mit dem Putzstock macht er sich daran, dass Gewehr zu reinigen. Es ist lange her, dass ich das gesehen habe, Alva geht nicht auf die Jagd. Wir gehören nicht zu den Menschen, die die Hand am Abzug haben. Sogar mein Vater hat sich damit schwergetan. Er hat zwar einen Hochsitz hinter unserem Haus gebaut, aber lieber Treibjagden organisiert. Vor dem Aufbruch stiefelte er, hochrot im Gesicht, aus unerfindlichen Gründen stundenlang durchs Haus. Vielleicht war es sein Reviertrieb, denn dank der Schlammspuren und der Fahne von Waffenöl und Brandy konnten wir seinen Weg gut nachverfolgen. Von der Jagd selbst kam er immer in null Komma nichts zurück, hatte kaum etwas erlegt, aber genügend Schlamm an den Sohlen für die nächste Runde durchs Haus. Töten lag ihm nicht. Bei der Wahl der Beute achtete er auf die Augen der Tiere. Ihr Blick musste ruhig sein, ohne Augenweiß. Wild, das beim Gnadenschuss die Augen verdreht hatte, überließ er anderen.

Beatrice schleicht davon, um das Kind ins Bett zu bringen.

Ich fasse Mut. Ich sollte hier auch nicht zu lange bleiben, denn ich will zurück sein, bevor Alva zu Bett geht. Ich muss es so schnell wie möglich hinter mich bringen, den Umschlag mit Geld, Namen und Anschrift auf den Tisch legen und zusehen, dass ich von diesem modrigen Ort wegkomme. Natürlich, das ist es, was ich rieche: Schimmel. Deshalb ist der Kleine also zurückgeblieben. Kein vernünftiger Mensch zieht sein Kind inmitten von Schwämmen und Röhrlingen groß. Ich bleibe ruhig, als ich Tom meinen Vorschlag unterbreite. Er wirkt nicht abgeneigt, obwohl er sich zurücklehnt und mit einer Gabel im Nacken kratzt. Ich lasse ihn wissen, dass schon viele versucht haben, seinem Vater den Ruhm streitig zu machen, Neider, die nichts in der Hand hatten, diesmal sieht es aber wirklich schlecht aus. Er lächelt. Natürlich, soll der Alte doch entthront werden, er bekommt seine Zuwendung ja trotzdem. Aber diese Pilze, würden die ihm nicht irgendwann einmal zum Halse heraushängen? Er zuckt die Achseln.

Ich versuche es mit »Kinder kosten Geld«.

Heftig schiebt er den Stuhl zurück und tritt ans Fenster.

»Weißt du was? Dieser elende Name interessiert mich kein bisschen. Ich konnte sie nie verstehen, diese Männer, die ein neugeborenes Baby, so einen samtweichen Winzling, nach sich selbst benennen, nach ihrem eigenen vermoderten Ich. Und nicht nur der Familienname, nein, ohne eine Miene zu verziehen legen sie ihm alle drei Vornamen um den zarten Hals! Warum? Um dieses kleine Wesen für den Rest seines Lebens als ›junior‹ abzustempeln! Eine Miniaturausgabe des Originals, ein Abklatsch, ein Echo, weiter nichts! Du wirst dich wundern, Mina, aber mir geht es gut hier, als Bauer mit meinem nagelneuen Namen. Der gehört zumindest wirklich mir.«

»Willard? Du hättest dir was Schöneres aussuchen können.

Denk an deine Kinder. Denen bindest du denselben aus der Luft gegriffenen Namen ans Bein.«

»Den Namen des Mannes, der diesen Betrieb gegründet hat.«

»Der jede Woche fünfzig Dollar von seinem Papa bekommt.«

Er dreht sich zu mir um, baut sich auf typische Weise vor mir auf: in voller Größe, denn er ist größer als sein Vater, und mit hochgekrempelten Ärmeln und unrasierten Wangen, denn er ist ein echter Mann. Er schiebt sich ein Stück Brot in den Mund, um Zeit zu gewinnen, um beim Kauen seine Gedanken zu sortieren. Seine Frau geht über unseren Köpfen hin und her. An einer Stelle in der Decke könnte man mit Leichtigkeit die Hand durch den Holzboden stecken, aber das Loch ist sicher nicht als Durchreiche gedacht. Im Winter muss es hier eiskalt sein. Ich bin nie in solchen Häusern und will es auch gar nicht sein. Wenn man nicht aufpasst, bekommt man Ähnlichkeit mit ihnen, wie Tom: Der hat sich hier innerhalb kürzester Zeit zum Rüpel entwickelt.

»Weiß er Bescheid?«, fragt er. »Vater?«

»Er wird das erfahren, was er wissen muss.«

Er beugt sich vor. Sein Gesicht hat sich in eine ganz andere, unbekannte Richtung entwickelt, zuerst hatte er die feinen Züge seiner Mutter, dann verschärften sie sich aus Protest gegen seinen Vater, so ist das bei Kindern. Bei den Allerkleinsten kann man in der Hälfte der Fälle nichts darüber sagen, aber ab etwa fünf Jahren ähneln sie ein paar Jahre der Mutter oder dem Vater. Der Einfluss täglichen Abguckens und Nachsprechens auf so ein Gesichtchen im Werden ist nicht zu unterschätzen, doch dann kommt die Pubertät, und die endgültigen Entscheidungen fallen. Tom hat sich einen Tick angewöhnt. Ein nervöses, fieses Lächeln, das ihm auch jetzt um die Lippen spielt.

»Natürlich«, flüstert er. »Du wirst ihm nicht sagen, dass du einen Mord in Auftrag gibst.«

Dieses Wort hätte nicht fallen dürfen. Es ist zu schwer. Was seine Mutter und ich von ihm verlangen, ist eher eine Art Grunddienstbarkeit, weiter nichts, er soll einem Wildfremden den Weg abschneiden, damit er unseren nicht durchkreuzt. Außerdem sollte Tom wissen, dass sein Weg, mit oder ohne unser Zutun, immer schon eine Sackgasse war. Kopfschüttelnd sieht er mich an. Der soll sich mal nichts einbilden, mit seiner seltsamen Familie und seinem schmuddeligen Häuschen. Bei einem so hässlichen Leben kann ruhig noch etwas dazukommen. Ein Mord wird niemandem in die Wiege gelegt, aber ich glaube schon, dass man geboren wird, um Probleme zu bekommen, die zu keinem anderen passen. Dieses Problem passt nicht zu uns, wir müssen es loswerden. Dass wir auf diese Weise einen verlorenen und reichlich problematischen Sohn zurückbekommen, ist ein angenehmer Nebeneffekt. Doch als ich den Umschlag mit den benötigten Angaben herausholen will, packt er mein Handgelenk. Wir zittern beide.

»Kein Name«, sagt er. »Ich will seinen Namen nicht hören. Ist dir klar, was du von mir verlangst? Verschwinde. Auf der Stelle.«

Auf der Rückfahrt mustere ich mich in der Scheibe. Mit weit aufgerissenen Augen starre ich in die dunkle Nacht hinaus und sehe die Umrisse ungekämmten Haars, dichte Wimpern, hervortretende Wangenknochen, aber keine schlechte Frau. Léon, der mich mit der Kutsche vom Bahnhof abholt, sagt, ich sähe müde aus, da bin ich ganz seiner Meinung. Zum Aussteigen bietet er mir seinen Unterarm, der wie immer in einer langen Kalbsledermanschette steckt. Léon ist, wie viele andere, nach dem gewaltigen Feuer in Quebec hierher ausgewandert, es wird aber gemunkelt, er habe sich die Narben schon lange vorher zugezogen, bei irgendeinem Krieg in Europa, doch jede Frage nach seiner Vergangenheit tut er mit einem Brummen oder einem Scherz ab.

»Léon«, frage ich, »sagt dir der Name Barre etwas?«

»Wie bitte?«

»Barre. Valéry Barre oder Guillaume Barre. Franzosen. Schon mal gehört?«

Er zuckt die Achseln, schüttelt den Kopf.

»Ich glaube nicht, tut mir leid.«

Um das Haus herum ist es dunkel. Die Laternen sollen den Garten erhellen, es klappt aber nicht richtig. Wenn die größere anspringt, gehen die anderen aus und umgekehrt, so dass wir uns wie Schauspieler über die Bühne schieben. Ich muss an Toms Bemerkung denken, man solle ein Auge zukneifen, wenn man im Dunkeln einer Lichtquelle entgegengeht. Im Haus hat keiner daran gedacht, es mir gemütlich zu machen. Léon stellt mein Gepäck ab, fragt, ob ich noch etwas brauche, entfernt sich aber schon im Rückwärtsgang. Tief unter mir verklingen die fröhlichen Stimmen des Personals, sie wissen, dass ich zurück bin. Auf der Treppe liegt Babas Zeichenblock. Morgen wird er Unterricht bekommen, wie ein Großer. Nicht als Baba, sondern als Theo. Später, aber schon recht bald: Theodor. Als Theodor wird er Freundschaften schließen, ein weiser Mann werden, seiner Mutter jeden Monat einen Brief schreiben. Mit Nachdruck gehe ich die Treppe hinauf, als befände sich unter jeder Stufe eine Viper, die ich tottreten muss.

Wie schrecklich still es bleibt.

»Hallo?«, rufe ich.

Das Wummern kommt nicht von draußen, es ist mein Herz.

»Mary?«

Sie soll etwas sagen. Nie hat sie auch nur ein Wort gesagt.

»Alles wird gut, Mary. Tom …«

Doch ich bekomme keine Luft mehr, etwas drückt mein rasendes Herz noch tiefer in meinen Brustkorb. Gebückt erreiche ich den Treppenabsatz. Als ich mich wiederaufrichte, hat die Nacht sich im Fenster umgekehrt. Der Mond ist pechschwarz, während der Himmel, an dem er steht, silbergrau wirkt. Es sieht aus wie die Platte, die Alva bei einem Wutanfall zertrümmert hat. Einen Monat nach unserer Hochzeit, da wusste ich noch von nichts. Nichts über Fotografie, nichts von seinen Wutanfällen. Ich wusste nicht, dass ich ihn in einem abgedunkelten Zimmer unseres Hauses in Ruhe lassen musste. Ich hielt das überbelichtete Foto für das misslungene Werk eines Mannes, der nicht mehr bei Sinnen war vor Wut. Alles ist wiederhergestellt, alles ist wieder gut. Durch die spaltbreit geöffnete Tür seines Schlafzimmers sehe ich Alvas Silhouette. Ich weiß nicht, wie lange er schon so sitzt, im Mondlicht, den krummen Rücken zu mir, die Beine aus dem Bett, die Socken baumeln schlaff von seinen Füßen. Sein feines Haar will nicht liegen bleiben, es steht von seinem statisch aufgeladenen Kopf ab. Er schrickt nicht zusammen, als ich ihm die Hand auf die Schulter lege.

»Ich glaube«, sagt er mit abwesender Stimme, »mein Gehör ist noch schlechter geworden.«

NACHWORT

Der Film *Roundhay Garden Scene* wurde am 14. Oktober 1888 von dem französischen Erfinder Louis Aimé Augustin Le Prince (Metz, 28. August 1842–?) aufgenommen, etliche Jahre bevor Edison und die Brüder Lumière Filme drehten. Auf den Aufnahmen sind die Schwiegereltern von Le Prince, sein Sohn Adolphe und eine Freundin zu sehen, sie flanieren in einem englischen Garten. Der älteste erhaltene Film der Welt war von Anfang an von Unheil begleitet. Sarah Whitley, die Schwiegermutter von Le Prince und eine Statistin im Film, starb unerwartet zehn Tage nach der Aufnahme. Zwei Jahre später verschwand Le Prince selbst, als er von Dijon nach Paris wollte, um seine Erfindung in London und New York zum Patent anzumelden. Adolphe leitete juristische Schritte ein, um die Ehre seines Vaters wiederherzustellen, kam aber 1902 bei einem Jagdunfall auf Fire Island, New York, ums Leben.